AGATHA CHRISTIE COMPLETE COLLECTION

ENDLESS NIGHT

AGATHA CHRISTIE COMPLETE COLLECTION

ENDLESS NIGHT

끝없는 밤 애거서 크리스티 장편 소설 | 이은선 옮김

황금가지

ENDLESS NIGHT

by Agatha Christie

정식 한국어 판 출간에 부쳐

나는 한국에서 우리 할머니의 작품을 정식으로 출간한다는 소식을 듣고 무척 기뻤다. 할머니가 1920년부터 1970년 무렵까지 오랜 세월에 걸쳐 집필한 작품들은 21세기인 지금 읽어도 신선하고 재미있다. 등장 인물들이 워낙 자연스러워서 요즘 사람들과 다를 바 없고 이들이 등장하는 상황과 장소가 전 세계 사람들의 애정과 향수를 자극하기 때문이다. 한국 독자들은 이번에 새로 나온 정식 한국어 판을 통해 그동안 접하지 못했던 애거서 크리스티의 일부 작품들을 읽을 수 있을 것이다. 덕분에 한국에 새로운 세대의 애거서 크리스티 팬들이 탄생할지도 모르겠다는 생각을 하면 가슴이 벅차다.

애거서 크리스티는 대표적인 두 명의 주인공으로 기억되는 작가이다. 14권의 작품에 등장하는 마플 양은 영국의 작은 시골 마을에서 평온한 나날을 보내며 뜨개질과 수다로 소일하는 미혼의 할머니이지만, 놀라운 기억력과 날카로운 두뇌 회전으로 주변에서 벌어진 살인 사건을 해결한다.

그리고 마플 양과 상반되는 성격을 지닌 에르퀼 푸아로는 자신만만하고 콧수염을 포함한 자신의 외모와 벨기에라는 국적에 대한 자부심이 상당하다. 그는 이집트와 이라크를 비롯한 세계 각지에서 수수께끼를 해결하며 『오리엔트 특급 살인*Murder On The Orient Express*』, 『나일 강의 죽음*Death On The Nile*』, 『애크로이드 살인 사건*The Murder Of Roger Ackroyd*』 등 애거서 크리스티의 여러 대표작에 모습을 드러낸다.

황금가지의 대담하고 참신한 표지와 전반적인 디자인 덕분에 작품의 성격이 잘 살아난 것 같아 기쁘다. 또한 한국 독자들이 할머니의 원작이 지닌 참된 묘미를 느낄 수 있도록 충실한 번역을 위해 애써 준 점도 높이 사고 싶다.

할머니의 작품이 20세기의 그 어떤 작가들보다 많이 팔리고 있는 이유는 나이와 국적에 상관없이 읽을 수 있는 재미와 감동을 갖추었기 때문이다. 모쪼록 한국 독자들도 황금가지에서 선보이는 애거서 크리스티 작품들을 즐겁게 감상하기를 바란다.

매튜 프리처드

애거서 크리스티의 손자

ACL 이사장

'집시의 땅' 전설을 들려준 노라 프리처드에게 바친다.

매일 밤 그리고 매일 아침

어떤 이는 불행의 운명으로 태어나고,

매일 밤 그리고 매일 아침

어떤 이는 달콤한 기쁨의 운명으로 태어나고,

어떤 이는 달콤한 기쁨의 운명으로 태어나고,

어떤 이는 끝없는 밤의 운명으로 태어나고.

—윌리엄 블레이크, 「순수의 예언(Auguries of Innocence)」 중에서

차례

1부

제1장

"끝은 새로운 시작이다……." 사람들은 종종 이렇게 말한다. 그럴듯한 표현이기는 하지만 무슨 뜻인지는 잘 모르겠다.

"모든 게 그날, 그 시각, 그곳, 그 사건에서부터 시작되었다."라고 정확히 꼬집어 말할 수 있는 경우가 과연 있을까?

내 이야기는 어쩌면 '조지 앤 드래곤'의 담벼락에 나붙은 경매 공고를 본 순간 시작되었을지 모르겠다. 경매 공고에는 '타워스'라는 값비싼 저택의 면적과 거리와 길이, 그리고 80년에서 100년 전이었을 전성기 무렵의 근사한 모습이 소개되어 있었다.

나는 킹스턴 비숍이라는 별 볼일 없는 마을의 중심가를 어슬렁거리며 시간을 보내다 경매 공고와 마주쳤다. 경매 공고가 내 눈에 들어온 이유는 무엇이었을까? 그곳에서 벌어진 지저분한 일들과 엮일 운명이었기 때문에? 아니면 일확천금의 손짓을 느꼈기 때문에? 아무도 모를 일이다.

아니면 내 이야기는 산토닉스와 이야기를 나누는 동안 시작되었을지도 모른다. 지금도 눈을 감으면 산토닉스의 상기된 두 뺨과 반짝이던 눈동자, 저택의 설계도와 입면도를 힘차게, 섬세하게 스케치하던 손짓이 떠오른다. 그 중 한 곳은 내 것으로 만들고 싶을 만큼 근사했다.

아름답고 근사한 집, 나로서는 꿈도 꾸지 못할 집을 갖고 싶다는 욕망은 그때부터 고개를 들었다. 산토닉스가 나를 위해 만들어 줄 집을 그리는 것은 우리 둘만의 행복한 상상이었다. 산토닉스가 그때까지 살아 있어야 한다는 점이 문제였지만…….

나는 사랑하는 여자와 함께 동화처럼 '영원히 행복하게 살' 집을 꿈꾸었다. 엉뚱한 상상이었고 말도 안 되는 생각이었지만 가지지 못할 것을 바라는 마음은 점점 커져만 갔다.

나의 이야기는 어쩌면 러브 스토리일지도 모른다. 아니, 분명 러브 스토리이다. 그렇다면 '집시의 땅'의 어두컴컴한 전나무 숲속에서 엘리를 처음 만난 순간부터 이야기를 시작하는 건 어떨까?

집시의 땅……. 그렇다. 내가 태양을 가린 검은 먹구름 때문에 살짝 몸을 떨며 경매 공고에서 눈길을 거두고, 집시의 땅 근처 산울타리를 되는 대로 자르고 있던 마을 사람에게 이런저런 질문을 던지던 시점에서부터 이야기를 시작하는 것이 좋겠다.

"타워스는 어떤 곳입니까?"

내 말을 듣고 묘한 눈빛으로 삐딱하게 쳐다보던 영감님의 표정은 아직도 생생하다.

"마을 사람들이 부르는 이름은 따로 있우. 타워스라니 무슨 당치도 않은."

그는 말도 안 된다는 듯이 콧방귀를 뀌었다.

그럼 뭐라고 부르냐고 물었더니 그는 다시금 시선을 피하며 쭈글쭈글한 얼굴 가득 묘한 표정을 지었다. 상대방은 모르는 무엇인가가 보인다는 듯, 어깨 너머 또는 근처 어딘가를 쳐다보며 이야기를 꺼내는 시골 사람 특유의 표정이었다.

"이 일대에서는 집시의 땅이라고 부르지."

"왜 그런 이름이 붙었습니까?"

"전설 비슷한 게 있는데 정확한 내용은 잘 몰라. 어떤 사람은 이렇게 말하고 또 어떤 사람은 저렇게 말하니까."

잠시 후 그는 다시 말을 이었다.

"아무튼 사고가 잦은 곳이야."

"자동차 사고 말씀이십니까?"

"별의별 사고라고 보면 돼. 요즘은 주로 자동차 사고가 많지. 아주 고약한 커브길이 있거든."

"고약한 커브길이 있으면 사고가 생길 수밖에 없겠네요."

"시의회에서 경고 표지판을 세웠는데도 소용이 없어. 그래도 사고가 끊이질 않거든."

"그런데 왜 집시라는 단어가 붙었습니까?"

그는 또다시 시선을 피하며 애매한 대답을 했다.

"이런저런 소문 때문이지. 예전에 집시의 땅이었는데 집시들이 쫓겨나면서 저주를 내렸다더라고."

나는 웃음을 터뜨렸다.

"자네한테는 우습게 들리겠지만 저주받은 땅도 있는 법이야. 자네처럼 잘난 척하는 도시 출신 헛똑똑이들이야 알 턱이 없지. 하지만 그 집은 분명 저주에 걸렸어. 집을 지으려고 채석장에서 돌을 캐다 사람들이 죽고 했으니까. 조디라는 친구는 어느 날 밤 그 집 근처에서 넘어지는 바람에 목이 부러졌다고."

"술에 취했던 모양이죠."

"그랬을지도 모르지. 술을 좋아했던 친구니까. 하지만 술에 취해서 심하게 넘어져도 별 탈이 없는 경우가 대부분인데 조디는 목이 부러졌단 말이지. 바로 저기 집시의 땅에서."

그는 뒤쪽으로 소나무 우거진 언덕을 가리키며 말했다.

그렇다. 나의 이야기는 여기에서부터 시작된 것 같다. 하지만 당시에는 그런 줄 몰랐다. 기억을 더듬자면 그렇다는 말이다. 그뿐이다. 생각해 보면(제대로 생각할 수 있는 때가 드물기는 하지만) 약간 각색이 된 것 같기도 하다. 아직도 근처에 집시가 살고 있느냐고 물은 것이 그 전인지 후인지는 잘 모르겠다. 아무튼 영감님이 말하길 요즘에는 집시가 거의 없다고 했다. 경찰이 계속 쫓아낸다는 것이었다.

"사람들이 왜 집시를 싫어하는 겁니까?"

"도둑놈들이니까 그렇지."

그는 못마땅하다는 듯이 말하더니 내 앞으로 얼굴을 들이댔다.

"자네 혹시 집시 피가 섞인 건 아니겠지?"

그는 나를 뚫어져라 쳐다보며 물었다.

나는 조상 중에 집시가 있다는 이야기는 들어 본 적이 없다고 대답했다. 그런데 사실 나는 집시 비슷한 분위기를 풍긴다. 집시의 땅이라는 이름을 듣고 혹한 이유도 그 때문이었을지 모르겠다. 나는 영감님의 이야기를 듣고 웃어 보이면서 속으로는 내 안에 집시 피가 흐르고 있을지도 모른다는 생각을 했다.

집시의 땅이라……. 나는 마을 바깥쪽으로 향하는 구불구불한 길로 접어들었고, 어두컴컴한 숲을 지나 바다와 배가 내다보이는 언덕 꼭대기에 다다랐다. 그러고는 멋진 풍경을 감상하면서 '집시의 땅을 살 수 있으면 얼마나 좋을까?' 따위의 생각을 했다. 상상의 나래를 편 것이다. 산울타리 옆에서 다시 마주친 영감님이 입을 열었다.

"집시를 만나고 싶으면 리 부인을 찾아가 봐. 소령님이 마련해 준 오두막집에서 살고 있으니까."

"소령님이라니요?"

그는 충격을 받은 듯한 표정으로 "필포트 소령님 말일세!" 하고 외쳤다. 그것도 모르느냐는 투였다. 필포트 소령은 이 일대에서 하느님과 동격으로 꼽히는 인물이고, 리 부인은 그가 베푼 호의에 기대어 사는 모양이었다. 필포트 집안은 평생 동안 이 마을에서 살며 터줏대감 역할을 하고 있는 것 같았다.

작별 인사를 전하고 고개를 돌리는데 영감님이 다시 이야기를 꺼냈다.

"리 부인은 이 길을 걷다 보면 제일 마지막으로 보이는 오두막집에서 살고 있어. 밖에 나와 있을 거야. 집 안에 있는 걸 싫어하거든. 집시 피가 섞인 사람들은 다 그렇지."

이렇게 해서 나는 집시의 땅 생각을 하고 휘파람을 불며 길을 따라 걷게 되었다. 그러다 영감님한테 들은 이야기를 거의 다 잊어버렸을 무렵, 울타리 너머로 나를 내다보는 까만 머리에 키가 큰 할머니와 맞닥뜨렸다. 리 부인이라는 사실을 한눈에 알아차릴 수 있었다. 나는 걸음을 멈추고 말을 걸었다.

"집시의 땅에 얽힌 이야기를 들을 수 있다고 해서 찾아왔습니다."

그녀는 장식 술처럼 뒤엉킨 까만 머리카락 사이로 나를 쳐다보며 입을 열었다.

"집시의 땅하고 얽히면 안 돼. 내 말 들어. 잊어버리라고. 젊은이처럼 잘생긴 사람이라면 그래야지. 집시의 땅은 나쁜 일만 생기는 곳이야."

"팔려고 내놓았던데요?"

"아, 그렇겠지. 멍청한 인간이나 그 땅을 살 거야."

"누구한테 넘어갈 것 같습니까?"

"눈독을 들이는 건설업자가 한두 명이 아니야. 헐값에 팔릴걸? 두고 보라고."

"왜 헐값에 팔릴까요? 최고급 땅인데."

궁금한 마음에 물어보았지만 그녀는 대답이 없었다.

"헐값에 사들인 건설업자가 있다고 칩시다. 그럼 그 땅으로 뭘 할까요?"

그녀는 키득키득 웃었다. 심술 맞고 귀에 거슬리는 웃음이었다.

"쓰러져 가는 옛 집을 없애고 새 집을 짓겠지. 스무 채, 서른 채쯤. 전부 다 저주 걸린 집이 될 거야."

나는 마지막 문장을 무시한 채 대꾸했다.

"그렇다면 안타까운 일이 되겠네요. 정말로 안타까운 일이 되겠어요."

"아, 걱정할 거 없어. 땅을 산 사람들, 그 땅에 벽돌과 모르타르를 얹은 사람들 모두 재미 못 볼 테니까. 인부는 사다리를 올라가다 발을 헛디디고, 트럭은 짐을 가득 싣고 가다 박살이 나고, 지붕에서는 표적을 향해 슬레이트가 떨어질걸? 그리고 나무들도 갑자기 불어닥친 강풍에 쓰러지겠지. 두고 보라니까? 집시의 땅은 나쁜 일만 생기는 곳이야. 가만히 내버려 두는 게 최선책이지. 두고 봐. 두고 보라고."

그녀는 세차게 고개를 끄덕이더니 혼잣말을 중얼거렸다.

"집시의 땅을 건드리고 일이 잘 풀린 사람은 없었지. 한 명도 없었고말고."

나는 웃음을 터뜨렸다. 그녀는 쏘아붙이듯이 말했다.

"웃을 일이 아니야. 언젠가는 그 입으로 탄식할 날이 올걸? 집시의 땅은 나쁜 일만 생기는 곳이야. 집도 그렇고, 땅도 그렇고."

"어떤 일이 있었던 겁니까? 오랫동안 그 집에 아무도 살지 않은 이유가 뭔가요? 무너지도록 내버려 둔 이유가 뭔가요?"

"마지막으로 그 집에 살던 사람들이 죽었어. 한 명도 남김없이."

"무슨 일로 죽었습니까?"

나는 호기심이 동했다.

"다시 들춰낼 이야기가 아니야. 아무튼 이후로 그 집에 살겠다고 나선 사람이 없었지. 그래서 썩어 무너지도록 내팽개쳐진 거야. 이제는 모두 잊혀진 이야기가 됐는데, 그렇게 덮어 두어야 돼."

"하지만 듣고 싶습니다. 할머니는 모든 이야기를 알고 계시지 않습니까."

나는 구슬리는 투로 이야기했다.

"집시의 땅 뒷이야기는 안 해."

그녀는 이 말을 마치자마자 거지처럼 우는 투로 목소리를 바꾸었다.

"이제 잘생긴 양반 운수나 봐 줄까? 은화 한 닢만 쥐어 주면 점을 쳐 줄게. 앞날이 창창해 보이니까."

"저는 점 같은 거 믿지 않습니다. 은화도 없고 그런 데 돈을 쓸 만한 여유도 못 되고요."

그녀는 한 발자국씩 가까이 다가오면서 살살 나를 꼬드겼다.

"6펜스. 6펜스. 6펜스만 주면 봐 줄게. 어때? 푼돈이잖아. 말 잘하고 넉살 좋은 미남이라 6펜스에 봐 주겠다는 거야. 앞으로 성공할 수 있을지 궁금하지 않아?"

나는 주머니에서 6펜스를 꺼냈다. 얼토당토않은 미신을 믿어서가 아니라 사기꾼인 줄 뻔히 알면서도 할머니가 왠지 마음에 들었기 때문이다. 그녀는 동전을 낚아채고 말했다.

"이제 손을 내밀어 봐. 양손 다."

그녀는 말라비틀어진 갈고리처럼 생긴 제 손으로 내 손을 움켜쥐더니 손바닥을 들여다보았다. 그렇게 들여다보기만 할 뿐 1, 2분 동안 아무 말이 없었다. 그러더니 내 손을 밀쳐내듯 떨어뜨리고는 뒷걸음질을 치며 날카롭게 외쳤다.

"집시의 땅을 떠나서 다시는 찾지 마! 그게 내가 해 줄 수 있는 최선의 충고야. 다시는 찾지 마!"

"왜요? 다시 찾으면 안 될 이유가 뭡니까?"

"그랬다가는 슬프고 가슴 아프고 위험한 일을 겪을 테니까. 고약한 어려움이 젊은이를 기다리고 있어. 이 마을은 깨끗이 잊어버려. 이건 경고야."

"하지만……."

그녀는 고개를 돌리고 집 쪽으로 걸어가더니 안으로 들어가면서 문을 쾅 닫았다. 나는 미신과 거리가 먼 사람이다. 물론 남들처럼 운수라는 것은 믿지만 저주받은 폐가 어쩌고 하는 헛소리는 믿지 않는다. 그런데도 못된 할멈이 내 손을 보고 무언가 알아차린 게 아닐까 싶어서 마음 한구석이 불편했다. 나는 손바닥을 펼치고 내려다보았다. 도대체 손바닥을 보고 운명을 점칠 수 있는 사람이 어디 있을까? 점이라는 것은 새빨간 거짓말이다. 귀가 얇은 멍청이를 꼬드겨 돈을 뜯어내려는 수작이다. 나는 하늘을 올려다보았다. 해가 져서 그런지 좀 전과 다르게 다가왔다. 그늘이 진 분위기, 협박의 느낌. 폭풍이 들이닥칠 모양이었다. 바람이 불기 시작했고 나뭇잎들은 등을 내보였다. 나는 기분을 바꿀 겸 휘파람을 불며 마을을 가로지르는 길을 따라 걸었다.

타워스 경매 공고가 또다시 눈에 띄었다. 나는 날짜를 기억해 두었다. 경매는 참가해 본 적이 한 번도 없지만 이번만큼은 놓치지 않겠다고 마음속으로 다짐했다. 어떤 사람이 타워스를 차지하게 될지, 누가 집시의 땅의 새로운 주인이 될지 벌써부터 궁금했다. 그렇다. 생각해 보면 모든 일이 그때 시작된 것 같다……. 좋은 수가 떠올랐던 것이다. 집시의 땅을 사러 온 척해야지! 일대 건설업자들을 상대로 입찰 경쟁을 벌여야지! 헐값을 기대했던 사람들은 떨어져 나가겠지. 집시의 땅을 사 가지고 루돌프 산토닉스를 찾아가서 말하는 거야. "집을 지어 줘요. 적당한 땅을 구해 놓았으니까." 그러고는 근사한 여자와 함께 그곳에서 영원히 행복하게 사는 거야.

나는 그런 식의 상상을 즐겼다. 꿈이 현실로 이루어진 적은 없었지만 재미있었다. 그땐 그렇게 생각했다. 재미있다니! 맙소사, 재미있다니! 미리 짐작이라도 했더라면 얼마나 좋았을까!

제2장

그날 내가 집시의 땅 근처를 찾은 것은 우연의 일치였다. 경매(집이 아니라 집 안에 있던 물건을 위한 경매였다.)에 참가하겠다는 런던 사람들을 렌터카에 태우고 기사 노릇을 하고 있었던 것이다. 집시의 땅은 마을 변두리에 자리 잡은 거대한 흉물이었다. 뒷자리에 앉은 노년의 부부는 대화 내용을 종합해 보건대 파피에르 마셰* 수집품에 관심이 있는 모양이었다. 파피에르 마셰가 뭔지는 알 길이 없었다. 나는 어머니를 통해 그 단어를 딱 한 번 들은 적이 있었다. 어머니는 플라스틱보다 파피에르 마셰로 만든 설거지통이 훨씬 좋다고 했다. 그런데 돈 많은 사람들이 그런 수집품을 사러 먼 걸음을 하다니 희한한 일이었다.

* 걸쭉하게 이긴 종이 반죽에 아교나 기타 물질을 섞어 물기가 있는 동안 틀에 넣고 단단히 말린 것.

나는 파피에르 마셰라는 단어를 머릿속에 새겨 두고 나중에 사전을 찾아보기로 마음먹었다. 차를 빌려 타고 시골 경매장까지 찾아갈 만한 물건이라는 뜻이니까. 나는 무엇이든 알아보는 것을 좋아했다. 당시 내 나이는 스물두 살이었고 이런저런 경로를 통해 상당한 정보를 쌓은 상태였다. 나는 자동차에 대해 해박한 지식을 자랑하는 한편으로 쓸 만한 정비공이었고 조심스러운 운전사였다. 아일랜드에서는 말과 관련된 일을 하다 마약 조직에 연루될 뻔했지만 눈치를 채고 제때 그만두었다. 값비싼 렌터카 회사의 기사 노릇은 그럴듯했다. 팁 덕분에 수입이 제법 짭짤했고 힘든 일도 거의 없었다. 하지만 지루하다는 게 문제였다.

한번은 여름 동안 과일 따는 일을 한 적도 있었다. 수당은 얼마 안 됐지만 재미있었다. 나는 여러 가지 직업을 경험했다. 삼류 호텔 종업원, 여름 바닷가 안전 요원, 백과 사전과 진공 청소기 외판원, 기타 등등……. 식물원에서 원예를 거들었을 때는 꽃에 대한 지식을 조금 쌓았다.

나는 한 곳에 정착하지 않았다. 그럴 이유가 없었다. 하는 일마다 거의 항상 재미있었다. 어떤 직업은 다른 직업보다 힘이 들었지만 상관없었다. 나는 게으름뱅이가 아니다. 가만있지 못하는 성격이라면 모를까. 나는 세상 모든 곳을 돌아다니면서 모든 걸 보고 모든 걸 겪고 싶다. 무언가를 찾고 싶다. 그렇다. 바로 그거다. 나는 무언가를 찾고 싶다.

나는 학교를 그만둔 때부터 무언가를 찾고 싶었지만 그 무언가가 어떤 것이 될지는 알지 못했다. 실패를 거듭하며 막연하게 찾아 헤매었을 따름이다. 그것은 어딘가에 있었다. 그것의 정체는 조만간 알 수 있겠지. 어쩌면 여자일지도……. 나는 여자를 좋아하지만 지금까지 만난 중에 소중한 존재는 없었다. 좋은 감정을 품었다가도 선뜻 다음 여자를 만나는 식이었다. 나에게 여자는 직업과 마찬가지였다. 처음에는 괜찮지만 금세 싫증이 나서 다른 상대로 바꾸고 싶어지는 존재. 나는 학교를 그만둔 이래 이 여자, 저 여자, 이 직업, 저 직업을 전전해 왔다.

사람들은 내 생활 방식을 못마땅하게 생각했다. 장래가 걱정된다는 것이 표면적인 이유인데, 그건 나의 기본적인 성격조차 이해하지 못하기 때문에 생기는 현상이었다. 그들은 참한 여자와 꾸준히 만나고 돈을 모으고 결혼을 하고 괜찮은 직장에 자리를 잡으라고 했다. 날이면 날마다, 달이면 달마다 끝이 없는 세상, 아멘. 말도 안 되는 소리! 세상에는 그보다 근사한 인생이 분명 존재했다. 길들여진 행복, 어설프게 뒤뚱거리는 복지 국가가 전부는 아니었다. 하늘로 위성을 쏘아 올리고 별나라 여행을 이야기하는 시대라면 자극적이고 심장을 뛰게 만드는 무언가가 있을 수밖에 없었다. 그런 것이라면 전 세계를 뒤져서라도 찾을 만한 가치가 있지 않은가! 언젠가 본드 가를 걷다 겪었던 일이 생각난다. 종업원으로 일하던 시절이었고 근무하는 날이었지만 나는 길거리를 어슬렁거리면서 쇼윈도에 진열된 구두를 구경했다. 아주 깔끔했다. '요즘 신사들의 패션'을 소개하는 신문 광고에 실린 그대로였다. 이런 광고에는 문제의 신사가 곁들여지는데 시시껄렁한 건달처럼 보이는 경우가 대부분이었다. 나는 이 비슷한 광고를 접할 때마다 웃음이 터져 나왔다.

나는 다음 쇼윈도로 시선을 옮겼다. 그곳은 그림을 파는 가게였다. 전시된 그림은 세 점뿐이었고 금빛 액자 위로 흐릿한 회색의 벨벳이 늘어져 있었다. 한마디로 계집아이 같은 분위기였다. 나는 미술 애호가가 못 된다. 한번은 호기심에 국립 미술관을 찾아갔다가 기분만 잡친 적도 있었다. 으리으리하고 번쩍거리는 총천연색 대형 화폭과 울퉁불퉁한 골짜기에서 벌어진 전투 장면 아니면 화살 사이에 갇힌 초췌한 얼굴의 성인들. 그것도 아니면 실크와 벨벳과 레이스를 차려입고 억지로 입꼬리를 올린 귀부인들의 초상화. 나는 그 자리에서 미술은 내 입맛이 아니라고 결론을 내렸다. 하지만 그때 내 앞에 놓인 그림은 조금 달랐다. 쇼윈도에 놓인 그림은 세 점이었다. 하나는 내가 날마다 접하는 시골의 모습을 담은 풍경화였다. 또 하나는 여자를 아주 우스꽝스럽게 그렸는데 여자인 줄 알아차리기 힘들 만큼 비율이 안 맞는 그림이었다. 소위 '아르 누보'라는 것인가 싶었다. '아르 누보'가 뭔지는 잘 모르겠지만. 나를 사로잡은 것은 세 번째 작품이었다. 사실 그림은 별것 없었다. 그러니까…… 어떤 식으로 설명을 해야 좋을지 모르겠다. 단순하다고 해야 할까? 여백이 아주 많고 동심원이 몇 개 있었다고 하면 될까? 동심원들은 모두 다른 빛깔이었다. 어느 누구도 상상 못할 만큼 특이한 빛깔이었다. 그리고 여기저기 아무런 의미가 없어 보이는 빛깔들이 드문드문 찍혀 있었다. 그런데 이것들이 어떤 의미를 전달했다. 나는 원래 설명에 약하다. 그저 눈을 뗄 수 없는 그림이었다고 할밖에.

나는 이상한 기분에 사로잡힌 채로 그 자리에 서 있었다. 무언가 아주 이상한 일이 벌어진 듯한 기분이었다. 이제는 좀 전에 본 깔끔한 신발마저 신어 보고 싶었다. 나는 옷에 욕심이 많은 편이다. 근사한 차림새로 그럴듯한 인상을 풍기고 싶기 때문이다. 하지만 본드가에서 파는 신발을 탐낸 적은 한 번도 없었다. 그 거리의 신발 가격은 어느 정도일지 뻔했다. 한 켤레에 15파운드. 수제화라나 뭐라나, 그래서 가치가 있다나 뭐라나. 고급 신발도 좋지만 고급을 따지자면 비용을 감당할 수 없게 된다. 이 부분에 관한 한 나는 사리분별이 정확했다.

하지만 이 그림을 접한 순간에는 속으로 이런 생각들이 스치고 지나갔다. 값이 얼마나 될까? 내가 살 만한 가격일까? 너 돌았구나? 그림을 좋아하지도 않잖아. 맞는 말이었다. 하지만 나는 그 그림을 가지고 싶었다. 내 것으로 만들고 싶었다. 벽에다 걸어 놓고 내 것이라는 사실을 음미하면서 질릴 때까지 쳐다보고 싶었다. 다른 사람도 아닌 내가 그림을 살 생각을 하다니! 정신 나간 짓거리지! 나는 다시 한 번 그림을 쳐다보았다. 그림을 사고 싶어 하는 나라니 상상이 되지 않았고 돈이 될지도 의문이었다. 사실 나는 그때 여유가 조금 있었다. 경마에서 행운이 따른 덕분이었다. 이 그림은 가격이 어마어마하겠지? 20파운드쯤 될까? 25파운드쯤 될까? 밑져야 본전이라고 한번 물어나 보자. 물어본다고 설마 잡아먹기야 하겠어? 나는 공격적인 분위기와 방어적인 분위기를 동시에 풍기면서 문을 열고 들어갔다.

가게 안은 아주 조용하고 고급스러웠다. 차분한 색상의 벽, 앉아서 그림을 감상할 수 있는 벨벳 소파가 갖추어져 있고 모든 소리를 잠재운 듯한 분위기였다. 광고 모델처럼 완벽하게 정장을 갖춰 입은 남자가 다가오더니 주변과 걸맞게 나지막한 목소리로 말을 건넸다. 그런데 희한하게도 본드 가의 고급 상점에서 일하는 다른 직원들처럼 거만한 인상을 풍기지 않았다. 그는 내 이야기를 가만히 들은 다음 쇼윈도에 진열되어 있던 그림을 꺼내 왔고 벽을 배경으로 한참 동안 들고 서 있었다. 그 순간, 그림에는 다른 법칙이 적용되는구나 하는 생각이 문득 머릿속을 스치고 지나갔다. 낡아 빠진 옷에 너덜너덜한 셔츠를 입고 찾아온 사람이 알고 보았더니 소장품 숫자를 늘리려는 백만장자일 수 있는 노릇이었다. 아니면 나처럼 차림새는 초라하고 후줄근한 사람이 실은 빈틈없는 계획을 세워서 돈을 모을 만큼 그림에 푹 빠진 애호가일 수도 있는 노릇이었다.

"상당히 훌륭한 대가의 작품이죠."

그림을 들고 서 있던 남자가 말했다.

"얼마입니까?"

나는 기세 좋게 물었다.

"2만 5000파운드입니다."

그는 나지막하게 대답했다.

나는 포커페이스의 대가답게 아무런 반응을 보이지 않았다. 적어도 내가 생각하기에는 그랬다. 그는 외국 사람처럼 들리는 이름을 덧붙였다. 화가의 이름인 것 같았다. 그의 설명에 따르면 그 작품은 진가를 전혀 몰라주는 시골에 묻혀 있다 시장에 나온 지 얼마 되지 않았노라고 했다. 나는 표정 관리를 하면서 한숨을 내쉬었다.

"상당히 비싸기는 합니다만 그만한 가치가 있군요."

2만 5000파운드라니. 지나가던 개도 웃을 일이지!

"그렇습니다."

그는 한숨을 내쉬었다.

"정말 그렇습니다."

그는 아주 조심스럽게 그림을 내리더니 쇼윈도로 다시 갖다 놓았다. 그러고는 나를 보며 미소를 지었다.

"안목이 상당히 뛰어나시군요."

그와 나는 서로를 이해하는 처지라는 느낌이 들었다. 나는 고맙다는 인사를 남기고 가게를 빠져나왔다.

제3장

나는 글재주가 없다. 그럴듯한 작가처럼 글을 쓸 줄 모른다는 뜻이다. 내가 본 그림 이야기만 해도 그렇다. 전후 상황과 상관관계가 있는 것도 아니고 어떤 결과로 이어진 것도 아니고……. 하지만 내가 생각하기에는 중요하고 나름의 자리가 있는 사건이다. 나에게 벌어진 의미 있는 일들 가운데 하나이다. 집시의 땅이 특별한 의미를 가지고 있는 것처럼. 산토닉스가 특별한 의미를 가지고 있는 것처럼.

아, 산토닉스 소개를 하지 않았구나……. 이미 짐작했겠지만 그는 건축가이다. 건물 매매라면 모를까, 건축은 나하고 별 상관없는 또 하나의 분야이다. 나는 방랑하던 시절에 산토닉스를 만났다. 돈 많은 사람들을 태우고 돌아다니는 운전사 노릇을 하던 시절에. 그 당시 나는 외국 여행을 몇 번 했다. 독일 두 번(나는 독일어를 조금 할 줄 알았다.), 프랑스도 한 번인가 두 번(프랑스 어도 수박 겉핥기식으로 알고 있었다.), 그리고 포르투갈 한 번. 손님은 주로 재산과 건강이 정확히 반비례하는 나이 많은 사람들이었다.

이런 사람들을 태우고 돌아다니다 보면 돈이 전부는 아니라는 생각을 하게 된다. 심장병 초기에다 약병을 수십 개씩 들고 다니고, 호텔 음식이나 서비스를 따지며 이성을 잃고……. 내가 아는 돈 많은 사람들은 대부분 불행한 인생을 살고 있다. 걱정은 또 왜 그렇게 많은지! 자기들끼리 나누는 대화를 들어 보면 세금과 투자 이야기뿐이다. 근심 걱정이 이들의 수명을 갉아먹고 있다. 나는 그렇게 살기 싫다. 차라리 내 모습 그대로가 좋다. 천하를 유람하고 마음 내키면 언제든지 예쁘장한 아가씨와 어울려 즐기는 마이클 로저스!

하루 벌어 하루 먹고사는 인생이었지만 상관없었다. 인생은 재미있는 것, 재미있게만 살 수 있다면 만족이었다. 나는 어떤 생활이든 만족하며 살았을 것이다. 젊음이란 원래 그런 것이다. 젊음이 지기 시작하면 삶의 재미도 사라진다. 그런데 이제 와서 생각해 보면 만족의 이면에는 다른 것이 도사리고 있었다. 누군가, 무엇인가를 바라는 마음…….

산토닉스 소개를 계속하자면 예전에 리비에라를 찾을 때마다 나를 기사로 쓰던 노인장이 한 명 있었다. 그곳에 집을 짓고 있다는데 산토닉스가 담당 건축가였다. 산토닉스의 국적이 어떻게 되는지는 잘 모르겠다. 처음에는 한 번도 들어 본 적 없는 희한한 이름이기는 하지만 영국 사람이 아닐까 싶었는데 영국 사람은 아니었던 것 같다. 북유럽 쪽이 아니었을까? 그는 건강이 안 좋았다. 한눈에 알 수 있을 정도였다. 그는 젊었고 백지장 같은 피부와 호리호리한 체구를 자랑했고 얼굴이 약간 이상했다. 삐딱하니 좌우 대칭이 안 맞았다. 그는 의뢰인들을 상당히 뚱하게 대했다. 상식적으로 생각하면 돈을 지불하는 쪽에서 명령을 내리고 으름장을 놓아야 앞뒤가 맞는데 실제로는 그렇지가 않았다. 으름장을 놓는 쪽은 산토닉스였다. 그는 의뢰인들과 달리 항상 자신감이 넘쳤다.

공사장에 도착한 노인장은 진척 상황을 보자마자 버럭 화를 냈다. 나는 기사 겸 잡역부다운 자세로 도움이 필요하면 언제라도 달려갈 수 있도록 옆에 서 있다가(고객 카드를 보면 콘스탄틴 씨는 심장마비나 뇌졸중을 일으킬 가능성이 있다고 항상 적혀 있었다.) 드문드문 몇 마디를 들었다.

"내가 시킨 대로 하지 않았군!"

그는 고함을 지르듯이 말했다.

"비용이 너무 많이 들었어. 너무 많이 들었다고! 처음에 이야기한 비용으로는 턱도 없을 것 같은데?"

"맞습니다."

산토닉스의 대답이었다.

"하지만 쓸 땐 써셔야죠."

"말도 안 되는 소리. 말도 안 되는 소리! 내가 정한 상한선을 지키게. 알아들었나?"

"그럼 바라시는 대로 집을 지을 수가 없는데요? 저는 선생님이 어떤 집을 원하는지 알고 있습니다. 공사가 끝나면 그런 집이 탄생하리라는 건 저도 알고, 선생님도 아는 사실 아닙니까? 중산층 살림살이가 어쩌고 하는 헛소리는 사양하겠습니다. 바라시던 대로 수준 높은 집을 만들어 드리죠. 이 집을 친구 분들에게 보여 드리면 부러움을 독차지하실 겁니다. 세상에서 단 하나뿐인 집을 만드는데 비용이 대수입니까?"

"끔찍하군. 끔찍해!"

"끔찍하다니요! 선생님의 문제가 뭔지 아십니까? 어떤 집을 원하는지 모르신다는 겁니다. 아니, 어떤 집을 원하는지 모르겠다고 생각하신다는 겁니다. 하지만 사실 선생님은 알고 계십니다. 머릿속으로 그리지 못할 따름이죠. 정확하게 표현을 하지 못할 따름이죠. 하지만 저는 압니다. 사람들이 어떤 것을 추구하고 어떤 것을 바라는지 저는 한눈에 알 수 있습니다. 선생님은 고급스러운 것을 좋아하는 취향입니다. 그러니까 수준 높은 집을 만들어 드리겠다는 게 아닙니까."

그는 이런 이야기를 늘어놓았고 나는 옆에 서서 가만히 듣고 있었다. 그런데 바다가 내려다보이는 소나무 숲 사이에 짓는 그 집이 아주 특별한 작품이 될 것 같다는 느낌이 들었다. 일반적인 통념대로라면 저택은 바다 쪽을 보고 있어야 맞았다. 하지만 그 집의 절반은 굽이굽이 늘어선 산등성이와 그 사이로 고개를 내민 하늘을 마주하고 있었다.

비번인 날 가끔 대화를 나누면 산토닉스는 이런 말을 했다.

"나는 아무한테나 집을 지어 주지 않아."

"돈이 많은 사람만 골라서 지어 준다는 뜻인가요?"

"물론 비용을 감당하려면 돈이 많아야겠지. 하지만 돈을 보고 집을 지어 준다는 뜻은 아니야. 내 뜻대로 집을 만들려면 비용이 드니까 부자들만 상대하는 수밖에 없겠지만. 그런데 집만 잘 지으면 되는 게 아니야. 집만큼이나 중요한 게 분위기거든. 루비나 에메랄드를 보면 그렇잖아. 예쁜 돌은 예쁜 돌일 뿐이지, 그 이상 무슨 의미가 있나? 분위기를 만들어 주기 전까지는 보잘것없고 대수롭지 않은 돌에 불과해. 예쁜 돌을 값비싼 보석으로 만드는 게 분위기지. 나는 풍경 속에서 분위기를 창조해 내는 사람이야. 원래부터 그 자리에 존재했던 풍경이지만 내가 만든 집이 보석처럼 당당하게 그 속에 들어앉은 뒤에야 의미를 갖게 되거든."

그는 나를 보더니 웃음을 터뜨렸다.

"무슨 소리인지 모르겠지?"

"잘 모르겠어요. 하지만…… 어떻게 생각해 보면…… 알 것 같기도 하고……."

나는 느릿느릿 대답했다.

"어쩌면 그럴지도 모르지."

그는 호기심 어린 눈초리로 나를 쳐다보았다.

이후에 나는 노인장을 모시고 다시 리비에라를 찾았다. 그 무렵 집은 거의 마무리가 된 상태였다. 제대로 된 전달이 불가능할 테니까 묘사는 생략하겠다. 하지만 뭐랄까…… 아주 독특하고…… 찬란한 집이었다. 문외한인 내가 보기에도 그랬다. 남들에게 보여 주거나 혼자서 쳐다보거나 사랑하는 사람과 함께 살면서 뿌듯해할 만한 그런 집이었다.

그러던 어느 날 산토닉스가 나를 보더니 난데없이 이런 말을 꺼냈다.

"자네한테도 집을 만들어 줄게. 자네가 어떤 집에서 살고 싶어 하는지 감이 잡히거든."

나는 고개를 저으며 솔직히 털어놓았다.

"저도 잘 모르는걸요?"

"자네는 잘 모르겠지만 난 감이 와."

그는 잠시 뒤에 다시 입을 열었다.

"돈이 없는 게 정말, 정말 아쉽다."

"앞으로도 영원히 없을 텐데요, 뭘."

"그런 소리 하지 마. 가난한 집에서 태어났다고 평생 가난뱅이로 지내야 하는 건 아니니까. 돈은 참 묘한 녀석이야. 제멋대로 움직이거든."

"똑똑해야 돈도 벌죠."

"약한 소리 마. 네 가슴속에는 포부가 있어. 아직 눈을 뜨지 않아서 그렇지."

"그런가? 그럼 언젠가 포부가 눈을 떠서 돈을 많이 벌게 되면 집을 지어 달라고 부탁할게요."

그는 내 말을 듣고 한숨을 내쉬었다.

"그때까지 기다릴 수가 없어……. 아니, 기다릴 형편이 못 돼. 이제 시간이 얼마 안 남았어. 기껏해야 한 채 아니면 두 채? 그 이상은 못 만들 거야. 젊은 나이에 죽고 싶은 사람은 없겠지만…… 어쩔 수 없는 경우도 있는 법이거든……. 언제 죽으나 상관없는 것 같기도 하고……."

"그럼 하루 빨리 포부를 깨워야겠군요."

"아니야. 자넨 지금 건전하게 인생을 즐기고 있잖아. 그런 생활 방식을 바꾸지는 말라고."

"노력해도 못 바꿀 겁니다."

그때는 정말 그런 줄 알았다. 나는 내가 사는 방식이 마음에 들었고 인생이 재미있었고 건강에 아무 문제가 없었다. 나는 열심히 일을 해서 부자가 된 사람들의 기사 노릇을 수도 없이 해 보았다. 그들은 열심히 일한 대가로 궤양과 관상동맥 혈전증과 기타 등등의 병을 얻었다. 나는 열심히 일할 마음이 없었다. 이 직업이든 저 직업이든 상관없었다. 나는 포부가 없었다. 적어도 내가 생각하기에는 그랬다. 산토닉스는 포부가 있었다. 집을 구상하고 건설하고 도면을 설계하고 기타 등등, 나로서는 이해 못할 여러 가지 일들을 하느라 진을 다 빼는 것이 눈에 보일 정도였다. 그는 애초부터 건강한 체질이 아니었다. 그런데 포부 때문에 명을 재촉하는 게 아닐까 싶었다. 나는 일을 하고 싶지 않았다. 딱 잘라 말하자면 그랬다. 나는 일에 대한 기대가 없었고 일이 싫었다. 인류가 어쩌다 일이라는 것을 만들었는지 불행한 노릇이라고 생각했다.

나는 산토닉스 생각을 자주 했다. 내가 아는 중에 그보다 더 흥미진진한 인물은 없었다. 살면서 느끼는 가장 이상한 현상 가운데 하나가 추억이다. 인간은 추억을 선택한다. 선택할 수밖에 없다. 산토닉스와 그가 만든 집, 본드 가에서 보았던 그림, 타워스라는 폐가를 찾아간 순간, 집시의 땅에 대해 들은 이야기……. 내가 선택한 추억은 이런 것들이었다. 가끔은 만났던 여자나 손님들을 태우고 돌아다녔던 해외여행을 떠올리기도 했다. 손님들은 한결같이 따분했다. 늘 비슷한 호텔에 묵고 뻔한 음식을 먹었다.

어떤 식으로 표현하면 좋을지 모르겠지만 무언가 손에 잡히기를, 무슨 일인가 벌어지기를 기다리는 묘한 기분은 나를 떠날 줄 몰랐다. 생각해 보면 여자, 그러니까 알맞은 짝을 찾고 있었던 게 아닐까 싶다. 어머니나 조슈아 삼촌, 몇몇 친구들은 알맞은 짝이라고 하면 성격 좋고 배필로 제격인 여자를 떠올리겠지만 그런 뜻은 아니었다. 나는 사랑이 뭔지 몰랐다. 내가 아는 것이라고는 섹스뿐이었다. 나하고 비슷한 세대라면 섹스에 대해 모르는 사람이 없었다. 우리 세대는 섹스 이야기를 너무 자주 떠벌였고 섹스 이야기를 너무 많이 들었고 섹스를 너무 심각하게 생각했다. 하지만 나도 그렇고 내 친구들도 그렇고 그것, 그러니까 사랑이 찾아오면 어떤 일이 벌어지는지는 아무도 몰랐다. 우리는 신체 건강한 젊은이였고 여자를 만나면 몸매와 다리와 눈빛을 훑어보면서 속으로 생각했다. '이 여자일까, 아닐까? 혹시 내가 시간을 낭비하고 있는 건 아닐까?' 거쳐간 여자가 많아지면 자랑거리가 늘어났고 예전보다 근사한 놈 취급을 받았고 스스로도 예전보다 근사한 놈이 된 듯한 착각에 빠졌다.

나는 그게 전부가 아니라는 걸 몰랐다. 사랑이라는 녀석은 모든 사람들을 불시에 습격한다. 예전에 상상했던 것과는 달리 '이 여자일지 몰라……. 이 여자가 내 반쪽일지 몰라.' 하는 생각은 들지 않았다. 적어도 내 경우에는 그랬다. 나는 사랑이라는 녀석이 그렇게 갑작스럽게 들이닥칠 줄 몰랐다. "나는 저 여자의 남자야. 저 여자의 것이야. 완전히, 영원히."라고 말하는 날이 올 줄 몰랐다. 그럴 줄은 상상도 못했다. "한 번 사랑에 빠진 적이 있었죠. 앞으로 그 녀석이 다시 찾아올 것 같으면 당장 이민을 가 버리겠습니다." 언젠가 원로 코미디언이 이런 말을 한 적이 있었다. 이런 농담이 고정 레퍼토리였다. 나도 마찬가지였다. 사랑이라는 게 어떤 녀석인지 알았더라면 이민을 가 버렸을 텐데! 미리 눈치만 챘더라면…….

제4장

경매에 참가하겠다는 계획은 잊지 않았다.

경매까지는 3주의 여유가 있었다. 그동안 나는 유럽 여행을 두 번 다녀왔다. 한 번은 프랑스로, 또 한 번은 독일로. 그런데 함부르크에서 위기 상황이 벌어졌다. 손님으로 태운 부부를 치가 떨리도록 혐오하게 된 것이다. 두 사람은 내가 가장 싫어하는 모든 면을 갖추고 있었다. 재수 없고 막돼먹은 성격, 쳐다보면 불쾌해지는 외모……. 두 사람을 보고 있으면 이런 식으로 비위 맞춰 주는 생활을 더 이상 못하겠다는 생각이 점점 분명해졌다. 하지만 나는 조심스럽게 접근했다. 하루도 못 견딜 것 같았지만 두 사람에게 대놓고 이야기하지는 않았다. 몸담고 있는 회사와 마찰을 빚어 봐야 좋을 게 하나도 없었다. 나는 두 사람이 묵는 호텔에 전화를 걸어 몸이 아프다고 하고 런던에도 똑같은 내용의 전보를 보냈다. 그리고 격리 수용될지도 모르니까 대체할 사람을 보내 달라고 했다. 이 일을 가지고 나무라는 사람은 없었다. 회사에서는 자세한 내용을 묻지도 않았고 열이 나서 더는 소식을 전하지 못하는 모양이라고 생각했다. 며칠 뒤 런던으로 돌아가서 얼마나 아팠는지 장광설을 늘어놓으면 그만이었다. 하지만 나는 그럴 마음이 없었다. 기사 노릇이라면 이제 지긋지긋했다.

이와 같은 반란은 내 인생의 중요한 전환점이 되었다. 덕분에 정해진 날 경매장을 찾아갈 수 있었으니까.

원래 게시판 위에는 '개인적인 매매가 이루어지지 않으면'이라는 단서가 붙어 있었다. 그런데 경매 공고가 그대로 있는 것을 보면 개인적인 매매가 이루어지지 않은 모양이었다. 나는 내가 지금 무슨 짓을 벌이고 있는지 알아차리지도 못할 만큼 신이 났다.

앞에서도 이야기했다시피 나는 부동산 경매에 참가해 본 적이 한 번도 없었기 때문에 잔뜩 기대에 부풀어 있었다. 하지만 경매는 재미없었다. 정말 재미없었다. 내가 지금껏 겪어 본 중에 제일 따분한 자리였다. 분위기는 전체적으로 어두웠고 참석한 사람은 예닐곱 명뿐이었다. 가구 경매장이나 그 비슷한 곳의 담당자들을 보면 목소리가 떠들썩하고 명랑하고 농담을 잘하던데, 이번 경매의 담당자는 그렇지 않았다. 단조로운 목소리로 매물의 장점을 소개하고 면적과 기타 등등을 설명하더니 심드렁하게 입찰을 시작할 따름이었다. 누군가 5000파운드를 불렀다. 경매 담당자는 썰렁한 농담을 들은 사람처럼 피곤한 미소를 보였다. 그가 몇 마디 이야기를 꺼냈고 몇 개의 입찰이 뒤를 이었다. 모인 사람들은 대부분 촌사람 분위기를 풍겼다. 몇몇은 농부인 것 같았고, 몇몇은 경쟁이 붙은 건설업자인 것 같았고, 두세 명은 변호사였다. 런던에서 건너왔는지 말쑥하게 차려입고 전문가 분위기를 풍기는 사람도 있었다. 그 사람이 입찰에 참여했는지 어쨌는지는 잘 모르겠다. 만약 참여했다면 조용히, 손짓으로 의사를 표현했을 것이다. 잠시 후 입찰은 흐지부지 끝이 났고, 담당자는 하한가에 못 미쳤다는 이유를 들며 구슬픈 목소리로 유찰을 선언했다.

"따분해서 죽는 줄 알았습니다."

나는 밖으로 나가면서 시골 출신으로 보이는 옆 사람에게 이야기를 건넸다.

"늘 그렇지. 많이 다녀보셨소?"

"아니요. 사실 이번이 처음입니다."

"호기심에 와 보셨구먼? 댁이 입찰을 한 기억은 없는데."

"맞습니다. 그냥 어떤 식으로 진행되나 궁금해서 한번 참가해 본 겁니다."

"경매는 늘 이런 식이지. 관심 있는 사람이 누구인지 알아보려는 거니까."

나는 묻는 듯한 표정으로 그를 쳐다보았다.

"오늘 관심을 보인 건 셋뿐이었어. 헬민스터의 웨더비. 이 사람은 건설업자야. 그리고 리버풀 회사를 대표해서 참석한 다컴과 쿰비, 여기에 런던의 다크호스. 이 다크호스는 변호사가 아닐까 싶던데.

물론 몇 군데 더 있겠지만 내가 보기에는 이 셋이 주인공 같더구먼. 아마 싸게 팔릴 거야. 다들 그렇게 말하기도 하고."

"그곳을 둘러싼 소문 때문입니까?"

"아, 집시의 땅 이야기를 들었소? 그야 시골 사람들이 심심풀이로 하는 이야기이지. 의회에서 진작 길을 고쳤어야 하는 건데. 죽어 나가는 소굴이니, 원."

"하지만 그 땅 자체가 악명이 높던데요?"

"다 미신이야. 아무튼 좀 전에도 이야기했던 것처럼 이제부터 무대 뒤에서 진짜 경쟁이 시작될 걸세. 찾아가서 가격을 제시하고 그렇겠지. 내가 보기에는 리버풀 사람들 손으로 넘어갈 것 같아. 웨더비는 높은 가격을 부를 리 없거든. 워낙 싼 매물을 좋아하는 사람이니까. 요즘 보면 개발용 부동산이 시장에 쏟아져 나오는데 그 땅을 사서 폐가를 허물고 새 집을 지을 만한 여유가 되는 사람이 어디 흔할까. 안 그런가?"

"요즘은 그런 공사가 별로 없는 것 같습니다."

"세금이다 뭐다 해서 너무 어려우니까 그렇지. 게다가 시골에 살면 일손 구하기도 힘들고. 그러느니 차라리 몇천 파운드 주고 대도시의 현대식 건물 16층에 자리 잡은 호화 맨션을 사는 게 낫지 않겠어? 덩치 크고 꼴사나운 시골 저택은 요즘 부동산 시장에서 퇴물이야."

"현대식 저택을 지으면 되지 않겠습니까? 일손이 별로 없어도 유지가 되게 말입니다."

"그렇기는 하지만 비용이 문제 아닌가? 게다가 외로운 생활을 좋아하는 사람도 없고."

"좋아하는 사람도 있긴 있을 겁니다."

내 말에 그는 웃음을 터뜨렸고 그렇게 우리는 헤어졌다. 나는 미간을 찌푸린 채 이런저런 생각을 하며 발걸음을 옮겼다. 정신을 차리고 보았더니 어느덧 숲속을 지나 굽이굽이 황야로 향하는 오르막길을 따라 걷고 있었다.

이렇게 해서 나는 엘리와 처음 마주친 장소에 닿게 되었다. 앞에서도 이야기했다시피 그녀는 커다란 전나무 옆에 서 있었고, 이렇게 표현하면 설명이 될지 모르겠지만 1초 전까지만 해도 없다가 숲속에서 난데없이 등장한 듯한 느낌이 들었다. 그녀는 짙은 초록색 트위드 차림이었고 머리카락은 가을 낙엽을 닮은 부드러운 갈색이었고 왠지 모르게 비현실적인 분위기를 풍겼다. 나는 그녀를 보자마자 걸음을 멈추었다. 그녀는 약간 놀랐는지 입을 살짝 벌린 모습으로 나를 쳐다보고 있었다. 나도 놀란 표정이었을 것이다. 무언가 말을 하고 싶었는데 무슨 말을 해야 좋을지 생각이 나지 않았다.

"저…… 저 때문에 놀라셨다면 죄송합니다. 아무도 없는 줄 알았거든요."

그녀도 내 말을 듣고 입을 열었다. 아주 부드럽고 조용한 것이 어린아이 같기도 하면서 또 그렇지 않기도 한 목소리였다.

"괜찮아요. 저도 아무도 없는 줄 알았어요."

그녀는 주위를 돌아보며 "외…… 외진 곳이라……." 하고 말하더니 살짝 몸을 떨었다.

그날 오후에는 약간 쌀쌀한 바람이 불었다. 하지만 몸을 떤 이유가 바람 때문은 아니었을 것이다. 잘은 모르겠지만. 나는 한두 걸음 앞으로 다가갔다.

"조금 무서운 곳이죠? 그런 식으로 버려진 폐가가 있으니까 말입니다."

"타워스 말씀이로군요."

그녀는 생각에 잠긴 말투로 이야기했다.

"그 집 이름이 타워스 맞죠? 하지만…… 탑이 있었던 흔적은 보이지 않던데……."

"그냥 붙인 이름일 겁니다. 타워스 같은 이름을 붙이면 왠지 더 근사해 보이니까요."

그녀는 살짝 미소를 보였다.

"그런 모양이네요. 그런데…… 혹시 알고 계시는지 모르겠지만 오늘 경매에 나온 집 아닌가요?"

"맞습니다. 제가 지금 경매장에서 오는 길이죠."

"아!"

그녀는 놀란 목소리였다.

"그 집에 관심 있으세요?"

"저는 수백 에이커의 숲이 딸린 폐가를 살 수 있는 사람이 아닙니다. 그럴 수 있는 부류가 아니죠."

"팔렸나요?"

"아니요. 하한가에 못 미쳤습니다."

"아, 그렇군요."

그녀는 마음이 놓인다는 투였다.

"혹시 아가씨가 그 집을 사고 싶었던 것 아닙니까?"

"아, 아니에요. 절대 아니에요."

그녀의 목소리는 불안하게 들렸다.

나는 잠시 망설이다 생각이 나는 대로 불쑥 내뱉었다.

"저는 그 집을 살 만한 형편이 못 됩니다. 수중에 돈이 한 푼도 없으니까요. 하지만 관심은 있습니다. 그 집을 사고 싶고 갖고 싶거든요. 웃으셔도 좋지만 사실이 그렇답니다."

"그렇지만 너무 낡지 않았나요? 너무……."

"그야 그렇죠. 지금 모습 그대로 갖고 싶다는 건 아닙니다. 허물어서 완전히 해체하고 싶어요. 집만 놓고 보면 보기 흉하고 분명 슬픈 사연이 있죠. 하지만 땅 자체는 슬프거나 보기 흉하지 않습니다. 얼마나 아름다운지 몰라요. 여길 보세요. 이쪽으로 오셔서 숲 사이로 펼쳐지는 산등성이와 황야를 한번 보세요. 보이십니까? 이쪽 전망을 말끔하게 정리하고…… 그 다음으로는 여길 보세요."

나는 그녀의 팔을 잡고 두 번째 지점으로 안내했다. 너무 허물없는 태도였지만 그녀는 알아차리지 못하는 것 같았다. 나도 별다른 뜻이 있어서 그녀의 팔을 잡은 것은 아니었다. 단지 내가 아는 풍경을 보여 주고 싶었을 뿐이다.

"여기요. 산줄기가 바다로 이어지고 바위들이 고개를 내민 거 보이시죠? 지금 우리가 선 여기하고 저기 사이에 마을이 있는데 툭 튀어나온 산등성이에 가려서 보이질 않죠. 그리고 세 번째 풍경은 숲이 우거진 희미한 계곡. 나무를 모두 잘라서 탁 트인 전망을 만들고 주변을 깨끗하게 정리하면 얼마나 예쁜 집이 탄생할지 그림이 그려지시나요? 허물어져 가는 집이 있던 자리가 어디인지 짐작도 못하게 될 겁니다. 그리고 여기에서 오른쪽으로 50미터나 100미터 떨어진 곳에 근사한 집을 짓는 거예요. 천재 건축가의 작품을 말이죠."

"천재 건축가라니, 혹시 아는 분 계세요?"

그녀는 미심쩍다는 투로 물었다.

"아는 사람이 한 명 있습니다."

이렇게 해서 산토닉스가 화제로 등장했다. 우리는 쓰러진 나무 위에 나란히 걸터앉았고 나는 그녀에게 많은 이야기를 했다. 숲속에서 나타난 늘씬한 그녀, 한 번도 본 적 없는 그녀에게 온 정성을 다해 내 꿈을 소개했다.

"물론 꿈은 꿈이죠. 현실로 이루어질 수 없다는 건 저도 잘 압니다. 하지만 생각해 보세요. 저처럼 한번 생각해 보세요. 나무를 잘라서 널따란 공터를 만들고, 진달래며 만병초 따위를 심고, 산토닉스를 부르고……. 산토닉스는 폐결핵인지 뭔지를 앓고 있기 때문에 기침을 쏟아내겠지만 완성시켜 줄 겁니다. 죽기 전에 집을 완성시켜 줄 거예요. 이 세상에서 제일 멋진 집을 만들어 줄 거라고요. 산토닉스가 어떤 작품을 만드는지 모르시죠? 산토닉스는 돈이 아주 많은 사람들, 제대로 된 것을 원하는 사람들만 골라서 집을 만들어 준답니다. 제대로 된 것이라고 해서 뻔한 집을 이야기하는 건 아닙니다. 꿈이 이루어지길 바라는 사람들이 원할 만한 것, 뭔가 근사한 것이라는 뜻이죠."

"저도 그런 집을 갖고 싶어요. 이야기를 들으니까 보이고 느껴지는 것 같네요……. 맞아요. 여기는 아주 살기 좋은 곳이 될 거예요. 모든 꿈이 이루어지는 그런 곳이 될 거예요. 여기라면 하기 싫은 일을 계속 강요하는 사람들에게 시달릴 필요 없이 자유롭게 살 수 있겠죠. 아, 제 인생은 너무 지긋지긋해요! 주변 사람들도 그렇고 모두 다!"

엘리와 나의 관계는 이렇게 시작되었다. 꿈을 털어놓은 나와 인생에 대한 혐오감을 드러낸 그녀. 우리는 이야기를 멈추고 서로를 쳐다보았다.

"이름이 어떻게 되세요?"

그녀가 물었다.

"마이크 로저스, 아니 마이클 로저스입니다. 그쪽은 어떻게 되십니까?"

"페넬라예요."

그녀는 잠시 머뭇거리다 "페넬라 굿맨."이라고 덧붙이며 약간 곤혹스러운 표정으로 나를 쳐다보았다.

이름을 밝혔다고 해서 사이가 좀 더 가까워지지는 않았지만 우리는 서로를 바라보던 시선을 거두지 않았다. 엘리도 그렇고 나도 그렇고, 다시 만나고 싶은데 어떤 식으로 이야기를 꺼내면 좋을지 모르는 상황이었다.

제5장

아무튼 엘리와 나의 만남은 이렇게 시작되었다. 우리의 관계가 급진전을 보이지 못한 이유는 둘 다 비밀을 감추고 있었기 때문이다. 둘 다 숨기는 게 있는 사람이라 어쩌다 신상에 관한 이야기가 나올 때마다 벽에 부딪혔다. 우리는 "언제 다시 만날 수 있을까요? 어디로 찾아가면 되나요? 어디 살고 계신가요?" 따위의 질문을 터놓고 할 수 없었다. 그렇게 물으면 똑같은 질문이 돌아올 게 빤하기 때문이었다.

페넬라는 자기 이름을 말할 때 불안해하는 표정이었다. 가짜 이름이 아닐까, 지어낸 이름이 아닐까 하는 생각이 들 정도였다. 하지만 그럴 리 없었다. 나는 본명을 밝혔으니까.

우리는 그날 어떤 식으로 헤어져야 좋을지 알 수 없었다. 어색하기 짝이 없었다. 날도 쌀쌀해지고 해서 이제 그만 타워스를 떠나고 싶었지만 이후에 무엇을 하느냐가 문제였다. 나는 머뭇머뭇 말을 꺼냈다.

"이 근처에 사십니까?"

그녀는 마켓 채드웰에 묵고 있다고 했다. 마켓 채드웰이면 별 세 개짜리 대형 호텔이 있는 인근 도시였다. 아마 그 호텔에 머물고 있는 모양이었다. 그녀도 나처럼 머뭇거리며 물었다.

"여기 사세요?"

"아니요. 여긴 오늘 경매 때문에 왔습니다."

또다시 어색한 침묵이 흘렀다. 그녀는 보일락 말락 몸을 떨었다. 싸늘한 바람이 우리를 훑고 지나갔다.

"추위도 쫓을 겸 좀 걸을까요? 그런데…… 차를 가지고 오셨습니까? 아니면 버스나 기차를 타고 가십니까?"

그녀는 마을에다 차를 세우고 왔노라고 대답했다.

"하지만 혼자 가도 괜찮아요."

이렇게 말하는 그녀의 얼굴은 약간 불안해 보였다. 나를 떼어내고 싶은데 어떻게 하면 좋을지 고민하는 것 같았다.

"그럼 마을까지만 같이 걸어갑시다."

그녀는 내 말을 듣고 고맙다는 표정을 지었다. 우리는 자동차 사고가 숱하게 벌어졌다는 구불구불한 길을 따라 천천히 걸었다. 그런데 모퉁이를 막 지났을 때 전나무 밑에서 누군가 갑자기 튀어나왔다. 깜짝 놀란 엘리는 "어머!" 하고 비명을 질렀다. 튀어나온 사람은 요전 날 오두막집 앞에서 만난 리 부인이었다. 오늘은 헝클어진 까만 머리가 바람에 나부끼고 진홍색 망토를 두르고 있어서 그런지 한결 더 사나워 보였고 당당한 자세 때문에 키가 훨씬 크게 느껴졌다.

"아가씨, 여기서 뭘 하고 있는 거지? 무슨 일로 집시의 땅에 발을 들여놓은 거지?"

"아, 저희가 불법 침입을 하거나 그런 건가요? 그건 아니지요?"

"불법 침입이나 다름없지. 원래 집시의 땅이었는데 사람들이 우릴 쫓아냈으니까. 여긴 나쁜 일만 생기는 곳이야. 집시의 땅 근처를 돌아다녀 봐야 좋을 거 하나 없다고."

엘리는 반발하는 기색이 전혀 없었다. 그럴 성격이 아니었다. 그녀는 정중하고 상냥하게 말을 건넸다.

"정말 죄송해요. 둘러보면 안 되는 곳인 줄 몰랐어요. 오늘 팔린다는 소리를 들었거든요."

"이 땅을 사는 사람은 재수 옴 붙을 거야. 두고 봐, 예쁘장한 아가씨. 이 땅을 사는 사람은 누구든 재수 옴 붙을 테니까. 이 땅은 오래전, 몇십 년 전부터 저주가 걸려 있어. 다시는 얼씬도 하지 마. 집시의 땅하고는 절대 얽히지 말라고. 가까이 해 봐야 돌아오는 건 죽음과 위험한 일뿐이니까. 바다 너머에 있는 집으로 돌아가서 다시는 집시의 땅을 찾지 마. 내 경고를 무시했다가 나중에 후회 말고."

엘리는 희미하게 노여운 눈빛을 보였다.

"저희가 나쁜 짓을 한 것도 아니잖아요."

"왜 이러십니까, 리 부인?"

내가 나섰다.

"젊은 아가씨를 괜히 겁주지 마세요."

나는 엘리 쪽을 쳐다보며 변명하는 투로 이야기를 꺼냈다.

"리 부인은 이 마을 주민이세요. 저기 오두막집에 살고 계시죠. 운수를 보고 미래를 점칠 줄 아는 분이랍니다. 안 그렇습니까, 부인?"

나는 그녀를 향해 장난기 다분한 말투로 물었다.

"능력을 타고났거든."

리 부인은 집시 분위기로 꾸민 몸을 한층 꼿꼿이 세우며 말했다.

"능력을 타고났다고. 사람들마다 한 가지씩 재능을 가지고 태어나잖아? 자, 이제 아가씨 점을 쳐 줄까? 은화를 쥐어 주면 아가씨의 운수를 알려 줄게."

"저는 운수에 관심이 없는데요."

"운수를 봐 두면 좋아. 앞으로 어떤 일이 닥칠지, 어떤 것을 피해야 하는지 운수를 봐 두지 않으면 알 수 없지. 자자, 아가씨 주머니에는 돈이 가득하잖아. 돈이 가득하잖아. 난 아가씨가 들어 두면 좋을 만한 정보를 알고 있다고."

여자들은 운수를 궁금하게 생각하는 공통점이 있다. 예전에 사귀었던 여자 친구들만 하더라도 축제에 함께 가면 항상 점을 보는 코너 앞에서 내가 비용을 대준 경우가 거의 대부분이었다. 엘리는 가방을 열더니 반 크라운짜리 동전 두 개를 꺼내 부인의 손에 쥐어 주었다.

"아이고, 예쁜 아가씨. 좋았어. 이제 이 할멈이 무슨 말을 하는지 들어 보라고."

엘리는 장갑을 벗고 작고 우아한 손바닥을 부인의 손 위에 올려놓았다. 리 부인은 손바닥을 내려다보며 혼잣말을 중얼거렸다.

"어떤 운명이 보일까? 어떤 운명이 보일까?"

잠시 후 그녀는 엘리의 손을 홱 뿌리쳤다.

"내가 아가씨라면 이 땅 근처에는 얼씬도 하지 않겠어. 당장 떠나. 그리고 다시는 찾지 마! 조금 전에도 내가 그렇게 말했지? 농담이 아니야. 아가씨의 손금에서도 보인다고. 집시의 땅은 잊어버려. 집시의 땅을 본 기억 자체를 잊어버려. 허물어져 가는 집뿐만이 아니야. 이 땅에도 저주가 걸려 있어."

"집착이 지나치시군요."

나는 퉁명스럽게 대꾸했다.

"어쨌거나 이 아가씨는 이곳과 아무 상관없는 사람입니다. 산책하는 길에 들렀을 뿐 이 근처하고 아무 상관없는 사람이라고요."

리 부인은 내 말을 들은 척도 하지 않고 으스스한 목소리로 이야기를 계속했다.

"내 분명히 말했어, 아가씨. 분명히 경고했다고. 행복하게 살려면 위험한 곳을 피해야 해. 위험한 곳, 저주가 걸린 곳은 가까이 하지마. 아가씨를 사랑하고 보호하고 보살펴 주는 사람들이 있는 곳으로 돌아가. 아가씨 목숨은 아가씨가 지켜야지. 명심하라고. 안 그랬다가는…… 안 그랬다가는……."

그녀는 잠시 말을 멈추고 부르르 떨었다.

"보기 싫어. 아가씨 손금은 보기 싫어."

그녀는 묘한 분위기를 풍기며 잽싸게 동전을 돌려주더니 뭔지 모를 혼잣말을 중얼거렸다. "끔찍한 일이 벌어질 거야. 끔찍한 일이." 비슷한 내용이었다. 그녀는 이렇게 중얼거리면서 황급히 반대편으로 걸어갔다.

"정말…… 정말 무서운 할머니로군요!"

엘리가 말했다.

"신경 쓰지 마십시오."

나는 무뚝뚝하게 대답했다.

"제정신이 아니라고 하니까요. 겁을 줘서 쫓아내려는 겁니다. 이 땅에 상당히 집착하는 모양입니다."

"여기서 사고가 벌어진 적 있나요? 나쁜 일이 벌어진 적 있나요?"

"사고가 없으면 오히려 이상한 곳입니다. 급커브에다 이렇게 좁은 길을 보세요. 의회에서는 무슨 조치를 취하지 않고 뭘 하는지 모르겠습니다. 경고 표지판마저 부족하니 당연히 사고가 벌어질 수밖에 없죠."

"사고 말고…… 다른 일은 없었나요?"

"사람들은 끔찍한 사건 수집하기를 좋아합니다. 일단 수집하겠다고 마음을 먹으면 끔찍한 사고야 차고 넘치지 않겠어요? 그래서 이곳을 둘러싼 소문이 생긴 거죠."

"이 땅이 싸게 팔릴 거라는 이야기가 떠돈 이유도 바로 그 때문인가요?"

"아마 그럴 겁니다. 마을 사람들 사이에서는 그런 이야기가 나돌았겠죠. 하지만 제가 보기에는 이 마을 사람이 아니라 개발업자에게 팔릴 것 같습니다. 그런데 떨고 계시군요? 그러지 마세요. 자, 좀 더 빨리 걸읍시다."

나는 머뭇거리다 말을 이었다.

"혹시 저하고 마을까지 같이 걷기 싫으신가요?"

"아니에요. 절대 아니에요. 그럴 리 없잖아요?"

나는 운에 맡기는 심정으로 이야기를 꺼냈다.

"저기…… 내일 마켓 채드웰에 볼일이 있는데 말입니다. 호…… 혹시…… 내일까지 계실지 모르겠지만, 그러니까…… 다시 뵐 수 있을까요?"

나는 어색하게 발장난을 하며 고개를 돌렸다. 얼굴이 조금 달아오른 게 느껴졌다. 하지만 아무 말도 하지 않으면 이대로 끝날 것 같았다.

"예, 그럼요. 저녁 무렵에야 런던으로 떠날 거예요."

"그럼…… 혹시…… 그러니까…… 너무 뻔뻔하다 생각하실지 모르겠지만……"

"아니요, 전혀 그렇지 않은 걸요?"

"그럼 카페에서 차나 한잔 하시겠어요? 블루 도그라는 카페가 있는 걸로 기억하는데. 그게…… 그러니까……."

적당한 단어가 생각이 나질 않았다. 나는 어머니한테 한두 번 들은 적 있는 표현을 동원해서 "숙녀에게 어울리는 분위기라더군요."

라고 조심스럽게 덧붙였다.

이 말에 엘리는 웃음을 터뜨렸다. 요즘은 그런 표현을 쓰면 특이하게 들리는 모양이었다.

"아주 괜찮은 곳일 것 같은 예감이 들어요. 좋아요. 갈게요. 4시 30분 정도면 괜찮을까요?"

"기다리고 있겠습니다. 다…… 다행이네요."

나는 뭐가 다행인지는 이야기하지 않았다.

마침내 마지막 모퉁이를 돌자 집들이 보이기 시작했다.

"그럼 안녕히 가십시오. 내일 뵐게요. 그리고…… 정신 나간 할머니가 한 이야기는 신경 쓰지 마세요. 사람들 겁주는 낙으로 사는 할머니 같으니까. 이 근처에 항상 있는 것도 아니고요."

"여기가 무섭다는 생각 안 드세요?"

"집시의 땅이오? 아니요, 전혀."

너무 단정적인 말투로 들렸을지 모르겠지만 내가 보기에 집시의 땅은 무서운 곳이 아니었다. 예전에 생각했던 것처럼 아름다운 곳이었다. 아름다운 집에 알맞은 아름다운 풍경이었다…….

엘리와의 첫 만남은 이렇게 시작되었다. 다음 날 나는 마켓 채드웰의 블루 도그로 찾아가 기다린 끝에 그녀를 만났다. 우리는 함께 차를 마시면서 이야기를 나누었다. 하지만 우리들, 그러니까 우리가 어떻게 사는지에 대해서는 거의 이야기하지 않았다. 생각과 느낌을 위주로 대화를 나누었을 뿐이다. 그러다 잠시 후 엘리가 손목시계를 보더니 그만 일어나야 된다고 했다. 런던행 기차가 5시 30분에 떠난다는 것이었다.

"차를 가지고 왔다고 하지 않으셨던가요?"

그녀는 약간 당황한 표정을 짓더니 아니라고, 아니라고, 어제는 남의 차를 빌려 탄 것이라고 했다. 하지만 누구 차였는지는 밝히지 않았다. 어색한 분위기가 다시금 우리 위로 먹구름을 드리웠다. 나는 여종업원을 불러 찻값을 내고 단도직입적으로 물었다.

"다…… 다시 만날 수 있을까요?"

그녀는 내 얼굴을 외면한 채 탁자 위로 시선을 떨어뜨렸다.

"앞으로 2주 동안 런던에 있을 거예요."

"어디에서, 어떻게 만날까요?"

우리는 3일 뒤 리전트 공원에서 만나기로 약속을 잡았다. 그날은 날씨가 화창했다. 우리는 야외 식당에서 간단하게 요기를 한 다음 메리 여왕의 정원을 걸었고 벤치에 앉아 이야기를 나누었다. 우리의 생활상이 화제로 떠오른 것은 그때부터였다. 나는 정규 교육을 좀 받았을 뿐 그 밖에는 내세울 게 없다고 했다. 그리고 지금까지 거쳐 간 여러 가지 직업의 일부를 소개하면서 한 가지에 매달리지 못한 채 이것도 해 보고 저것도 해 보면서 쉴 새 없이 돌아다니는 성격이라고 고백했다. 신기하게도 그녀는 이 말을 듣고 넋이 나간 표정을 지었다.

"너무 달라요. 정말이지 너무 달라요."

"너무 다르다니요?"

"저하고 너무 다르다고요."

"당신은 부잣집 딸인가요?"

"예. 가엾은 부잣집 딸이죠."

그녀는 주위의 갑부들이 빚어내는 숨 막히는 평화, 권태, 친구도 마음대로 사귈 수 없고 하고 싶은 일도 못하는 생활, 재미있게 사는 것처럼 보이는 사람들을 대할 때마다 느끼는 기분 등을 단편적으로 이야기했다. 그녀의 어머니는 젖먹이일 때 돌아가셨고 이후 재혼을 한 아버지마저 몇 년 뒤에 돌아가셨다고 했다. 말투로 보건대 새어머니하고 서먹한 관계인 것 같았다. 그녀는 주로 미국에서 머물지만 해외여행을 자주 한다고 했다.

요즘 시대에 그만큼 나이를 먹은 아가씨가 그런 식으로 정해진 틀에 갇힌 채 살아왔다니 신기하게 느껴졌다. 파티에도 참석하고 취미 생활도 즐겼다는데 이야기하는 품새로 보면 50년쯤 전에 벌어진 일 같았다. 그 정도로 형식적이고 따분하게 들렸던 것이다. 그녀와 나의 생활은 하늘과 땅만큼이나 달랐다. 그녀의 이야기를 듣고 있으면 흥미진진한 한편으로 참 바보 같다는 생각이 들었다.

"그러면 친한 친구도 없나요? 남자 친구도 없어요?"

나는 믿을 수 없다는 투로 물었다.

"남들이 골라 준 남자 친구만 있어요."

그녀는 씁쓸하게 대답했다.

"하나같이 얼마나 재미없는지 몰라요."

"감옥에 갇힌 기분이겠군요."

"딱 그 기분이에요."

"정말 친구도 없어요?"

"지금은 생겼어요. 그레타."

"그레타라니요?"

"처음에는 오페어*였는데……. 아니, 꼭 그런 건 아니었어요. 아무튼 프랑스 여자가 프랑스 어 가정교사로 우리 집에 1년 동안 머물다 독일에서 그레타가 건너왔어요. 독일어 가정교사로. 그런데 그레타는 달랐어요. 그레타가 온 뒤로 모든 게 달라졌어요."

"그레타라는 분을 아주 좋아하는 모양이로군요?"

"그레타는 항상 나를 도와줘요. 내 편이거든요. 내가 하고 싶은 일을 하고 원하는 곳을 여행할 수 있는 것도 그레타가 손을 써 주는 덕분이에요. 내 대신 거짓말을 해 주거든요. 그레타가 아니었다면 집시의 땅을 찾아가지도 못했을 거예요. 새어머니가 파리에 가 있는 동안 나하고 런던에 머물면서 이것저것 챙겨 줬거든요. 어디든 가고 싶은 데가 있으면 편지를 두세 통 미리 써 놔요. 그럼 그레타가 사나흘 간격으로 편지를 부쳐 준답니다. 런던 소인이 찍히도록 말이에요."

"그런데 집시의 땅을 찾아간 이유가 뭔가요? 무슨 일로 찾아간 거죠?"

그녀는 잠시 머뭇거리다 입을 열었다.

"그레타하고 세운 계획이 있거든요. 그레타는 정말 대단한 친구

---

* 숙식을 제공받는 대가로 집안일을 도와주는 외국 여자 유학생.

예요. 기발한 생각을 하고 방법을 내놓고 그래요."

"그레타라는 여자 분은 어떻게 생겼습니까?"

"예뻐요. 키가 크고 금발이에요. 그리고 못하는 게 없어요."

"아무래도 제가 좋아할 타입은 아닌 것 같군요."

엘리는 내 말을 듣고 웃음을 터뜨렸다.

"만나 보면 당신도 마음에 들걸요? 분명히! 거기다 머리도 아주 좋아요."

"똑똑한 여자는 싫습니다. 키가 큰 금발도 싫고요. 난 아담하고 머리 색은 가을 낙엽을 닮은 여자가 좋아요."

"질투하는 거 아니에요?"

"그럴지도 모르겠습니다. 당신은 그레타를 아주 좋아하잖아요, 그렇죠?"

"맞아요, 아주 좋아해요. 그레타 덕분에 인생이 달라졌으니까."

"그럼 이곳 여행을 권한 사람도 그레타였나요? 이유가 궁금하군요. 볼거리도 별로 없는데. 그것 참 희한한 일인걸요?"

"우리 둘만의 비밀이에요."

엘리는 당황한 표정을 보였다.

"당신의 비밀인가요, 아니면 그레타의 비밀인가요? 알고 싶은데……."

그녀는 고개를 저었다.

"비밀을 지킬래요."

"그레타라는 친구도 우리가 만나는 걸 알고 있습니까?"

"누굴 만난다는 것만 알아요. 그레타는 캐묻지 않아요. 내가 행복하다는 걸 알고 있으니까."

이후로 일주일 동안 우리는 만나지 못했다. 파리에 있던 새어머니와 프랭크 삼촌이라는 사람이 건너온다는데, 엘리가 지나가듯 비친 말로는 그녀의 생일을 기해 런던에서 으리으리한 파티가 열린다고 했다.

"지금은 어쩔 수 없어요. 하지만 다음 주만 지나면…… 다음 주만 지나면 모든 게 달라질 거예요."

"다음 주만 지나면 모든 게 달라지는 이유가 뭔가요?"

"그 뒤로는 뭐든 내 마음대로 할 수 있거든요."

"여태껏 그래 왔던 것처럼 그레타의 도움이 필수겠죠?"

내가 그레타 이야기를 꺼낼 때마다 엘리는 웃음을 터뜨렸다.

"그레타를 질투하다니 말도 안 돼. 나중에 꼭 한번 만나 보세요. 좋아하게 될 테니까."

"대장처럼 구는 여자는 싫습니다."

나는 고집을 꺾지 않았다.

"그레타가 왜 대장처럼 군다고 생각하세요?"

"이야기를 들어 보면 그렇잖아요. 늘 여기저기 손을 쓰느라 바쁘다고 하니까."

"얼마나 능력 있는데요! 일을 맡겼다 하면 척척이고. 새어머니가 그레타를 믿는 이유도 그 때문이에요."

나는 프랭크 삼촌이라는 사람에 대해서 물었다.

"나도 아는 게 별로 없어요. 사실은 고모부인데 떠돌아다니는 부류이고 한 번인가 두 번 사고를 친 적이 있어요. 사람들이 흘리는 이야기를 종합해 보면 대충 그런 것 같아요."

"환영받지 못하는 부류란 말인가요? 건달인가요?"

"아니요, 사실 나쁜 분은 아니에요. 하지만 예전에 말썽을 일으킨 적이 있거든요. 금전 문제로. 신탁 관리인하고 변호사들이 나서서 돈을 대고 해결해 줬죠."

"아하, 그러니까 집안의 골칫거리로군요. 모범생 그레타보다는 프랭크 삼촌이 나하고 더 잘 어울리는 인물인 것 같은데요?"

"마음 내키면 농담도 잘하고 그러세요. 재미있는 분이에요."

"하지만 좋아하지는 않는군요?"

나는 날카롭게 물었다.

"좋아해요……. 그런데 가끔 뭐랄까, 무슨 생각을 하는지, 무슨 꿍꿍이속인지 모르겠다 싶을 때가 있어요."

"모사가형(型)이란 말이죠?"

"어떤 분인지 잘 모르겠어요."

그녀는 자기 가족을 만나 달라고 한 적이 없었다. 내 쪽에서 먼저 이야기를 꺼내야 하는 걸까? 나로서는 그녀의 생각이 어떤지 알 수 없었다. 그렇다면 단도직입적으로 물어보는 수밖에.

"엘리, 가족들한테 나를 소개시킬 생각인가요, 아니면 소개시키지 않을 생각인가요?"

"우리 가족하고는 만나지 말았으면 좋겠어요."

그녀는 내 말이 떨어지기가 무섭게 대답했다.

"하긴 내 처지가……."

"그런 뜻에서 하는 말이 아니에요! 당신을 만나면 야단법석이 벌어질 거예요. 야단법석은 싫어요."

"어째 음모를 꾸미는 것 같으니까 그렇죠. 내가 악당처럼 보이지 않을까 싶기도 하고."

"나 정도면 알아서 친구를 사귈 나이 아닌가요? 난 얼마 있으면 스물한 살이 된다고요. 스물한 살이 되면 내가 누굴 만나건 어느 누구도 상관할 수 없어요. 하지만 지금은…… 아까도 말했던 것처럼 난리법석을 떨면서 당신을 만나지 못하도록 날 어디론가 끌고 갈지도 몰라요. 아니면…… 아, 제발, 제발 지금 이대로 지내요."

"좋을 대로 해요. 너무 떳떳하지 못한 게 아닌가 싶어서 꺼낸 이야기니까."

"떳떳하지 못하다니요! 이런저런 이야기 나눌 수 있는 친구를 만나는 건데. 그러니까……."

그녀는 잠시 말을 멈추고 미소를 지었다.

"같이 상상놀이 할 수 있는 친구. 그 기분이 얼마나 좋은지 당신은 모를걸요?"

그렇다. 우리의 만남은 시간이 지날수록 상상놀이 비슷한 분위기로 흘러갔다. 가끔은 내가 먼저 시작하는 때도 있었다. 하지만 엘리가 먼저 시작하는 경우가 훨씬 많았다.

"우리, 집시의 땅을 사서 거기다 집을 짓는다고 상상해 봐요."

나는 산토닉스와 그의 작품에 대해 많은 이야기를 했다. 산토닉스가 어떤 집을 짓는지, 어떤 사고방식의 소유자인지 설명했다. 하지만 제대로 설명이 됐을 것 같지는 않다. 나는 워낙 설명에 재주가 없는 편이다. 엘리도 나름대로 집에 대한 그림을 그렸다. 우리 집에 대한 그림을. '우리 집'이라는 표현을 쓰지는 않았지만 집이라고 하면 당연히 우리 집을 가리키는 말이었다…….

나는 일주일 동안 엘리를 못 만난다는 말을 듣고 통장에 있던 돈을 모두 털어(몇 푼 안 됐다.) 아일랜드 매석(埋石)으로 만든 토끼풀 모양의 초록색 반지를 샀다. 그 반지를 생일 선물로 건넸더니 엘리는 뛸 듯이 기뻐했다.

"너무 예뻐요."

그녀는 보석을 즐기는 편이 아니었다. 어쩌다 하고 나오는 액세서리는 모두 진짜 다이아몬드 아니면 에메랄드, 뭐 그런 식이었다. 하지만 그녀는 내가 준 초록색 반지를 좋아했다.

"이보다 근사한 생일 선물은 없을 거예요."

그리고 며칠 뒤 엘리한테서 다급한 쪽지가 날아왔다. 생일 파티가 끝나자마자 가족들과 함께 남프랑스로 떠난다는 내용이었다.

"하지만 걱정 마요. 2, 3주 뒤 미국으로 가는 길에 다시 들를 테니까. 그때 다시 만나요. 할 이야기가 있어요."

앞으로 몇 주 동안 엘리를 못 만난다니, 가족들과 함께 프랑스로 가 버린다니 불안하고 초조했다. 나도 집시의 땅에 대해서 들은 이야기가 있었다. 개인적인 매매가 이루어졌다는데 매입자에 대해 알려진 바가 거의 없었다. 런던의 법률 회사라는 소리만 들릴 따름이었다. 나는 더 많은 정보를 알아내려고 했지만 역부족이었다. 문제의 법률 회사는 입단속이 철저했다. 두말하면 잔소리겠지만 내가 접근한 상대는 간부급이 아니었다. 내가 막연한 정보나마 얻을 수 있었던 것은 경리를 닦달한 덕분이었다. 집시의 땅의 새로운 주인은 어마어마하게 돈이 많은 고객이고 일대의 개발 차익을 노리고 투자 수단으로 사 놓은 것이라고 했다.

배타적인 회사를 상대할 때는 정보를 얻기가 어렵다. 그들은 첩보 5부*라도 되는 것처럼 모든 걸 비밀에 부친다. 항상 이름을 거론해서는 안 될 사람을 위해 일한다. 토지 경매가 뭐 그리 대수라고!

너무 불안해서 참을 수 없는 상태가 찾아왔다. 결국 나는 모든 생각을 접고 어머니를 만나러 갔다.

정말 오랜만에 나선 길이었다.

---

* 영국 내 스파이, 불순 분자 등을 단속하는 기관.

제6장

우리 어머니는 20년 동안 한 동네에 살았다. 멋이나 개성이라고는 전혀 찾아볼 수 없는, 평범한 황갈색 집들이 늘어선 주택가에서 말이다. 깔끔하게 흰색 칠을 한 대문 앞 계단은 달라진 게 없었다. 46호. 나는 초인종을 눌렀다. 문을 연 어머니는 가만히 서서 나를 쳐다보았다. 예전과 똑같은 모습이었다. 큰 키에 앙상한 체구, 가운데 가르마를 탄 잿빛 머리카락, 쥐덫처럼 굳게 다문 입, 그리고 언제나 의심스러운 표정의 눈빛. 어머니는 바위처럼 단단한 모습이었다. 하지만 나하고 연관된 일에 한해서는 여린 모습을 보일 때가 있었다. 어머니는 가능한 한 그런 면을 감추려고 했지만 나는 알 수 있었다. 어머니는 항상 내가 달라지길 바랐다. 불가능한 꿈을 꾸는 셈이었다. 우리 모자 사이에는 언제나 팽팽한 긴장감이 감돌았다.

"왔니?"

"예. 저 왔어요."

어머니는 내가 들어갈 수 있도록 뒤로 한 걸음 물러섰다. 나는 거실 문을 지나 부엌으로 발걸음을 옮겼다. 뒤따라온 어머니는 선 채로 나를 쳐다보았다.

"오랜만이구나. 요즘은 뭐 하고 지내니?"

나는 어깨를 으쓱했다.

"이런저런 일 하면서 지내요."

"여전하구나?"

"예. 여전해요."

"지난번에 만난 뒤로 직장을 몇 번이나 옮겼니?"

나는 곰곰이 따져 보았다.

"다섯 번요."

"언제면 철이 들래?"

"저도 이제 어른이에요. 내 식대로 살 수 있는 나이라고요. 어머니는 어떻게 지내셨어요?"

"똑같지, 뭐."

"건강하시고요?"

"골골대느라 낭비할 시간 없다."

어머니는 잠시 후 느닷없이 물었다.

"그래, 어쩐 일이냐?"

"꼭 이유가 있어야 하나요?"

"늘 그랬잖니."

“세상 경험 좀 쌓고 싶다는데 왜 그런 식으로 못마땅하게 생각하세요?”

“으리으리한 차를 몰고 유럽 대륙을 누비면서 경험을 쌓겠다는 거냐?”

“그럼요.”

“그런 식으로 해서 성공할 수 있겠니? 어느 날 갑자기 일을 때려치우고 외딴 마을에 손님들을 내팽개쳤다면서?”

“그건 또 어떻게 아셨어요?”

“회사에서 전화가 왔더라. 네 주소를 알려 달라면서.”

“뭐 하러 저를 찾았데요?”

“널 다시 쓰고 싶은 모양이더라. 이유는 모르겠다만.”

“그야 제 운전 솜씨가 워낙 좋고 손님들한테 인기가 많기 때문이죠. 아무튼 몸이 아픈데 어쩔 수 없잖아요. 안 그런가요?”

“난 잘 모르겠다.”

어머니는 동의하지 않는 표정이었다.

“영국으로 돌아온 뒤에는 왜 연락을 안 한 거냐?”

“다른 관심거리가 생겨서요.”

어머니는 눈썹을 치켜세웠다.

“아직도 변덕이 남았니? 아직도 엉뚱한 생각을 해? 그 뒤로는 어떤 일을 한 거냐?”

“주유소 직원, 카센터 정비공, 계약직 경리, 싸구려 나이트 클럽 세탁 담당…….”

"갈수록 가관이로구나."

어머니는 그럴 줄 알았다는 듯이 험상궂은 표정을 지었다.

"아니에요. 다 계획의 일부라고요. 세워 놓은 계획이 있다니까요."

어머니는 한숨을 내쉬었다.

"뭐 줄까? 홍차? 커피? 둘 다 있다."

나는 커피를 택했다. 홍차를 마시는 습관은 끊은 지 오래였다. 우리는 찻잔을 앞에 놓고 마주 앉았고 어머니는 양철 그릇에 담아 두었던, 집에서 만든 케이크를 두 조각 잘랐다.

"달라졌구나."

어머니가 난데없이 꺼낸 말이었다.

"그래요? 어떻게요?"

"뭐라고 설명할 수는 없지만 아무튼 달라졌어. 무슨 일이 있는 거지?"

"아무 일 없어요. 무슨 일이 있겠어요?"

"잔뜩 들떠 있잖니."

"은행을 털 생각이거든요."

어머니는 농담을 받아들일 기분이 아니었다.

"아냐. 넌 그런 일을 할 위인이 못 돼."

"왜요? 요즘 그보다 쉽게 부자가 되는 방법도 없잖아요."

"은행을 털려면 엄청난 준비가 필요하잖니. 계획도 많이 세워야 하고. 넌 그렇게 머리를 쓸 성격이 아니야. 게다가 위험한 방법이기도 하고."

"어머니는 저를 아주 잘 안다고 생각하시는군요?"

"아니, 난 너라는 아이를 잘 모르겠다. 너하고 나는 하늘과 땅만큼이나 다르니까. 하지만 네가 무슨 일을 꾸미면 금세 알아차릴 수 있지. 넌 지금 무슨 일을 꾸미고 있어. 이번에는 뭐지? 여자가 생겼니?"

"왜 여자 문제일 거라고 생각하세요?"

"언젠가는 그럴 줄 알고 있었으니까."

"'언젠가는'이라니요? 저 지금까지 여자 친구 많았어요."

"지금까지는 할 일 없는 한량답게 이 여자 저 여자 만나고 다녔지. 하지만 진지하게 만난 적은 없었어."

"그런데 지금은 진지하단 말씀인가요?"

"여자가 생긴 거냐, 미키?"

어머니를 똑바로 쳐다볼 수가 없었다. 나는 고개를 돌리며 말했다.

"그렇다고 볼 수 있어요."

"어떤 여자니?"

"저하고 아주 잘 어울리는 여자예요."

"나한테 소개시켜 줄 거니?"

"아니요."

"뭔가 있는 거지?"

"그런 게 아니에요. 기분 나쁘실지 모르겠지만……."

"기분 나쁠 거 없다. 내가 안 된다고 할까 봐 보여 주지 않겠다는 거지, 그렇지?"

"안 된다고 하셔도 신경 쓰지 않을 거예요."

"그렇겠지. 하지만 마음이 흔들릴걸? 넌 내가 무슨 말을 하는지, 어떻게 생각하는지 눈치를 보니까. 난 널 보면서 짐작하는 부분들이 있지. 내 짐작이 잘 맞는 건 너도 알 거다. 이 세상에서 네 자신감을 뒤흔들 수 있는 사람은 나밖에 없어. 널 꼼짝 못하게 만든 아가씨 말인데, 혹시 질이 나쁜 부류냐?"

"질이 나쁜 부류냐고요?"

나는 웃음을 터뜨리고 말았다.

"직접 보시면 그런 말씀 못하실걸요? 웃음이 다 나오네요."

"뭐가 아쉬워서 찾아온 게냐? 넌 항상 날 볼 때마다 아쉬운 소릴 하잖니."

"돈이 좀 필요해요."

"너한테 줄 돈 없어. 뭐에 쓰려고? 여자 친구한테 쓰려고?"

"아니에요. 결혼할 때 입게 최고급 정장을 사고 싶어서 그래요."

"그 아가씨하고 결혼을 하겠다?"

"해 주면요."

이 말이 결정타였다.

"그걸 지금 말이라고 하는 게냐? 단단히 잘못 걸려들었구나, 단단히 잘못 걸려들었어. 이런 일이 벌어지지 않을까 걱정했더니만 상대를 잘못 골랐어."

"잘못 골랐다고요? 젠장!"

나는 홧김에 버럭 소리를 질렀다.

나는 밖으로 뛰쳐나가면서 쾅 소리 나게 문을 닫았다.

제7장

집으로 돌아왔더니 전보가 기다리고 있었다. 앙티브에서 날아온 전보였다.

내일 4시 30분에 늘 만나던 곳에서 봐요.

엘리는 전과 다른 모습이었다. 한눈에 느낄 수 있었다. 우리는 전처럼 리전트 공원에서 만났다. 처음에는 분위기가 약간 낯설고 어색했다. 나는 준비해 간 말을 어떤 식으로 꺼내면 좋을지 고민이 됐다. 청혼을 할 때가 되면 어떤 남자라도 그럴 것이다.

그런데 엘리도 묘한 분위기였다. 청혼을 제일 근사하고 상냥하게 거절하는 방법을 연구하고 있는지도 모를 일이었다. 하지만 나는 그런 생각은 하지 않았다. 엘리가 나를 사랑한다는 데 인생의 모든 믿음을 걸었기 때문이다. 엘리는 한결 독립적이고 당당한 인상을 풍겼다. 한 살 더 먹은 탓은 아니었다. 여자는 생일을 한 번 더 치렀다고 해서 그렇게 달라지지 않는다. 엘리는 가족들과 함께 남프랑스에서 지낸 이야기를 조금 들려주더니 조금 수줍어하는 듯한 목소리로 말했다.

"저기…… 그 집 봤어요. 건축가인 친구가 지었다는 집."

"응? 산토닉스가 지은 집 말이야?"

"예, 거기서 점심을 먹었어요."

"어떻게? 새어머니가 그 집 주인하고 잘 아는 사이인가?"

"드미트리 콘스탄틴 말이죠? 글쎄요……. 만난 적은 있지만 잘 아는 사이는 아니에요. 그게 저기…… 사실은 그레타가 주선한 자리였어요."

"또 그레타로군."

나는 여느 때처럼 화가 난 목소리로 중얼거렸다.

"그런 방면에 솜씨가 있다고 했잖아요."

"맞아, 그랬지. 그러니까 그레타의 주선으로 새어머니와 함께……."

"프랭크 삼촌도 같이 갔어요."

"온 가족이 벌인 파티였겠군. 그레타도 같이 갔겠지?"

"아니요. 그레타는 안 갔어요. 그게……."

그녀는 잠시 머뭇거렸다.

"코라, 그러니까 새어머니는 그레타를 그런 식으로 생각하지 않아요."

"그러니까 가족은 아니고 가난한 친척이다, 이 말인가? 정확히 말하면 오페어지만. 그레타의 입장에서 생각해 보면 그런 대접을 받는 게 가끔 분할 때도 있겠군."

"오페어 아니에요. 내 친구라면 모를까."

"샤프롱*, 가이드, 도우미, 가정교사, 알맞은 표현이야 많지."

"그만 좀 해요. 하고 싶은 얘기가 있단 말이에요. 산토닉스를 놓고 했던 말, 이제 무슨 뜻인지 알겠어요. 정말 근사한 집이더라고요. 뭐랄까…… 상당히 색다른 면이 있었어요. 우리 집을 맡기면 아주 근사한 작품으로 만들어 줄 것 같아요."

엘리는 무의식적으로 그 단어를 썼다. '우리 집'이라는 단어를. 그녀는 리비에라까지 찾아가서 그레타를 통해 집을 구경했다. 우리가 꿈꾸는 세계에서 루돌프 산토닉스에게 집을 맡기면 어떤 작품이 탄생할지 좀 더 또렷하게 그려 보기 위해서 말이다.

"그렇게 생각했다니 다행이네."

내 말에 그녀가 물었다.

"그동안 어떻게 지냈어요?"

"따분한 일을 하면서 지냈지. 한 번은 경마장에 가서 30대 1로 배당된 승산 없는 말에 돈을 걸었어. 동전까지 탈탈 털어서. 그런데 그 녀석이 아슬아슬하게 우승을 하더라고. 운이 좋았지."

---

* 사교계에 데뷔한 미혼 여성을 따라다니며 돌봐 주는 부인.

"잘됐네요."

말은 이렇게 했지만 엘리는 신이 난 목소리가 아니었다. 그녀가 사는 세계에서는 승산 없는 말에 가진 돈 전부를 걸었는데 그 말이 우승하는 사건쯤은 아무런 의미가 없었다. 적어도 내가 사는 세계에서보다는 의미가 덜했다.

"그리고 어머니 집에 다녀왔어."

"그러고 보니까 당신 어머니 이야기는 별로 들은 기억이 없네요."

"할 이야기가 없으니까."

"어머니랑 사이가 안 좋은가요?"

나는 잠시 생각을 해 보았다.

"잘 모르겠어. 어떨 때 보면 안 좋은 것 같기도 하고. 자식들은 자라면서 부모를 앞지르게 되잖아. 어머니와 아버지를."

"내가 보기에는 어머니를 아끼는 것 같은데요? 안 그러면 잘 모르겠다는 식으로 말하지 않았을 거 아니에요."

"무서워한다는 쪽이 오히려 맞을 거야. 어머니는 나를 너무 잘 알거든. 내 가장 못난 모습을 너무 잘 알아."

"그런 사람이 한 명쯤은 있어야죠."

"왜?"

"위대한 작가인가 누군가 한 말인데 시종이 보기에 영웅인 남자는 없대요. 누구나 그런 시종을 한 명쯤은 두고 있어야 하지 않을까요? 항상 남들의 기대를 만족시키면서 살려면 너무 힘들잖아요."

"맞는 말이네."

나는 엘리의 손을 잡았다.

"당신은 나를 잘 안다고 할 수 있을까?"

"그런 것 같아요."

그녀의 말투는 차분하고 담담했다.

"내 이야기는 한 적이 별로 없는 것 같은데."

"사실 당신 이야기는 한 번도 한 적이 없죠. 조개처럼 입을 다물어 버렸잖아요. 하지만 난 당신이 어떤 사람인지 알아요."

"과연 그럴까?"

나는 잠시 후 말을 이었다.

"사랑한다는 말을 하려니까 쑥스럽군. 너무 늦은 것 같기도 하고. 오래전부터, 그러니까 우리가 처음 만난 순간부터 내 마음을 알고 있었을 텐데."

"맞아요. 당신도 알고 있었잖아요, 그렇죠?"

"이제 어떻게 하면 좋을까? 쉽지 않은 일이 될 텐데……. 엘리, 당신은 내가 어떤 사람인지, 지금까지 어떤 일을 했는지, 어떤 식으로 살아왔는지 잘 알잖아. 며칠 전에 어머니를 만나러 다녀왔다고 했지? 우리 어머니는 평범한 주택가에 살고 있어. 당신이 사는 세계하고는 전혀 다른 곳에. 서로 다른 두 세계가 과연 어울릴 수 있을지……."

"어머님을 뵙고 싶어요."

"무심하고 어쩌면 잔인한 소리로 들릴지 모르겠지만 우리 어머니는 만나지 않는 편이 좋겠어. 앞으로 우리는 별난 인생을 살아야 하니까. 당신이 살았던 방식하고도, 내가 살았던 방식하고도 다르게. 가난하고 무식한 나와 부유하고 교양과 지식이 넘치는 당신이 만나는 곳에서 새로운 삶을 꾸려야 한다고. 내 친구들은 당신을 보면서 재수 없다고 할 테고, 당신 친구들은 나를 보면서 손가락질하겠지. 그러니 어쩌면 좋을까?"

"어떻게 하면 되는지 알려 드릴게요. 우리, 산토닉스한테 부탁을 해서 집시의 땅에다 꿈 같은 집을 짓고 살아요. 그럼 돼요."

그녀는 잠시 후 말을 이었다.

"먼저 결혼부터 해요. 그 말을 하고 싶었던 거죠?"

"맞아. 그 말을 하고 싶었어. 당신만 좋다면 결혼을 하자고."

"어려울 거 뭐 있어요? 당장 다음 주에라도 결혼하면 되지. 나 이제 성년이 됐잖아요. 뭐든 내 마음대로 할 수 있다고요. 그게 얼마나 큰 차이인지 알아요? 친척들 문제는 당신 생각이 맞아요. 난 우리 가족한테 아무 말 하지 않을 테니까 당신도 어머니한테 아무 말 하지 마요. 일이 끝난 뒤에는 어느 누가 난리법석을 떨더라도 소용없으니까."

"그럼 되겠군. 그럼 되겠어! 하지만 한 가지 문제가 남아 있어, 엘리. 이런 말하기 싫지만 집시의 땅은 포기해. 다른 데다 집을 지으면 모를까……. 집시의 땅은 이미 팔렸거든."

"알아요."

그녀는 웃고 있었다.

"눈치 못 챘어요, 집시의 땅을 산 사람이 나라는 걸?"

제8장

나는 개울가 풀밭에 앉았다. 물속에서 자라는 꽃무더기 사이로 좁은 길이 나 있고 징검다리가 놓인 개울이었다. 주변이 사람들로 가득했지만 우리 눈에는 아무도 보이지 않았다. 다른 사람들과 마찬가지로 우리도 미래를 이야기하느라 정신 없는 젊은 연인이었기 때문이다. 나는 엘리를 쳐다보고 또 쳐다보았다. 말이 나오지 않았다.

"마이크, 하고 싶은 이야기가 있어요. 나에 대한 고백 비슷한 거."

"그럴 필요 없어. 아무 말 하지 않아도 돼."

"알아요. 하지만 털어놓고 싶어요. 진작 말했어야 하는 건데 감추고 싶었어요. 솔직히 털어놓으면 당신이 떠나 버릴 것 같아서…….
하지만 내 이야기를 들으면 집시의 땅 일이 이해될 거예요."

"그 땅을 산 사람이 당신이라고? 무슨 수로 그 땅을 샀다는 거지?"

"변호사를 통해서 샀죠. 뻔하잖아요. 집시의 땅은 투자 가치가 충분한 곳이에요. 땅값이 뛸 게 분명하니까. 변호사들도 상당히 만족스러워했어요."

늘 조용하고 소극적이던 엘리가 이렇듯 유창하고 자신 있게 부동산 매매업 이야기를 하다니 어색하게 느껴졌다.

"우리 두 사람을 위해서 그 땅을 샀다고?"

"예. 우리 집안 변호사가 아니라 내 변호사한테 계획을 이야기하고, 땅을 직접 둘러보게 하고, 모든 준비를 완벽하게 마쳤죠. 관심을 보인 사람이 두 명 더 있었지만 꼭 사고 싶다는 축이 아니라서 가격을 높게 부르지 않았어요. 내가 성년이 되자마자 계약을 할 수 있도록 사전에 모든 준비를 끝내야 한다는 문제가 있기는 했지만, 다행스럽게도 계약을 무사히 마무리 지었어요."

"하지만 계약금 비슷한 걸 미리 냈어야 하는 거잖아. 그만한 돈이 있었단 말이야?"

"아니요. 전에는 그만한 돈을 내 마음대로 쓸 수 없었어요. 하지만 돈을 융통해 주는 사람들이 있단 말이에요. 법률 회사의 경우, 머지않아 갑부가 될 사람이 찾아오면 단골로 붙잡아 둘 생각에 위험부담을 감수하거든요. 그 사람이 성년식을 치르기도 전에 추락할 가능성도 있지만."

"이제 보니까 이야기하는 품이 꼭 사업가 같잖아? 기가 차서 말이 안 나오는군!"

"사업 쪽은 신경 쓰지 마요. 아무튼 하던 이야기 계속할게요. 전에도 비슷한 암시를 풍긴 적이 있는데 당신은 알아차리지 못하는 것 같더라고요."

"알고 싶지 않았으니까."

나는 목소리를 점점 높였다. 이제는 거의 고함을 지르는 수준이었다.

"아무 말 하지 마. 당신이 어떤 짓을 저질렀는지, 어떤 작자를 좋아했는지, 예전에 무슨 일이 있었는지 알고 싶지 않으니까!"

"그런 고백을 하겠다는 게 아니에요. 그런 걱정을 하고 있었단 말이에요? 과거에 관한 비밀 같은 건 없어요. 나한테는 당신뿐이니까. 그러니까 난…… 난 부잣집 딸이에요."

"그거야 알고 있는 사실이잖아. 이미 들은 이야기라고."

"맞아요."

엘리는 희미하게 미소를 지었다.

"나더러 '가엾은 부잣집 딸'이라고 했죠? 그런데 사실 그 정도가 아니에요. 우리 할아버지는 갑부였어요. 주로 석유 관련 사업을 하셨고 이것저것 다른 사업도 하셨죠. 할아버지한테 위자료를 받은 할머니들이 모두 돌아가신 상황에서 남은 건 아버지하고 나뿐이었어요. 나머지 두 삼촌은 일찍 눈을 감았거든요. 한 분은 한국에서, 또 한 분은 교통사고로. 이렇게 해서 아버지가 갑자기 돌아가셨을 때 어마어마한 유산이 내 손으로 넘어오게 됐죠. 아버지는 새어머니가 손을 대지 못하도록 미리 조치를 취해 놓으셨어요. 모두 다 내가 물려받을 수 있도록. 난 지금…… 미국에서 제일 돈이 많은 여자예요, 마이크."

"맙소사. 그런 줄은 몰랐어……. 당신 말처럼 그런 줄은 전혀 몰랐어."

"모르길 바랐어요. 알리고 싶지 않았어요. 페넬라 굿맨이라고 내 이름을 밝히면서 머뭇거린 이유가 그 때문이에요. 사실 구트먼인데 구트먼이라는 성은 알 것 같아서 굿맨이라고 얼버무렸거든요."

"맞아. 구트먼이라는 성은 들어 본 기억이 나. 그래도 몰랐을 거야. 비슷한 성을 쓰는 사람들이 많으니까."

"내가 항상 울타리와 철창과 감옥 속에 갇혀 살았던 이유가 그 때문이에요. 내 뒤에는 언제나 수행원이 따라다녔고 젊은 남자가 나한테 말이라도 붙이려고 하면 신분 검사부터 했어요. 친구를 사귀면 괜찮은지 어떤지 일일이 따졌고……. 죄수도 그보다 더 끔찍하게 살지는 않았을 거예요! 그런데 이제 끝이에요. 당신만 괜찮다면……."

"나야 물론 괜찮지. 앞으로 재미있게 살 수 있겠다. 사실 난 마누라한테 돈이 많으면 많을수록 좋거든!"

우리는 동시에 웃음을 터뜨렸다. 잠시 후 엘리가 입을 열었다.

"난 당신의 솔직한 모습이 좋아요."

"좋은 점은 그것 말고도 또 있어. 그 땅을 사면서 엄청난 세금을 물었겠지? 나처럼 살면 좋은 게 뭔지 알아? 버는 족족 내 주머니로 들어가고 어느 누구도 채 갈 수 없다는 점이야."

"우리 집이 탄생할 거예요. 집시의 땅 위에 우리 집이 탄생할 거라고요."

그녀는 갑자기 몸을 떨었다.

"추워?"

나는 고개를 들고 화창한 햇살을 쳐다보았다.

"아니요."

사실은 남프랑스하고 비슷하지 않을까 싶을 만큼 푹푹 찌는 날씨였다. 우리는 햇볕에 익어 가고 있었다.

"안 추워요. 그냥…… 그날 집시 아주머니한테 들은 이야기가 생각나서……."

"잊어버려. 제정신이 아니잖아."

"그 아주머니는 집시의 땅에 정말로 저주가 걸렸다고 생각하는 걸까요?"

"집시가 원래 그렇잖아. 저주니 뭐니 하면서 노래 부르고 춤추고."

"집시가 어떤 사람들인지 알아요?"

"아니, 전혀 몰라."

나는 솔직하게 털어놓았다.

"엘리, 집시의 땅이 싫으면 다른 데 집을 지어도 돼. 산토닉스는 웨일스 산꼭대기이건 스페인 해변이건 이탈리아 산비탈이건 상관없이 근사한 집을 지어 줄 테니까."

"싫어. 난 거기다 집을 짓고 싶단 말이에요. 우리가 처음 만난 곳이니까. 모퉁이 너머에서 난데없이 등장한 당신이 나하고 마주치더니 발걸음을 멈추고 빤히 쳐다봤잖아요. 그 순간은 죽을 때까지 잊지 못할 거예요."

"나도."

"그러니까 거기다 집을 지어야 해요. 당신 친구 산토닉스한테 부탁을 해서."

"아직 살아 있는지 모르겠군."

마음 한구석이 불안하고 쓰라렸다.

"환자거든."

"살아 있어요. 만났거든요."

"만났다고?"

"예. 남프랑스에서. 거기 요양소에 있었어요."

"엘리, 당신은 보면 볼수록 놀라워. 어쩌면 그렇게 철두철미할 수 있지?"

"참 좋은 분 같았어요. 그런데 무섭더라."

"무섭다고?"

"응. 왠지 모르겠지만 아주 무섭게 느껴졌어요."

"우리 얘기 했어?"

"그럼요. 우리 얘기도 하고, 집시의 땅 얘기도 하고, 집 얘기도 했죠. 그랬더니 운에 맡겨야 한다고 하더라고요. 많이 아픈 것 같았어요. 아직은 직접 찾아가서 구도를 잡고, 머릿속으로 그림을 그리고, 설계도를 그릴 힘이 남아 있다고 했지만. 집이 완성되는 걸 못 보고 죽어도 여한이 없다고 했지만 내가 그랬어요. 그 집에서 우리랑 같이 살아야 하니까 완성되는 걸 못 보고 죽으면 안 된다고."

"그랬더니?"

"당신하고 결혼한다는 게 무슨 뜻인지 아느냐고 묻더라고요. 그래서 안다고 대답했죠."

"그랬더니?"

"당신은 나하고 결혼한다는 게 무슨 뜻인지 아느냐고 묻더군요."

"나도 알고 있지."

"산토닉스는 이렇게 말했어요.

'구트먼 양, 아가씨는 어떤 길을 걷고 있는지 아는 사람이야. 스스로 선택한 길이니 만큼 항상 원하는 방향을 향해 걸어가지. 하지만 마이크는 길을 잃을 수도 있어. 아직은 철이 덜 들어서 어떤 길을 걷고 있는지 잘 모르거든.'

그래서 나하고 같이 걸으면 되니까 걱정 말라고 했어요."

그녀는 자신감이 하늘을 찌를 기세였다. 하지만 나는 산토닉스가 한 말을 듣고 화가 났다. 그는 우리 어머니하고 똑같았다. 어머니는 항상 나보다도 나에 대해서 더 잘 안다고 생각했다.

"나도 어떤 길을 걷고 있는지 잘 안다고. 지금 내가 원하는 방향을 향해서 당신과 함께 걷고 있잖아."

"타워스를 허무는 작업이 이미 시작됐어요."

엘리는 사무적인 투로 말을 하기 시작했다.

"설계도가 완성되자마자 서둘러야 할 거예요. 산토닉스도 그래야 된다고 했어요. 우리, 다음 주 화요일에 결혼할래요? 날씨도 좋을 거래요."

"단둘이서."

“그레타를 옆에 세우고.”

“또 그 빌어먹을 그레타 타령! 그레타는 부르지 마. 우리 둘만 있으면 되지 다른 사람은 필요 없잖아. 증인은 아무한테 맡기면 되고.”

이제 와서 생각해 보면 그날이 내 인생에서 가장 행복한 순간이었다…….

2부

제9장

이렇게 해서 엘리와 나는 부부가 되었다. 워낙 갑작스럽게 들리겠지만 실제 상황이 그런 식이었다. 우리는 결혼을 약속하자마자 결혼식을 올렸다.

결혼은 하나의 과정이었다. 로맨스 소설이나 동화를 보면 "이렇게 해서 두 사람은 결혼했고 영원히 행복하게 살았습니다." 하고 끝이 나지만 영원히 행복하게 산 사람들 이야기로는 극적인 드라마를 만들 수 없는 법이다. 우리는 부부가 되었고 행복했다. 누군가 우리 사이에 끼어들어 틀에 박힌 소란을 부리기까지 아직 여유가 있었고 그 문제에 관한 한 우리는 이미 각오를 마친 상태였다.

모든 일이 믿을 수 없을 만큼 간단하게 이루어졌다. 엘리는 자유를 향한 염원으로 자신의 흔적을 깨끗이 지웠다. 만능 친구 그레타가 여기에 필요한 모든 절차를 처리해 주었고 뒤에서 든든한 파수

꾼 역할을 했다. 금세 알아차린 사실이지만 엘리를 끔찍이 아끼거나 뭘 하는지 관심을 보이는 사람은 아무도 없었다. 새어머니는 나름의 사회생활과 연애를 즐기느라 정신이 없었다. 엘리는 새어머니가 해외여행을 떠날 때 내키지 않으면 따라나서지 않아도 되었다. 가정교사도 있고 하녀도 있고 교육의 혜택도 남들보다 많이 누린 마당에 유럽 나들이인들 대수였을까? 스물한 번째 생일 파티를 런던에서 열고 싶다고 한들 대수였을까? 이제 그녀는 어마어마한 유산을 거머쥐었고 마음대로 돈을 쓸 수 있는 위치에 있었다. 리비에라의 빌라이건 코스타브라바의 성이건 요트건 말만 하면 백만장자 주변을 항상 맴도는 시종들 가운데 한 사람이 즉시 대령할 터였다.

그녀의 가족은 그레타를 훌륭한 조언으로 생각하는 것 같았다. 유능하고 무슨 일이든 맡기면 솜씨 있게 처리하고 고분고분하고 새어머니와 빈둥거리는 삼촌, 사촌들에게 잘하고……. 이따금 흘리는 말을 종합해 보면 엘리는 세 명이나 되는 변호사를 주무르는 모양이었다. 그녀의 주변에는 은행가, 변호사, 신탁 관리인으로 구성된 거대한 금융 네트워크가 존재했다. 나는 엘리가 대화 도중에 무심코 흘리는 단서를 통해 그 세계를 가끔 훔쳐보는 수준이었다. 당연한 노릇이겠지만 엘리는 나의 무지함을 알지 못했다. 그 세계 속에서 자란 만큼 그들이 어떤 존재이고 어떤 일을 하는지 등등을 세상 모두가 안다고 생각했다.

결혼 초기에 우리는 서로의 생활 속에서 특이한 부분을 찾아내는 것이 가장 큰 즐거움이었다. 까놓고 이야기하자면(실제로 나는 모든 일을 까놓고 부딪혔다. 새로운 생활에 적응하려면 그 방법밖에 없었다.) 가난뱅이는 부자가 사는 법을 모르고 부자는 가난뱅이가 사는 법을 모른다. 서로의 생활상을 파악해 나가는 것은 양쪽 모두에게 재미있는 경험이 되었다. 한번은 내가 불안한 마음에 이런 이야기를 꺼낸 적이 있었다.

"있잖아, 우리 결혼 소식이 알려지면 엄청 난리가 벌어지겠지?"

엘리는 별 관심 없다는 투로 대답했다.

"그럼요. 아주 어마어마할걸요?"

그러더니 잠시 후 덧붙였다.

"하지만 신경 쓰지 마요."

"나야 신경 안 쓰지. 신경 쓸 이유가 없잖아. 당신이 걱정돼서 그래. 들볶이는 게 아닌가 싶어서."

"아마 그렇겠죠. 하지만 무시하면 그만이에요. 우리 가족들로서는 어쩔 도리가 없으니까."

"그래도 무슨 수를 쓰지 않을까?"

"맞아요. 무슨 수를 쓸 거예요."

엘리는 생각에 잠긴 표정으로 바뀌었다.

"당신을 매수하려고 나설지도 몰라요."

"나를 매수한다고?"

"그 정도 가지고 뭘 그렇게 놀라요?"

엘리는 이렇게 말하면서 행복한 꼬마 아가씨 비슷한 미소를 지었다.

"그럴 수도 있다는 뜻이니까. 미니 톰슨의 첫 남편도 돈에 넘어갔잖아요."

"미니 톰슨? 석유업계의 상속녀라는 그 여자?"

"맞아요. 달아나서 바닷가에서 만난 인명 구조 요원하고 결혼했거든요."

"있잖아, 엘리."

나는 거북한 투로 말했다.

"나도 리틀햄프턴에서 인명 구조 요원으로 일한 적 있단 말이야."

"어머, 정말? 재미있었겠다! 오래 일했어요?"

"물론 아니지. 한 해 여름 일하고 끝이었어."

"아무튼 걱정 마요."

"미니 톰슨은 어떻게 됐는데?"

"그 남자 몸값이 20만 달러까지 치솟았다고 들었어요. 그 이하로는 눈도 꿈쩍하지 않았대요. 미니는 남자에 눈이 먼 바보였던 거죠."

"입이 다물어지지 않는군. 난 마음만 먹으면 돈으로 바꿀 수 있는 존재하고 아내를 동시에 얻은 셈이잖아?"

"맞아요. 유능한 변호사를 찾아가서 터놓고 협상할 용의가 있다고 하면 이혼과 위자료 문제를 처리해 줄 거예요."

엘리는 강의를 계속했다.

"우리 새어머니는 네 번의 결혼을 통해서 한몫 단단히 잡았죠. 마이크, 그 정도 가지고 뭘 그렇게 놀라요?"

솔직히 충격적이었다. 부유층의 타락상은 한마디로 역겨웠다. 어린아이처럼 순진하고 연약하게 느껴지던 엘리가 세상사를 이 정도로 잘 알고, 당연하게 받아들이는 것이 이 정도로 많다니 놀라울 따름이었다. 하지만 엘리의 천성은 내가 아는 그대로였다. 엘리가 어떤 사람인지 나는 너무나도 잘 알고 있었다. 순진하고 따뜻하고 사랑스러운 사람……. 세상을 전혀 몰라야 그런 성격이 되는 것은 아니었다. 엘리가 잘 알고 당연하게 생각하는 사항들은 인간사의 극히 일부분에 불과했다. 구직 전쟁, 경마장의 폭력배와 마약 조직, 아슬아슬한 돌발 상황, 머리가 텅 빈 저질들로 이루어진 내 쪽 세계에 대해서는 아는 게 거의 없었다. 그녀는 아들의 장래를 위해 뼈가 부서져라 일을 하지만 돈 걱정이 가실 날 없는 성실하고 모범적인 어머니의 생활을 알지 못했다. 동전 한 닢까지 아끼고 저축해야 하는 고단함과 굴러 들어온 호박을 발로 차 버리고 도박으로 전 재산을 날리는 속 편한 아들로 인한 괴로움에 대해서도.

그녀는 내 이야기를 듣는 걸 좋아했고 나도 그녀의 이야기를 듣는 걸 좋아했다. 우리는 낯선 땅을 둘러보는 탐험가와 같았다.

이제 와서 생각해 보면 우리는 정말 행복한 신혼부부였다. 그 당시 나는 행복한 나날을 당연한 것으로 간주했고 엘리도 마찬가지였다. 우리는 플리머스의 등기소에서 결혼식을 올렸다. 구트먼 가의 상속녀가 영국에 와 있는 줄 아는 사람은 아무도 없었다. 신문을 보면 이탈리아에 있다거나 누군가의 요트를 타고 있다는 식으로 그녀의 근황을 알리는 기사가 가끔 눈에 띄었다. 하지만 우리는 등기소에서 서기와 중년의 타자수를 증인으로 세우고 혼인 신고를 했다.

사무관은 부부의 막중한 책임감을 주제로 열변을 늘어놓은 다음 행복을 빌어 주었다. 등기소를 나선 순간부터 우리는 자유로운 신혼부부였다. 마이클 로저스 부부! 우리는 바닷가 호텔에서 일주일을 보낸 다음 외국 여행길에 올랐다. 이후로 3주 동안 비용 걱정할 필요 없이 마음 내키는 대로 옮겨다니는 꿈같은 나날이 펼쳐졌다.

우리는 그리스, 피렌체, 베네치아, 리도를 거쳐 프랑스 쪽 리비에라와 돌로미티케 산맥을 둘러보았다. 여행지 가운데 절반 가량은 이름도 생각이 나지 않는다. 우리는 비행기를 타거나 요트를 전세 내거나 근사한 대형 자동차를 빌려 타고 다녔다. 엘리한테 들은 바에 따르면 우리가 이렇게 행복한 시간을 보내는 동안 그레타는 후방에서 주어진 일을 하고 있다고 했다. 나름대로 여행을 하면서 엘리가 써 놓은 각종 엽서와 편지를 부치고 있다는 것이었다.

"물론 언젠가는 들통이 날 테고 그러면 사람들이 굶주린 독수리처럼 우릴 덮치겠죠. 하지만 그때까지 마음껏 즐기자고요."

"그레타는 어떻게 하고? 들통나면 그레타가 혼쭐나지 않을까?"

"당연히 그렇겠죠. 하지만 그레타는 눈 하나 깜짝하지 않을 거예요. 강심장이니까."

"그 때문에 다른 직장을 못 구하면?"

"다른 직장 구할 필요 없잖아요. 우리랑 같이 살면 되니까."

"안 돼!"

"안 된다니요?"

"난 다른 사람하고 같이 살기 싫어."

"그레타는 우리 생활 방해 안 할 거예요. 오히려 도움이 될 텐데. 사실 난 그레타가 없으면 어떻게 살아야 할지 막막해요. 지금까지 모든 관리를 그레타한테 맡겼는데."

나는 이맛살을 찌푸렸다.

"난 그레타한테 모두 맡기고 싶지 않아. 게다가 우리 집, 우리의 꿈같은 집을 생각해 봐. 그 집에서 단둘이 살고 싶지 않아?"

"그 심정 이해 못하는 건 아니에요. 하지만……."

그녀는 잠시 머뭇거렸다.

"그레타를 생각해 봐요. 갈 곳 없는 처지가 되면 얼마나 힘들겠어요? 지금까지 4년 동안 함께 지내면서 날 위해 모든 일을 해 주었는데……. 우리가 결혼할 수 있었던 것도 그레타 덕분이잖아요."

"우리 둘 사이에 그레타가 끼는 건 싫어!"

"그럴 리 없다니까요, 마이크. 아직 그레타를 만나 보지도 않았으면서!"

"알아, 알아. 그건 나도 안다고. 하지만…… 하지만 이건 그레타를 좋아하느냐 싫어하느냐 하고는 상관없는 문제야. 난 당신하고 단둘이서 살고 싶단 말이야, 엘리."

"마이크……."

엘리가 부드럽게 속삭였다.

당분간 그 문제는 덮어 두기로 했다.

우리는 여행 도중 그리스에서 산토닉스를 만났다. 그는 바닷가 근처의 작은 오두막집에서 살고 있었는데, 1년 전에 만났을 때보다 안색이 훨씬 안 좋았다. 그는 엘리와 나를 따뜻하게 맞아 주었다.

"두 사람, 결국 해냈군."

"예. 이제 집을 지어 주실 거죠?"

엘리가 물었다.

"설계도는 그려 놓았어."

산토닉스는 나를 쳐다보며 말을 이었다.

"엘리한테 이야기 들었지? 어떤 식으로 나를 찾아내서…… 명령을 내렸는지."

그는 '명령'이라는 단어를 강조했다.

"명령이라니요!"

엘리는 펄쩍 뛰었다.

"제 애원에 넘어가신 거잖아요!"

"땅을 산 이야기는 들으셨습니까?"

내가 물었다.

"엘리한테 전보를 받았지. 사진 수십 장과 함께."

"그래도 직접 한번 보세요. 마음에 안 드실 수도 있잖아요."

엘리가 말했다.

"마음에 들던걸?"

"직접 보셔야 마음에 드는지 안 드는지 알 수 있잖아요."

"직접 봤어요, 아가씨. 5일 전에 다녀왔거든. 거기서 손도끼처럼 생긴 변호사도 만났지. 영국 사람이던데."

"크로퍼드 씨 말씀이세요?"

"맞아, 그 사람. 사실 공사는 이미 시작됐어. 주변을 청소하고 집을 허물고 기초 공사며 하수구 공사며……. 두 사람이 영국으로 돌아가기 전에 내가 미리 가 있도록 할게."

그는 설계도를 내놓았다. 우리는 미래의 집을 보며 이야기를 나누었다. 입면도와 설계도뿐만 아니라 수채화로 간단하게 그린 스케치까지 준비되어 있었다.

"마음에 드나, 마이크?"

나는 심호흡을 했다.

"예. 바로 이겁니다. 바로 이 집이에요."

"자네한테 귀 따갑게 들은 이야기가 있었으니까. 예전에 공상에 잠길 때면 그 땅이 자네한테 주문을 건 게 아닐까 생각하곤 했지. 가질 수 없고 볼 수 없고 지을 수 없는 집과 사랑에 빠진 자네 모습을 떠올리면서."

"하지만 아저씨가 지어 주실 거잖아요. 그렇죠?"

엘리가 물었다.

"그야 하느님 아니면 저승사자의 뜻에 달려 있지. 이미 내 손을 떠난 문제거든."

산토닉스가 대답했다.

"나을 가능성은…… 없는 겁니까?"

조심스럽게 내가 물었다.

"몇 번을 말해야 알아듣겠어? 내 병은 낫지 않아. 나을 병이 아니라니까."

"아닙니다. 무슨 병이든 치료 방법이 개발되게 마련이잖아요. 의사들을 생각하면 정말 짜증납니다. 사망 선고를 받은 뒤로 콧방귀를 뀌면서 보란 듯이 50년을 더 사는 사람들도 있지 않습니까?"

"마이크, 자네의 낙천적인 성격에 경의를 표하는 바일세. 하지만 내 병은 그런 종류가 아니야. 병원에 가서 피를 갈아 치워야 한숨 돌리면서 목숨을 연명할 수 있는 병이거든. 피를 갈아 치울 때마다 몸이 점점 약해지고."

"아저씨는 정말 용기 있는 분이세요."

엘리가 말했다.

"용기 있다니 천만의 말씀. 어쩔 수 없는 상황이 닥치면 용기를 내고 어쩌고 할 것도 없지. 마음의 평화를 찾으려고 애를 쓰는 수밖에."

"건축 일을 하면서요?"

"그렇지는 않아. 건축 일은 날이 갈수록 기운이 떨어지기 때문에 점점 어려워지거든. 힘이 달려서. 다른 데서 마음의 평화를 찾지. 가끔은 아주 희한한 곳에서 찾기도 해."

"무슨 말인지 모르겠군요."

내가 말했다.

"자넨 이해 못할 거야, 마이크. 엘리는 과연 이해할까? 이해할 수 있을지도 모르겠군."

그는 혼잣말 비슷하게 이야기를 계속했다.

"약점과 장점은 나란히 붙어 다니지. 약해져 가는 체력이라는 약점과 절망에서 비롯된 힘이라는 장점이. 이제는 어떤 일을 하건 무슨 상관일까? 어차피 죽을 목숨이니까 무엇이든 내 마음대로 할 수 있지. 날 막는 건 아무것도 없어. 내 발목을 잡는 건 아무것도 없어. 아테네 거리를 걸으면서 생김새가 마음에 안 드는 사람이 보일 때마다 욕을 퍼부을 수도 있지."

"그래도 경찰서로 끌려가기는 마찬가지 아닐까요?"

내가 말했다.

"물론 그렇겠지. 하지만 경찰이 무슨 벌을 내릴 수 있을까? 기껏해야 내 목숨을 앗아 가는 정도겠지. 어차피 내 목숨이야 법보다 더 위대한 힘에 의해 조만간 사라질 운명인 것을. 또 어떤 벌을 내릴 수 있을까? 20년…… 아니면 30년 동안 감옥에 처넣겠다고 할까? 이것도 우스운 노릇이지. 내 목숨은 20년, 30년씩이나 남아 있지도 않으니까. 길어야 6개월이나 1년 아니면 1년 반 정도 남아 있을까? 그러니까 아무도 날 어쩔 수 없어. 남아 있는 날 동안 난 왕이란 말이지. 뭐든 마음대로 할 수 있으니까. 이런 생각을 하면 가끔 흥분이 돼. 다만…… 내가 하고 싶은 일들 중에 법을 어기거나 특이하다 싶은 일이 전혀 없다는 게 안타까울 뿐이야."

산토닉스와 헤어지고 아테네로 돌아가는 길에 엘리가 말했다.

"묘한 분이에요. 가끔은 무섭다니까요?"

"루돌프 산토닉스가 무섭다고? 왜?"

"보통 사람들하고 다르니까요. 그리고…… 잘은 모르겠지만…… 잔인하고 오만한 구석이 느껴져요. 죽음을 앞두고 있으니까 점점 더 오만해진다는 이야기를 하고 싶었던 게 아닐까 싶어요. 만약……."

엘리는 꿈을 꾸는 듯한 표정으로 나를 쳐다보며 말을 이었다.

"만약 산토닉스가 소나무 우거진 절벽 가장자리에다 근사한 성, 근사한 집을 만들어 주고 우리가 그곳에서 살게 된다고 상상해 봐요. 산토닉스가 현관 앞에서 우릴 맞아 주더니……."

"맞아 주더니?"

"우리 뒤를 따라 들어와서 슬그머니 현관문을 닫고는 문지방 위에다 우릴 제물로 바치는 게 아닐까요? 목을 딴다거나 뭐 그런 식으로."

"엘리, 소름 끼치니까 그만해. 이상한 생각하지 말고!"

"마이크, 우린 현실 속에서 살지 못하고 절대로 일어나지 않을 일들을 상상하는 게 문제예요."

"집시의 땅에다 제물을 갖다 붙이지는 말아 줘."

"그 이름 때문이에요. 저주가 걸렸다는 말 때문이기도 하고."

"저주 같은 건 없다니까! 다 헛소리니까 잊어버려!"

나는 고함을 질렀다.

그리스에서 벌어진 일이었다.

제10장

내가 기억하기로는 그 다음 날이었던 것 같다. 아테네의 아크로폴리스 계단에서 엘리가 아는 사람과 마주친 것은. 고대 그리스 분위기의 유람선에서 내린 사람들로 북적대던 곳에서 서른다섯 살 정도 되어 보이는 여자가 엘리를 향해 달려오더니 큰 소리로 외쳤다.

"어머, 혹시나 했더니. 엘리 구트먼 맞죠? 여긴 어쩐 일이에요? 유람선 여행 중인가요?"

"아니요. 잠깐 머물고 있어요."

"어머나! 아무튼 만나서 반가워요. 코라는 어떻게 지내요? 같이 있나요?"

"아니요. 새어머니는 아마 잘츠부르크에 계실 거예요."

"그렇구나……."

그녀는 내 쪽으로 눈길을 돌렸다. 엘리가 조용히 입을 열었다.

"소개할게요. 이쪽은 로저스 씨, 이쪽은 베닝턴 부인."

"안녕하세요. 여긴 얼마나 오래 계실 생각인가요?"

"내일 떠나요."

엘리가 대답했다.

"어머, 그렇구나. 내 정신 좀 봐, 이러다 일행 놓치겠네. 관광지 소개도 빼먹으면 안 되는데. 일정이 빡빡한 편이거든요. 하루 관광이 끝나면 녹초가 된답니다. 이따 만나서 차라도 한잔할까요?"

"오늘은 안 될 것 같아요. 교외로 소풍을 떠나거든요."

베닝턴 부인은 일행이 있는 곳으로 서둘러 돌아갔다. 나와 함께 아크로폴리스 계단을 올라가던 엘리는 방향을 바꿔 계단을 내려가기 시작했다.

"이걸로 결정이 된 것 같지 않아요?"

"무슨 소리야?"

엘리는 잠깐 동안 대답을 피하더니 한숨을 내쉬었다.

"아무래도 오늘 밤에 편지를 써야겠어요."

"누구한테?"

"새어머니, 프랭크 삼촌, 앤드류 아저씨."

"앤드류 아저씨라니? 처음 듣는 이름인데?"

"앤드류 리핀코트. 친척은 아니에요. 후견인이라고 할까, 신탁 관리인이라고 할까……. 아주 유명한 변호사예요."

"무슨 이야기를 쓰려고?"

"결혼했다고 알리려고요. 노라 베닝턴한테 난데없이 '이쪽은 제

남편이에요.' 할 수가 없었어요. 그랬다가는 '결혼했다는 소리 못 들었는데! 어떻게 된 일인지 차근차근 말해 봐요.' 어쩌고저쩌고 하면서 비명을 질러 댔을 테니까. 새어머니, 프랭크 삼촌, 앤드류 아저씨한테 제일 먼저 알리는 게 도리일 것 같아요."

그녀는 한숨을 내쉬었다.

"지금까지 참 행복했는데……."

"그분들이 뭐라고 할까?"

"난리를 부리겠죠."

엘리는 특유의 차분한 목소리로 말했다.

"그래도 소용없어요. 그분들도 소용없는 줄 알 테고. 상견례를 준비해야 될 것 같아요. 우리가 뉴욕으로 갈까요? 그편이 낫겠어요?"

그녀는 묻는 듯한 눈빛으로 나를 쳐다보았다.

"아니, 싫어."

"그럼 그분들더러 런던으로 오라고 하죠, 뭐. 그래 봐야 마찬가지일 것 같긴 하지만."

"그것도 싫어. 난 산토닉스가 집시의 땅에 도착하는 순간부터 당신과 함께 우리 집 벽돌이 한 장, 한 장 쌓여 가는 과정을 지켜보고 싶어."

"그럴 수 있으니까 걱정 마요. 상견례는 잠깐이면 되니까. 한바탕 잔소리 들으면 그만일 거예요. 한 번에 해치우자고요. 우리가 그쪽으로 건너가든지, 식구들을 이쪽으로 불러들이든지 해서."

"좀 전에 새어머니는 잘츠부르크에 계시다고 했잖아."

"아, 그거야 그냥 한 소리죠. 어디 있는지 모른다고 하면 이상하게 생각할 테니까."

엘리는 다시 한숨을 내쉬었다.

"아무래도 우리가 그쪽으로 건너가서 한꺼번에 만나는 쪽이 낫겠어요. 아무튼 마이크, 너무 신경 쓰지 말았으면 좋겠어요."

"신경 쓰지 말라니, 뭘? 당신 가족들?"

"예. 혹시 우리 가족이 함부로 대하더라도 마음에 담아 두지 않을 거죠?"

"당신하고 결혼한 대가로 그 정도는 감수해야지."

"그리고 당신 어머니 문제도 있어요."

엘리가 생각에 잠긴 목소리로 이야기했다.

"엘리, 설마하니 요란하게 빼입은 당신 새어머니하고 뒷골목 출신인 우리 어머니를 만나게 하려는 건 아니겠지? 두 분이 만나서 무슨 얘길 하겠어?"

"만약 내 쪽이 새어머니가 아니라 친어머니였다면 두 분이 만나서 할 얘기가 많았을 거예요. 수준 차이 어쩌고 하는 말은 이제 그만 해요, 마이크!"

"뭐라고?"

나는 황당하다는 듯이 외쳤다.

"당신네 미국식 표현을 빌자면 난 땡전 한 푼 없는 집안 출신이잖아, 안 그래?"

"그렇다고 이마에 써 붙이고 다니면서 선전할 필요는 없잖아요."

"난 어떤 옷을 입어야 하는지도 몰라."

나는 씁쓸한 표정으로 말을 이었다.

"어떤 이야기를 해야 하는지도 모르고 그림이나 미술이나 음악에 대해서 아는 것도 없어. 난 지금 누구한테 팁을 얼마나 줘야 하는지 배워 나가는 중이라고."

"그래서 사는 게 더 재미있어진 것 같지 않아요, 마이크? 내가 보기엔 그런데."

"아무튼 우리 어머니를 당신네 가족 모임에 갖다 붙일 생각은 하지 말아 줘."

"누굴 어디에다 갖다 붙이자는 얘기가 아니잖아요. 아무튼 영국으로 돌아가면 당신 어머니를 찾아가 봐야겠어요."

"안 돼!"

나는 고함을 질렀다.

그녀는 놀란 표정으로 나를 쳐다보았다.

"왜요? 다른 건 둘째 치더라도 자식으로서 도리가 아니잖아요. 결혼했다는 말씀은 드렸어요?"

"아니."

"왜요?"

나는 대답하지 않았다.

"영국으로 돌아가면 결혼했다는 말씀을 드리고 나를 보여 드리는 게 제일 간단한 방법 아닌가요?"

"안 돼."

이번에는 방금 전처럼 고함을 지르지는 않았지만 거절의 의미를 분명히 담기는 마찬가지였다.

"나를 어머니한테 보여 드리기 싫은 거로군요."

엘리는 느릿느릿 말했다.

맞는 말이었다. 나는 엘리를 어머니한테 보여 주기 싫었다. 하지만 이유는 설명할 수 없었다. 어떻게 해야 설명이 될 수 있을지 짐작조차 할 수 없었다.

"안 만나는 게 좋을 것 같아서 그래."

나는 천천히 입을 열었다.

"모르겠어? 당신을 어머니한테 보여 드려도 시끄럽기만 할 거야."

"어머니가 나를 싫어하실까 봐 그래요?"

"당신을 싫어할 사람이 어디 있겠어? 하지만…… 어떤 식으로 설명해야 좋을지 모르겠군. 어머니는 당황스러워하실 거야. 분에 넘치는 여자하고 결혼했으니까. 구닥다리 표현이기는 하지만 아무튼 어머니는 우리 결혼을 마음에 안 들어 하실 거야."

엘리는 천천히 고개를 저었다.

"요즘 세상에 그런 식으로 생각하는 사람이 어디 있어요?"

"많지. 당신네 나라에서도 그런 식으로 생각하는 사람이 많잖아."

"맞아. 그렇긴 해요. 하지만…… 열심히 노력하면……."

"'돈을 많이 벌면'이겠지."

"꼭 그런 건 아니에요."

"무슨 소리! 돈이 전부잖아. 돈을 아주 많이 벌면 출신에 상관없이 존경을 받게 되는 것 아니겠어?"

"그야 어느 나라나 마찬가지잖아요."

"아무튼 엘리, 부탁이야. 우리 어머니를 만나겠다는 소리는 하지 말아 줘."

"그래도 너무하는 것 같은데……."

"아니야. 내가 설마 우리 어머니 성격을 모르겠어? 당황스러워하실 거야. 분명 그러실 거라고."

"그래도 결혼 소식은 알려야죠."

"알았어. 알릴게."

차라리 외국에서 편지를 쓰는 편이 낫겠다는 생각이 들었다. 그날 저녁, 엘리가 앤드류 아저씨와 프랭크 삼촌과 새어머니 코라 반 스토이베산트에게 편지를 쓰는 동안 나도 어머니에게 편지를 썼다. 내용은 상당히 짧았다.

사랑하는 엄마

미리 소식을 알렸어야 하는 건데 쑥스러워서 말씀을 못 드렸네요. 저 3주 전에 결혼했습니다. 갑자기 그렇게 됐어요. 신부는 아주 예쁘고 아주 착해요. 어마어마한 부잣집 출신이라 가끔 난처할 때가 있긴 하지만. 영국에 집을 지을 생각이에요. 지금은 유럽 여행을 하고 있습니다. 건강하세요.

마이크 올림

그날 저녁의 편지가 낳은 결과는 가지각색이었다. 우리 어머니는 일주일이라는 시간이 흐른 뒤 어머니다운 답장을 보내왔다.

마이크에게

편지 잘 받았다. 행복하길 바란다.

사랑하는 엄마가

엘리가 예상했던 대로 그녀 쪽 반응은 훨씬 시끄러웠다. 우리가 벌집을 쑤신 셈이었다. 낭만적인 결혼의 정보를 원하는 기자들이 우리를 에워쌌고, 구트먼 집안 상속녀의 로맨틱한 야반도주를 다룬 기사들이 실렸고, 은행가와 변호사들이 보낸 편지들이 줄을 이었다. 그리고 마침내 정식 상견례 날짜가 잡혔다. 우리는 집시의 땅에서 산토닉스를 만나 설계도를 보고 여러 가지 의견을 나누고 공사 현장을 직접 참관한 뒤 런던으로 건너가서 클래리지 호텔의 스위트룸에 자리를 잡고 이른바 기병대를 맞이할 준비를 했다.

제일 먼저 등장한 사람은 앤드류 P. 리핀코트 씨였다. 그는 딱딱하고 까다롭게 보이는 노년의 신사였다. 체격은 호리호리했고, 예의 바르고 세련된 분위기를 풍겼다. 보스턴 출신이라는데 억양으로 봐서는 미국 사람 같지 않았다. 그는 전화로 미리 약속을 잡은 대로 12시에 우리 스위트룸을 찾아왔다. 엘리는 아닌 척했지만 긴장한 모습이 역력했다.

리핀코트 씨는 엘리의 뺨에 입을 맞추었고 기분 좋은 미소를 지으며 내게 악수를 청했다.

"엘리, 우리 공주님. 얼굴이 아주 좋아 보이는구나. 활짝 피었다고나 할까?"

"어떻게 지내셨어요, 앤드류 아저씨? 뭘 타고 오셨나요, 비행기?"

"아니. 퀸 메리 호를 타고 기분 좋게 바다를 건너왔지. 이쪽이 네 남편이겠지?"

"예. 마이크예요."

나는 나름대로 그럴듯하게 "안녕하십니까?" 하고 인사를 건넨 뒤 마실 거라도 한잔하겠느냐고 물었다. 그는 부드럽게 고개를 저으며 금색 팔걸이가 달린 의자에 앉았다. 그러고는 여전히 미소를 머금은 채 엘리와 나를 번갈아 쳐다보았다.

"두 사람 소식은 아주 충격적이었어. 로맨틱하기도 했고."

"죄송해요."

엘리가 말했다.

"정말 죄송해요."

"진심일까?"

리핀코트 씨는 조금 싸늘한 말투로 물었다.

"이 방법이 최선이라고 생각했어요."

"내 생각하고는 다르구나, 엘리."

"앤드류 아저씨, 이 방법이 아니었다면 얼마나 난리가 벌어졌을지 잘 아시잖아요."

"왜 난리가 벌어졌을 거라고 생각하니?"

"우리 가족이 어떤지 잘 아시면서. 아저씨도 마찬가지고요."

엘리는 원망이 담긴 투로 덧붙였다.

"새어머니한테 편지를 두 통 받았어요. 하나는 어제, 하나는 오늘 아침에."

"어느 정도 흥분을 하신 건 이해해 드려야지. 이런 상황에서는 당연한 반응 아닐까?"

"누구하고 어디에서, 어떤 식으로 결혼하는지는 내가 결정할 문제 아닌가요?"

"네 생각이야 그럴지 모르지만 아무 집안 여자나 붙잡고 물어보렴. 네 말이 맞다고 하는지."

"어쨌든 제 덕분에 모두들 고생을 면했잖아요."

"네가 보기에는 그럴 수도 있지."

"사실이 그렇지 않은가요?"

"그러지 말았어야 할 사람의 도움으로 사기극을 벌인 것 아니냐?"

엘리는 얼굴을 붉혔다.

"그레타 말씀이신가요? 그레타는 제 부탁을 들어준 죄밖에 없어요. 모두들 그레타 때문에 화 많이 났어요?"

"당연하지. 너도 그렇고, 그레타도 그렇고. 미리 예상했던 반응 아닐까? 그레타는 너를 돌볼 책임이 있는 친구인데."

"전 이제 성년이 됐잖아요. 뭐든 하고 싶은 대로 할 수 있다고요."

"난 지금 성년이 되기 이전을 이야기하는 거다. 사기극은 그때부터 시작됐으니까."

"엘리를 나무라지 마십시오."

내가 끼어들었다.

"저는 상황이 어떻게 돌아가는지 몰랐을 뿐 아니라 가족이 모두 외국에 계셨기 때문에 연락드리기가 쉽지 않았습니다."

"그레타는 여기 이 엘리가 시킨 대로 반 스토이베산트 부인과 나한테 여러 가지 거짓 정보를 담은 편지를 보냈네. 그것도 아주 감쪽같이. 그레타 안데르센은 만나 보았겠지, 마이클? 엘리의 남편이니까 편하게 불러도 되겠나?"

"물론입니다. 편하게 부르십시오. 안데르센 양은 만난 적 없습니다만……."

"그래? 의외로군."

그는 무언가 생각하는 듯한 눈빛으로 나를 한참 들여다보았다.

"그레타가 두 사람 결혼식에 참석하지 않았을까 생각했는데."

"아니에요. 오지 않았어요."

엘리는 이렇게 말하면서 나를 흘겨보았다. 나는 불편한 마음에 자세를 바꾸었다.

리핀코트 씨의 눈길은 나를 떠날 줄 몰랐다. 왠지 불안했다. 그는 무슨 말을 꺼내려다 생각을 바꾸고 1, 2분 뒤에 입을 열었다.

"두 사람은 엘리 쪽 집안의 잔소리와 꾸지람을 감수해야 할 거야."

"앞으로 소나기처럼 쏟아지겠죠."

엘리가 말했다.

"아무래도 그렇겠지. 나는 준비 작업을 하러 온 셈이고."

"아저씨는 우리 편이죠?"

엘리가 미소를 지으며 물었다.

"지각 있는 변호사한테 그런 질문은 하는 게 아니야. 내가 지금까지 살면서 터득한 지혜가 있다면 기정사실은 받아들이는 편이 좋다는 거야. 두 사람은 사랑에 빠져서 결혼식을 올렸고 엘리 말을 듣자하니 영국 남부에다 땅을 사 놓고 이미 집을 짓기 시작한 모양이던데. 그러니까 이 나라에서 살겠단 말이지?"

"그렇습니다. 저희는 여기에 보금자리를 마련할 겁니다. 안 된다고 하실 참입니까?"

나는 화가 난 투로 물었다.

"엘리는 저하고 결혼을 한 만큼 이제 영국 사람입니다. 그러니까 영국에서 살면 안 될 이유가 없을 텐데요."

"전혀 없지. 사실 페넬라는 어느 나라이건 마음에 드는 곳에서 살아도 되고 여러 나라에 땅을 사 놓을 수도 있어. 나소*에 있는 별장의 주인도 너라는 거 알고 있겠지, 엘리?"

"새어머니 별장인 줄 알고 있었는데요. 자기 집인 것처럼 굴었잖아요."

"실제 소유주는 너란다. 그리고 롱아일랜드에도 네 마음대로 드나들 수 있는 집이 한 채 있지. 서부에 있는 유전이야 말할 것도 없고."

그의 목소리는 상냥하고 다정했지만 나를 향해 늘어놓는 이야기

* 바하마 연방의 수도.

라는 느낌을 지울 수가 없었다. 엘리와 나 사이에 담을 쌓으려는 수작일까? 모르겠다. 자기 부인이 전 세계에 부동산을 소유한 갑부라는 소리를 듣고 아무렇지도 않을 남자는 없을 것이다. 나는 그가 엘리의 재산이라든지 기타 등등을 대수롭지 않게 늘어놓을 줄 미리 짐작하고 있어야 했다. 내가 만약 돈이나 노리고 결혼한 작자라면 (리핀코트 씨는 그렇게 생각하는 눈치였다.) 그 재산이 모두 내 주머니로 들어오는 셈이었으니까. 아무튼 리핀코트 씨는 알 수 없는 사람이었다. 침착하고 부드러운 태도 속에 어떤 의도를 감추고 있는지 짐작할 수가 없었다. 나를 불편하게 만들려는 걸까? 돈을 보고 결혼한 작자로 낙인 찍힐 거라는 암시를 풍기려는 걸까?

"엘리, 함께 검토할 서류를 가지고 왔단다. 서명해야 할 게 많아."

"알았어요, 앤드류 아저씨. 아무 때나 괜찮으니까 말씀만 하세요."

"네 말대로 아무 때나 하자꾸나. 서두를 필요 없으니까. 런던에 다른 볼일이 있어서 앞으로 열흘 뒤에나 떠날 예정이거든."

열흘이라……. 열흘이면 긴 시간이었다. 나는 리핀코트 씨가 이곳에 열흘씩이나 머물러 있는 게 싫었다. 그는 나를 향해 호의적인 태도를 보였지만 판단을 유보하는 부분이 있었다. 이 사람은 나의 동지일까, 적일까? 만약 적이라면 쉽게 속을 보일 타입이 아니었다.

"이제 상견례도 끝났고 미래에 대한 입장 정리도 마무리된 셈이고 하니까 신랑하고 간단하게 이야기를 나누고 싶구나."

"하실 말씀이 있으면 여기서 하세요."

엘리가 씩씩대며 말했다. 나는 그녀의 팔에 손을 얹었다.

"괜히 흥분할 것 없어. 내가 병아리인가, 어미 닭의 보호를 받게?"

나는 그녀를 붙잡고 침실 문 쪽으로 살짝 끌고 갔다.

"앤드류 아저씨께서 나에 대한 평가를 내리고 싶으시다잖아. 그럴 만한 자격이 있는 분이고."

나는 양쪽으로 열리는 문 너머로 그녀를 가볍게 밀어 넣고 두 개의 문을 모두 닫은 뒤 널찍하고 으리으리한 거실로 돌아갔다. 나는 의자에 앉아서 리핀코트 씨를 마주 보았다.

"좋습니다. 말씀하십시오."

"고맙네, 마이클. 자네는 날 적으로 생각할지 모르겠지만 그렇지 않다는 점을 먼저 밝히고 싶군."

"그렇다면 다행이로군요."

말은 그렇게 했지만 못 미더워하는 티가 났다.

"솔직하게 이야기하지. 내가 후견인으로서 끔찍하게 사랑하는 아이를 대할 때보다 훨씬 더 솔직하게. 마이클, 자네는 아직 잘 모르겠지만 엘리는 이 세상에서 제일 소중하고 사랑스러운 아이일세."

"걱정 마십시오. 전 엘리를 사랑하니까요."

"그런 뜻이 아니야."

리핀코트 씨는 딱딱한 태도로 이야기를 계속했다.

"사랑하는 것과는 별개로 엘리가 얼마나 순수하고 상처받기 쉬운 아이인지 알아줬으면 좋겠다는 거지."

"노력하겠습니다. 그런데 별로 노력하지 않아도 될 겁니다. 이 세상에 엘리만 한 여자는 없으니까요."

"그러면 하려던 이야기를 계속하겠네. 솔직하게 터놓고 이야기하자면 나는 엘리의 신랑감으로 자네 같은 사람을 바라지 않았어. 나도 그렇고, 엘리의 가족들도 그렇고 비슷한 환경, 비슷한 분위기에서 자란……."

"명문가의 자제를 바라셨다는 말씀이시겠죠."

"아니, 그런 게 아닐세. 원만한 결혼 생활의 전제 조건은 비슷한 환경이라는 뜻이지. 그리고 내가 이야기하려는 것은 속물적인 조건이 아닐세. 엘리의 할아버지인 허먼 구트먼도 항만 노동자로 시작해서 미국 최고의 갑부 반열에 오른 인물이니까."

"저도 그렇게 될지 모릅니다. 저도 나중에는 영국 최고의 갑부가 될지 모릅니다."

"안 될 것도 없지. 그런 인물이 되겠다는 포부를 가지고 있다는 건가?

"그만큼 돈을 벌겠다는 건 아닙니다. 그러니까…… 어떤 위치에 올라서 많은 일을 하고……."

나는 머뭇거리다 입을 다물어 버렸다.

"아무튼 포부를 가지고 있단 말이지? 그래, 아주 좋은 자세로군."

"저는 밑바닥에서, 아무런 가망이 없는 곳에서 시작하는 셈입니다. 지금 전 아무것도 아니고 하찮은 존재이지만 잘난 사람인 척 포장할 생각은 없습니다."

그는 찬성한다는 듯이 고개를 끄덕였다.

"아주 솔직하고 당당해서 마음에 드는군. 마이클, 난 엘리의 친척은 아니지만 그 아이의 할아버지에게 임명을 받은 후견인 겸 신탁 관리인으로 재산과 투자 부분을 관리하고 있지. 그러니까 그 부분에 대해 책임을 지고 있는 사람으로서 엘리가 어떤 남자를 남편으로 택했는지 가능한 한 많은 걸 알고 싶다네."

"뒷조사를 해 보면 원하는 정보를 쉽게 얻으실 수 있을 텐데요."

"그렇겠지. 그런 방법도 있겠지. 아주 현명한 방법이기도 하고. 하지만 마이클, 난 자네한테 직접 듣고 싶군. 지금까지 어떻게 살아왔는지 직접 듣고 싶단 말일세."

물론 나로서는 환영할 만한 요구 사항이 아니었다. 리핀코트 씨도 내 심정을 알고 있었을 것이다. 나와 비슷한 입장에 처한 사람이라면 그런 요구 사항을 환영할 수 없었다. 인간은 누구나 잘 보이고 싶어 하는 욕구를 가지고 있다. 나만 하더라도 약간의 과장을 섞고 약간의 이야기를 덧붙이고 약간의 진실을 왜곡하는 식으로 학창 시절부터 나를 과대 포장하는 버릇이 있었다. 부끄러운 습관이라고 생각하지는 않는다. 인간의 본능이니까. 살아남기 위한 전제 조건이니까. 그럴듯하게 포장하면 사람들은 포장에 맞추어 나를 평가하게 되어 있다. 나는 디킨스의 작품에 나오는 그런 작자는 되기 싫었다. 사실 텔레비전에서 틀어 주는 디킨스 소설은 작품 자체로만 보면 재미있는 이야기였다. 하지만 항상 굽실굽실 손을 비벼 대며 뒤에서 음모를 꾸미는 유라이어 어쩌고 하는 작자*처럼 되기는 싫었다.

* 『데이비드 카퍼필드』의 등장인물 유라이어 힙.

나는 친구를 만나거나 면접을 볼 때면 언제든지 그럴듯한 가면을 쓸 준비가 되어 있었다. 인간은 누구나 잘난 모습과 못난 모습을 가지고 있게 마련인데, 굳이 못난 모습을 강조할 필요는 없는 것 아닐까? 나는 항상 최근의 활약상을 강조하며 나를 최대한 근사하게 포장하는 쪽이었다. 하지만 리핀코트 씨에게는 그런 수법이 안 통할 것 같았다. 그는 뒷조사 운운하는 말을 듣고 웃어넘겼지만 뒷조사를 하고도 남을 위인이었다. 그래서 나는 진실을 털어놓기로 마음먹었다.

나는 술꾼 아버지 밑에서 태어났지만 죽도록 일한 어머니 덕분에 정규 교육을 받을 수 있었다는 한심한 가족사에서부터 출발했다. 역마살이 낀 사람처럼 이 직업 저 직업을 전전하며 살았다는 이야기도 숨기지 않았다. 그는 적절하게 추임새를 넣어 가며 귀를 기울여 주었다. 하지만 그는 날카로운 사람이었다. 슬쩍 꺼낸 질문이나 이야기에 무심코 걸려들 뻔한 적이 한두 번이 아니었다.

긴장을 늦추면 안 되겠다는 생각이 들었다. 10분이 지나고 리핀코트 씨가 의자 뒤로 몸을 기댔을 때 나는 심문이 끝났다는 사실에 안도의 한숨을 내쉴 수 있었다.

"로저스……. 아니 마이클, 자넨 모험심이 강한 성격이로군. 좋은 현상이야. 엘리와 함께 짓고 있다는 집 이야기를 좀 더 자세히 들려주겠나?"

"마켓 채드웰 근처에다 짓고 있습니다."

"그건 알고 있네. 솔직히 말하자면 직접 다녀왔지. 어제."

나는 이 말을 듣고 조금 놀랐다. 그가 생각보다 많은 정보를 수집하는 약삭빠른 인물이라는 증거였다.

"아주 아름다운 곳입니다."

나는 변명하는 투로 말했다.

"우리가 짓는 집도 아름다운 집이 될 겁니다. 건축을 맡은 사람은 산토닉스…… 루돌프 산토닉스라는 친구인데 이름을 들어 보셨는지 모르겠지만……."

"아, 물론 들어 봤지. 건축가들 사이에서는 제법 유명한 사람이라네."

"미국에도 산토닉스의 작품이 있을 겁니다."

"그렇지. 재능 있고 유망한 건축가로 꼽혔는데 안타깝게도 건강이 안 좋다는 이야기가 들리더군."

"자기 말로는 살날이 얼마 안 남았다지만 저는 그 말을 믿지 않습니다. 반드시 병을 이기고 다시 건강해질 겁니다. 의사들이란…… 아무 말이나 내뱉는 족속이니까요."

"자네 희망대로 됐으면 좋겠네. 자네는 성격이 낙천적인 모양이로군."

"산토닉스에 관한 한 그렇습니다."

"아무튼 자네 말대로 됐으면 좋겠어. 자네 부부는 그 땅을 아주 좋은 조건에 사들였더군."

'자네 부부'라는 단어가 고맙게 들렸다. 우리 둘이서 그 땅을 산 것 같은 착각에 젖을 수 있기 때문이었다.

"크로퍼드 씨의 자문을 들었더니……."

"크로퍼드 씨라니요?"

나는 이맛살을 살짝 찌푸리며 물었다.

"영국 '리스 앤드 크로퍼드' 법률 회사의 크로퍼드 씨 말일세. 이번 거래를 성사시킨 일원이지. 훌륭한 법률 회사인데 그 땅을 헐값에 샀다는 이야기를 듣고 조금 놀랐지. 영국의 부동산 가격이라면 나도 잘 알고 있는데 이해가 안 될 정도이더군. 크로퍼드 씨도 놀란 눈치이던데, 그 땅이 왜 그렇게 싸게 팔렸는지 자네는 혹시 알고 있나? 크로퍼드 씨는 묵묵부답이더군. 내 질문을 받고 약간 당황한 표정이기도 했고."

"아, 저주가 걸려 있기 때문입니다."

"뭐라고? 마이클, 자네 지금 뭐라고 했나?"

"저주라고 했습니다. 집시의 경고 비슷한 거죠. 일대에서는 그 땅을 집시의 땅이라고 부릅니다."

"아하, 전설 비슷한 게 있다?"

"예, 복잡하게 얽혀 있어서 어디까지가 사실이고 어디까지가 지어낸 이야기인지 모르겠습니다. 오래전에 어느 부부하고 한 남자가 그 집에서 죽었답니다. 셋 다 살해당했다고도 하고 남편이 아내와 남자를 쏘고 자살했다고도 하는데, 사람들은 두 번째 이야기를 믿는 편입니다. 이것 말고도 떠다니는 소문이 많습니다. 실제로 어떤 일이 벌어졌는지 아는 사람은 아무도 없을 겁니다. 아주 오래전에 벌어진 사건이니까요. 이후로 주인이 네 번인가 다섯 번 바뀌었는데 다들 오래 버티지 못했다고 합니다."

"아하. 영국 특유의 전설이 얽혀 있군."

리핀코트 씨는 알겠다는 듯이 중얼거리더니 호기심 어린 표정으로 나를 쳐다보았다.

"그런데 자네하고 엘리는 저주가 두렵지 않다, 이 말인가?"

그는 가벼운 미소를 지으며 농담조로 물었다.

"물론입니다. 엘리도 그렇고, 저도 그렇고 그런 헛소문은 믿지 않습니다. 덕분에 싸게 살 수 있었으니 오히려 고맙죠."

순간, 엘리처럼 엄청난 재산을 소유한 사람이라면 그 땅을 싸게 사건 비싸게 사건 상관없을 거라는 생각이 들었다. 하지만 나는 이내 생각을 달리했다. 엘리의 할아버지는 항만 노동자 출신의 백만장자였다. 그런 사람들은 싸게 사고 비싸게 넘기는 장사를 좋아하게 마련이었다.

"나도 미신을 믿는 사람은 아닐세. 자네들 땅에서 바라본 풍경은 상당히 근사하더군."

그는 잠시 머뭇거리다 말을 이었다.

"하지만 그 집으로 이사한 뒤에는 엘리의 귀에 그런 이야기가 들어가지 않았으면 좋겠네."

"제가 최선을 다해서 막겠습니다. 그리고 엘리한테 그런 이야기를 하는 사람도 없을 겁니다."

"시골 사람들은 전설이나 소문을 아주 좋아하는 편이지. 엘리는 자네처럼 강한 성격이 못 돼. 조그만 일에도 쉽게 흔들리는 성격이란 말일세. 이야기가 나왔으니 말인데…….”

그는 하려던 말을 멈추고 손가락으로 탁자를 톡톡 쳤다.

“이제 어려운 문제를 짚고 넘어가겠네. 그레타 안데르센을 만난 적 없다고 했겠다?”

“예, 좀 전에 말씀드렸다시피 만난 적 없습니다.”

“이상한 일이로군. 아주 희한한 일이야.”

“왜 그러십니까?”

나는 묻는 표정으로 그를 쳐다보았다.

“당연히 만났을 거라고 생각했거든.”

그는 천천히 운을 뗐다.

“그레타에 대해서는 어느 정도 알고 있나?”

“엘리하고 한동안 함께 지냈다고 들었습니다.”

“엘리가 열일곱 살이었을 때부터 함께 지내면서 막중한 임무를 맡게 됐지. 처음 미국으로 건너왔을 때는 비서 겸 말동무였는데. 샤프롱이기도 했고. 엘리의 새어머니 반 스토이베산트 부인이 워낙 집을 비울 때가 많아서 말인세.”

그의 말투는 좀 전보다 훨씬 더 딱딱하게 들렸다.

“스웨덴과 독일의 피가 반씩 섞여 있는데 좋은 집안에서 자란 아가씨 같아. 추천장도 아주 훌륭하고. 당연한 노릇이겠지만 엘리는 그레타하고 떼려야 뗄 수 없는 사이가 되었지.”

“그런 것 같습니다.”

“그런데 심하다 싶을 때가 있단 말이지. 자네로서는 듣기 거북한 소리인지 모르겠지만."

"아닙니다. 거북할 리 있습니까? 사실…… 사실 저도 한두 번쯤 그렇게 생각한 적이 있습니다. 그레타 어쩌고, 그레타 저쩌고……. 제가 참견할 문제가 아니라는 건 알지만 가끔은 듣기 싫더군요."

"그런데 엘리가 자네한테 그레타를 소개하지 않았단 말이지?"

"그게…… 어떤 식으로 설명을 드려야 좋을지……. 엘리가 한두 번인가 슬쩍 이야기를 꺼낸 적은 있지만 워낙 서로에게 정신이 팔려 있었던 터라……. 이야기가 나온 김에 솔직히 말씀드리자면 그레타를 만나기 싫었습니다. 엘리를 저 혼자 독차지하고 싶었습니다."

"알겠네. 잘 알겠어. 그런데 엘리가 결혼식에 그레타를 부르자고 하지 않던가?"

"그러자고 했습니다."

"그런데 자네가 싫다고 했단 말이지. 이유가 뭔가?"

"모르겠습니다. 정말 모르겠습니다. 그레타가, 한 번도 본 적 없는 이 여자가 모든 일에 주제넘게 나선다는 생각이 들었습니다. 엘리의 인생 설계를 도맡아 하고 있었으니까요. 엘리의 빈자리를 메우면서 엽서나 편지를 부치고, 여행 일정을 모두 정해 준 다음 가족들에게 전달하고……. 엘리가 그레타한테 너무 기대는 게 아닌가, 너무 휘둘리는 게 아닌가, 그레타가 하라는 대로 끌려 다니는 게 아닌가 싶었습니다. 죄송합니다, 리핀코트 씨. 이런 말씀은 드리는 게 아닌데. 저더러 질투하는 것 아니냐고 하셔도 좋습니다. 아무튼 저는 화가 나서 그레타는 결혼식에 초대하지 않겠다고, 결혼식은 우리 둘만의 자리이니까 둘이서 치렀으면 좋겠다고 했습니다. 그래서 등기소의 서기와 타자수를 증인으로 세우고 혼인 서약을 하게 된 겁니다. 그레타를 외면하다니 속 좁은 짓이기는 했지만 엘리를 독차지하고 싶었습니다."

"알겠네. 잘 알겠어. 잘했다고 칭찬해 주고 싶군."

"선생님도 그레타가 마음에 안 드시는 모양이로군요?"

나는 눈치 빠르게 물었다.

"그레타를 만나 보지도 않은 상황에서 '선생님도'라는 표현은 어불성설이 아닐까?"

"맞는 말씀이기는 하지만 어떤 사람에 대한 이야기를 귀에 못이 박히도록 듣다 보면 느낌이나 판단이 생기지 않습니까? 뭐, 질투심 때문이라고 하셔도 좋습니다만. 선생님께서는 그레타를 싫어하시는 이유가 뭡니까?"

"사심이 있어서 그런 건 아닐세. 자네는 엘리의 남편이고 나는 진심으로 엘리의 행복을 바라는 사람이기 때문에 말을 하자면 그레타와 엘리의 관계가 건전하게 보이지 않아. 너무 많은 걸 대신해 주거든."

"제가 두 사람 사이를 갈라 놓아야 한다고 생각하십니까?"

"난 그런 말을 할 권리가 없는 사람일세."

그는 호기심 어린 표정으로 나를 쳐다보며 늙고 쭈글쭈글한 거북이처럼 눈을 끔뻑였다.

어떤 식으로 말을 이어야 좋을지 생각이 나지 않았다. 리핀코트 씨가 신중하게 단어를 골라 가며 먼저 이야기를 꺼냈다.

"그럼 그레타 안데르센과 함께 살자는 이야기가 나오지는 않은 건가?"

"어지간해서는 그런 일 없을 겁니다."

"자네 생각은 그렇단 말이지? 이미 의논이 끝난 모양이로군."

"엘리가 그 비슷한 말을 꺼낸 적이 있습니다. 하지만 저희는 신혼부부 아닙니까? 저희 집에서는…… 새로 만든 저희 집에서는 단둘이 살아야죠. 물론 그레타가 가끔 머물다 가긴 할 겁니다. 그 정도야 당연하게 받아들이겠습니다."

"자네 말마따나 그 정도야 당연한 일이겠지. 하지만 그레타가 앞으로 취직하기 어려운 입장이라는 문제는 생각해 보았는가? 믿고 채용했던 사람들이 이제는 그레타를 어떤 식으로 생각하겠느냔 말일세."

"그러니까 그레타가 선생님이나 반 어쩌고 하는 부인의 추천을 받지 못할 거란 말씀이십니까?"

"법률로 정한 기본을 지킬 뿐 강력하게 추천할 이유가 없지."

"그러면 그레타가 영국으로 건너와서 엘리와 함께 살게 될 거란 말씀이시로군요."

"자네한테까지 안 좋은 편견을 심어 줄 수야 없지. 그건 어디까지나 내 생각이니까. 난 그레타가 지금까지 벌인 몇 가지 일과 방식이 마음에 안 들어. 천성이 착한 엘리는 자신이 여러 가지 면에서 그레타의 앞길을 망쳐 놓았다는 걸 알면 마음 아파하겠지. 그 때문에 충동적으로 그레타와 함께 살겠다고 고집을 부릴 수도 있네."

"고집을 부리지는 않을 겁니다."

나는 느릿느릿 말했다. 하지만 리핀코트도 내 불안한 말투를 알아차렸을 것이다.

"저희가…… 그러니까 엘리가 연금을 주면 되지 않을까요?"

"연금이라는 표현은 상황에 맞지 않아. 연금이라고 하면 나이 많은 사람을 떠올리게 되는데 그레타는 젊은 여자일세. 거기다 외모가 아주 빼어나지. 아름답다고 해야 할까?"

그는 못마땅하다는 투로 덧붙였다.

"남자들이 보기에 아주 매력적이기도 하고."

"그럼 결혼할 가능성도 있지 않을까요? 선생님 말씀대로라면 지금까지 미혼으로 남은 게 오히려 이상합니다."

"관심을 보인 사람들이 있었지만 그레타 쪽에서 눈도 꿈쩍하지 않았지. 하지만 자네 생각대로 된다면 더할 나위가 없겠군. 그레타가 결혼을 하면 어느 누구도 속 끓일 필요 없을 테니까. 엘리는 감사의 뜻으로 돈이나 두둑이 챙겨 주면 되겠지. 그레타가 손을 써 준 덕분에 성년식을 무사히 치르고 결혼까지 했으니."

리핀코트 씨의 마지막 두 마디는 신랄하기 짝이 없었다.

"그러면 되겠네요."

나는 신이 나서 외쳤다.

"자넨 정말 낙천적인 성격이로군. 그레타가 감사의 뜻을 받아들여야 할 텐데……."

"제정신이 박힌 사람이라면 당연히 받아들이겠죠!"

"글쎄? 그레타가 감사의 뜻을 받아들이지 않는다면 상당히 보기 드문 일이 되겠지. 두 사람의 우정은 계속 이어질 테고."

"무슨…… 말씀이십니까?"

"이제는 엘리가 그레타한테 휘둘리지 말았으면 하네."

리핀코트 씨는 이렇게 말하며 자리에서 일어섰다.

"그렇게 될 수 있도록 나를 도와주겠나?"

"물론입니다. 그레타가 사사건건 우리 일에 간섭하는 것만큼 싫은 일도 없으니까요."

"그레타를 만나면 생각이 달라질지도 몰라."

"아닙니다. 아무리 능력 있고 예쁘더라도 만사에 참견하는 여자는 싫습니다."

"지금까지 내 이야기를 묵묵히 들어줘서 고맙네, 마이클. 자네 두 사람하고 저녁 식사를 함께 하고 싶은데 시간을 내주겠나? 다음 주 화요일 저녁이 어떨까? 그때쯤이면 코라 반 스토이베산트와 프랭크 바턴도 런던에 도착할 거야."

"두 분을 만나 봐야겠죠?"

"아, 물론이지. 싫어도 어쩔 수 없는 일이야."

그는 나를 보며 미소를 지었다. 전보다 훨씬 꾸밈 없는 미소였다.

"너무 신경 쓰지는 말게. 코라는 자넬 함부로 대할 거야. 프랭크는 무뚝뚝한 반응을 보이고 그만이겠지만. 루벤은 지금 당장 건너올 처지가 못 되고."

루벤은 처음 듣는 이름이었다. 또 다른 친척인 모양이었다.

나는 침실과 연결된 문을 열었다.

"엘리, 이젠 나와도 돼. 심문이 끝났으니까."

밖으로 나온 엘리는 우리 두 사람을 번갈아 쳐다보더니 리핀코트에게 다가가 뺨에 입을 맞추었다.

"앤드류 아저씨, 마이크한테 잘해 주신 게 보이네요."

"글쎄다. 네 남편한테 잘 보이지 않으면 앞으로 아무 쓸모 없는 인간이 되지 않겠니? 하지만 가끔 충고 몇 마디 할 권리는 있겠지? 너희 둘 다 아직은 너무 어리니까."

"알았어요."

엘리가 말했다.

"귀담아 들을게요."

"이제 너하고 잠깐 이야기를 나누고 싶은데……."

"이번에는 제가 빠질 차례로군요."

나는 이렇게 말하고 침실 쪽으로 걸어갔다.

나는 양쪽으로 열리는 문 두 개를 보란 듯이 닫으며 들어간 다음 슬그머니 한쪽 문을 열어 놓았다. 나는 엘리처럼 교양 있는 사람도 아니었을 뿐더러 가면을 쓴 리핀코트 씨가 어떤 식으로 변할지 궁금하기도 했다. 하지만 충고 한두 마디가 전부였을 뿐 내가 걱정했던 이야기는 전혀 나오지 않았다. 그는 가난한 집 출신으로 돈 많은 여자와 결혼한 내 입장을 이해해야 한다고 했고, 그레타의 보상 문제도 해결해야 하지 않겠느냐고 물었다. 엘리는 열심히 고개를 끄덕이며 안 그래도 아저씨한테 물어볼 생각이었다고 대답했다. 그는 코라 반 스토이베산트의 보상 문제도 해결해야 된다고 했다.

"물론 네가 신경 쓸 필요는 없어. 여러 남편한테 받은 위자료만으로도 충분하니까. 게다가 아주 많지는 않지만 너희 할아버지가 마련해 놓은 신탁에서 챙기는 수입도 있거든."

"그래도 돈을 좀 더 주는 게 좋겠다는 말씀이시죠?"

"법적으로 보나 도의적인 면에서 보나 그럴 필요는 없지만 돈을 쥐어 주면 코라 때문에 피곤해질 일이 없지 않겠니? 마이클이나 너나 너희 두 사람을 놓고 악의적인 소문을 퍼뜨렸다가 들통나는 순간 백지화할 수 있도록 조건을 다는 게 좋을 것 같구나. 가시 돋친 말을 잘하기로 유명한 코라이지만 그런 조건을 달면 입단속을 하겠지."

"새어머니는 예전부터 저를 미워했죠. 저도 알고 있었어요."

엘리의 말투는 담담했다.

"마이크 마음에 드시죠? 그렇죠, 앤드류 아저씨?"

"아주 매력적인 청년이더구나. 네가 그 사람하고 결혼한 이유를 알겠어."

내가 기대할 수 있는 최고의 칭찬이었다. 나는 리핀코트의 마음에 들 만한 부류가 아니었다. 그쯤은 나도 알고 있었다. 나는 살그머니 문을 닫았고 1, 2분쯤 뒤 엘리가 나를 부르러 왔다.

리핀코트와 작별 인사를 나누고 있을 무렵 노크 소리가 들리더니 급사가 전보를 가지고 들어왔다. 전보를 받아서 읽어 본 엘리는 짤막한 환호성을 질렀다.

"그레타가 보낸 거예요. 오늘 밤 런던에 도착하는데 내일 우릴 만나러 오겠대요. 너무 잘됐다."

그녀는 우리를 쳐다보며 "그렇죠?" 하고 물었다.

그녀를 맞이한 것은 두 사람의 시큰둥한 표정과 의례적인 대답이었다.

"응. 잘됐네."

"잘됐구나."

제11장

다음 날 아침, 쇼핑을 나갔다가 생각보다 늦게 호텔로 돌아왔더니 엘리가 라운지에 나와 있고 맞은편에 키가 큰 금발의 젊은 여자가 앉아 있었다. 그레타였다. 두 사람은 신나게 수다를 떨고 있었다.

나는 사람들의 외모를 설명하는 재주가 없는 편이지만 그레타만큼은 자신 있다. 그녀는 엘리가 말한 것처럼 예뻤고, 리핀코트 씨가 말한 것처럼 외모가 아주 빼어났다. 예쁘다는 평가와 외모가 빼어나다는 평가는 별개의 것이다. 어떤 여자더러 외모가 빼어나다고 하면, 개인적으로 좋아하지는 않는다는 뜻이 된다. 리핀코트 씨는 그레타를 좋아하지 않는 눈치였다. 하지만 그레타가 호텔 라운지나 식당 안을 걸으면 남자들의 시선이 그녀를 따라 움직였다. 그녀는 황금빛 옥수수 들판과 같은 금발을 자랑하는 전형적인 북유럽의 미인이었고, 머리카락을 양옆으로 늘어뜨리는 첼시의 전통을 따르지 않고 당시 유행에 맞추어 높다랗게 틀어 올린 모습이었다. 듣던 대로 스웨덴 또는 독일 북부 출신의 분위기를 풍겼다. 날개만 달면 발키리*인 양 근사한 가장무도회에 참석해도 될 법한 모습이었다. 그녀의 눈동자는 맑고 투명한 푸른색이었고 각선미는 감탄을 자아내기에 충분했다. 솔직히 고백하건대 그녀는 엄청난 미인이었다!

나는 두 사람이 앉아 있는 곳으로 다가가서 최대한 자연스럽게 인사를 건넸지만 어색한 기분을 감출 수 없었다. 나는 워낙 표정 연기가 서툰 편이다. 엘리가 얼른 입을 열었다.

"마이크, 드디어 그레타를 소개하게 됐군요."

나는 다소 장난스럽게 대답했다.

"드디어 만나 뵙게 돼서 영광입니다."

"당신도 알겠지만 그레타가 없었더라면 우린 결혼식을 올리지 못했을 거예요."

"그럼 다른 방법을 찾았을걸?"

"우리 가족이 벌 떼처럼 달려들었으면 다른 방법을 찾지도 못했을 거예요. 어떻게든 우릴 갈라 놓았을 테니까. 그레타, 우리 가족 때문에 많이 힘들었어?"

엘리는 그레타 쪽으로 말머리를 돌렸다.

"편지에서도 그쪽 얘기는 없었잖아."

"행복하게 신혼여행을 즐기는 부부한테 그런 편지를 쓸 수는 없

* 북유럽 신화에서 오딘 신을 섬기는 소녀들.

잖아."

"하지만 노발대발했겠지?"

"물론이지! 당연한 거잖아. 하지만 각오했던 거니까 걱정 마."

"우리 가족이 무슨 말을 했어? 무슨 짓을 했어?"

"별의별 짓을 다 하더라."

그레타는 씩씩하게 대답했다.

"내쫓는 것부터 시작해서 말이야."

"그랬겠지. 하지만…… 하지만 그레타한테 무슨 잘못이 있다고! 그래도 추천장은 받았지?"

"물론 못 받았지. 그쪽 입장에서 보자면 막중한 임무를 믿고 맡겼더니 괘씸하게 배신한 셈이니까. 나야 배신이 즐거웠지만."

"그럼 이제 어떻게 해?"

"아, 일자리를 얻었어."

"뉴욕에?"

"아니, 여기 런던에. 비서 일이야."

"하지만 괜찮은 거야?"

"네가 들통났을 때를 대비해서 보내 준 수표도 있는데 물론 괜찮고말고."

그녀의 영어는 상당히 훌륭했다. 상황에 안 맞는 관용어를 쓰는 경우가 가끔 있을 뿐 외국 억양이 거의 없었다.

"그동안 세상 구경 좀 하고 런던에 보금자리도 마련하고 물건도 잔뜩 사들였어."

“마이크하고 나도 이것저것 많이 샀는데.”

엘리는 옛 기억을 떠올리며 미소를 지었다.

사실이었다. 우리는 유럽 대륙에서 어마어마한 쇼핑을 끝낸 참이었다. 예산에 구애받을 필요 없이 펑펑 쓰고 다니는 기분은 정말 좋았다. 이탈리아에서는 집을 꾸미는 데 쓸 비단과 천을 샀다. 이탈리아와 파리에서는 입이 떡 벌어질 만한 가격의 그림도 구입했다. 꿈에서도 생각해 보지 못한 새로운 세상이 나를 위해 펼쳐졌다.

“두 사람 너무 행복해 보인다.”

그레타가 말했다.

“우리 집 아직 안 봤지? 정말 근사한 작품이 될 거야. 꿈에서 그린 것처럼. 그렇죠, 마이크?”

“봤어.”

그레타의 대답이었다.

“영국에 도착한 첫날 렌터카를 타고 찾아갔거든.”

“어땠어?”

나도 “어땠습니까?” 하고 물었다.

“음…….”

그레타는 뭔가 생각하는 눈치를 보이더니 고개를 좌우로 저었다.

엘리는 당황해서 어쩔 줄 몰라 하는 표정으로 바뀌었다. 하지만 나는 속지 않았다. 그레타는 장난을 치는 중이었다. 고약한 장난이라는 생각이 내 머릿속을 스치고 지나갔지만 뿌리를 내릴 만큼 오래 머물지는 않았다. 그레타가 이내 웃음을 터뜨렸기 때문이다. 고음으로 울려 퍼지는 웃음소리를 듣고 사람들이 고개를 돌려 그녀를 쳐다보았다.

"두 사람 표정 정말 볼 만하다. 특히 엘리, 네 표정은 끝내 줬어. 농담이야. 아주 멋있고 근사하더라. 그 남자, 천재 아닌가 싶더라고."

"맞습니다."

내가 대답했다.

"평범한 사람이 아니죠. 직접 만나 보시면 알 수 있을 겁니다."

"직접 만나 봤어요. 제가 찾아간 날 거기 있더군요. 말씀하신 것처럼 범상치 않은 인물이었어요. 하지만 조금 무섭던데, 안 그런가요?"

"무섭다니요?"

나는 깜짝 놀란 투로 물었다.

"어떤 면이 무섭다는 겁니까?"

"뭐라고 표현하면 좋을지 모르겠지만 사람을 꿰뚫어 보는 것 같더라고요. 속을 들여다보는 느낌이라고나 할까? 그런 사람을 만나면 당황하게 되죠. 그리고 안색이 안 좋더군요."

"건강이 아주 안 좋습니다."

"어머, 세상에! 무슨 병인가요? 결핵, 뭐 그런 병인가요?"

"결핵은 아닌 것 같습니다. 혈액하고 관계 있는 병이라고 들었습니다."

"그렇군요. 요즘은 못 고치는 병이 없지 않은가요? 의사가 권하는 치료 방법을 따르다 죽는 경우를 예외로 치면 말이죠. 아무튼 이런 이야기는 그만하고 집 이야기로 돌아가요. 공사는 언제쯤 끝나나요?"

"외관으로 볼 때 조만간 끝날 것 같습니다. 집 한 채를 이런 식으로 뚝딱 지을 수 있을 줄은 몰랐습니다."

"아, 그야 돈 덕분이죠."

그레타는 대수롭지 않다는 듯이 말했다.

"2교대로 돌리고 보너스를 주고 그러니까. 엘리, 넌 돈이 많다는 게 얼마나 좋은지 모를 거야."

하지만 나는 알고 있었다. 지난 몇 주 동안 여러 가지 사실을 깨달은 덕분이었다. 나는 결혼을 통해 외부인들은 상상도 할 수 없을 만큼 새로운 세계 속으로 발을 들여놓았다. 지금까지 나는 운 좋게 쌍승식*이 터지면 최고인 줄 아는 세상 속에서 살았다. 배당금을 받으면 왁자지껄한 술판에 쏟아 부으며 살았다. 싸구려 인생이었다. 나 같은 계층 특유의 싸구려 인생이었다. 하지만 엘리가 속한 세계는 전혀 딴판이었다. 내가 생각한 정도가 아니었다. 호화롭기가 상상을 초월했다. 커다란 욕실, 으리으리한 저택, 휘황찬란한 조명, 근사한 식탁, 빠른 자동차 수준이 아니었다. 소비를 위한 소비, 눈앞에 보이는 모든 사람들에게 과시하기 위한 소비 수준도 아니었다. 이 세계는 이상하리 만큼 단순했다. 사치를 위한 사치 수준을 넘어섰을 때 찾아오는 단순함이 이 세계의 특징이었다. 인간은 요트를 세 척, 자동차를 네 대씩이나 가질 필요가 없고 하루에 세 끼 이상 먹

* 경륜 · 경마 따위에서 1등과 2등을 동시에 알아맞히는 방식.

을 수도 없다. 그리고 값비싼 그림을 사더라도 한 방에 한 점 이상 걸어 놓을 이유가 없다. 누가 들어도 단순한 이치이다. 이 세계 사람들은 무엇이든 최고를 고집한다. 최고이기 때문이 아니라 어떤 물건이 마음에 들거나 갖고 싶으면 사지 않을 이유가 없기 때문이다. 이 세계 사람들은 "사고 싶지만 여유가 안 된다."라고 말하는 법이 없다. 그렇기 때문에 이 세계는 이상하리 만큼 단순하게 돌아갔고 나는 그 이치를 이해할 수 없었다. 한번은 우리가 프랑스 인상파 화가의 작품을 사려고 한 적이 있었다. 화가 이름은 세잔이었다. 집시를 뜻하는 치간(tzigane)이라는 단어하고 늘 헷갈리기 때문에 몇 번이고 중얼거린 끝에 외운 이름이었다. 그런데 베네치아를 걷던 엘리가 거리의 화가들을 보더니 걸음을 멈추었다. 그들은 관광객을 상대로 조잡한 초상화를 그려 주고 있었다. 하나같이 빛나는 치아와 어깨 위로 늘어뜨린 금발을 강조한 그림이었다.

그곳에서 엘리는 운하가 어렴풋하게 들여다보이는 조그만 그림을 샀다. 그림을 그린 주인공은 우리의 외모를 칭찬했고 엘리는 그림 값으로 영국 돈 6파운드에 해당되는 값을 치렀다. 그런데 희한하게도 엘리는 세잔을 갖고 싶어 하는 마음과 6파운드짜리 그림을 갖고 싶어 하는 마음이 똑같았다.

파리에서 머물렀을 때도 마찬가지였다. 한번은 엘리가 난데없이 이런 말을 꺼냈다.

"좋은 수가 생각났어요. 우리, 바삭바삭한 프랑스 빵에다 버터를 바르고 나뭇잎에 싸 두었던 치즈를 끼워서 먹어요!"

엘리는 이렇게 만든 빵을 영국 돈으로 20파운드짜리였던 전날 저녁보다 훨씬 맛있게 먹었다. 처음에는 그런 엘리를 이해할 수 없었지만 차츰 이해가 되기 시작했다. 그런데 한 가지 골치 아픈 문제가 있다면 엘리와의 결혼 생활이 항상 재미있을 수만은 없다는 사실까지 알게 되었다는 점이었다. 나에게는 주어진 숙제가 있었다. 나는 어떤 식으로 레스토랑에 들어가서 어떤 음식을 주문하고 팁은 어느 정도를 주되 어떤 경우 평소보다 많이 주는지 배워야 했다. 어떤 음식에는 어떤 음료를 마시는지 외워야 했다. 나는 대부분 관찰을 통해 이와 같은 지식을 터득했다. 엘리에게 물어볼 수는 없었다. 엘리는 내 처지를 이해 못하고 "하지만 마이크, 뭐든 먹고 싶은 걸 먹으면 되잖아요. 웨이터가 어떤 음식에 어떤 와인을 곁들여야 한다고 생각하건 말건 무슨 상관이에요?"라고 말할 게 뻔했다. 이 세계에서 태어난 엘리는 아무래도 상관없을지 몰라도 무엇이든 마음대로 할 수 없는 나로서는 중요한 문제였다. 나는 엘리처럼 단순하게 생각할 수 없었다. 옷 문제는 엘리의 도움을 받을 수 있었다. 이 방면에 대해서는 공감하는 부분이 많았기 때문이다. 그녀는 나를 적당한 가게로 데리고 가서 주인을 부르게 했다.

물론 아직까지는 옷차림이나 말투에 모자란 구석이 많았다. 하지만 그 부분은 별로 문제가 되지 않았다. 눈치가 빠른 덕에 리핀코트와 같은 사람의 심문도 통과할 수 있었고, 나중에 엘리의 새어머니와 삼촌이 찾아오더라도 별 문제가 없을 것 같았다. 게다가 앞으로는 옷차림이나 말투에 신경 쓸 필요가 없었다. 집이 완성되자마자 그곳으로 거처를 옮기면 모든 사람들과 떨어져 지낼 수 있기 때문이었다. 새 집은 우리만의 왕국이 될 것이었다. 나는 맞은편에 앉은 그레타를 쳐다보았다. 그녀가 우리 집을 어떻게 생각하는지 속마음을 알고 싶었다. 어쨌거나 그 집은 내가 바라던 그대로였다. 나는 숲 사이로 난 전용 도로를 따라서 아무도 들어올 수 없는 우리만의 해변으로 달려가고 싶었다. 그 길을 달리는 기분이 바다 속으로 뛰어들 때 느낀 기분보다 천 배쯤 더 좋을 것 같았다. 수백 명이 누워 있는 바닷가 휴양지보다 우리만의 해변이 천 배쯤 더 좋을 것 같았다. 아무 의미 없이 값만 비싼 것은 싫었다. 내가 원하는 것은, 내가 원하는 것은, 내가 원하는 것은……. 특유의 말버릇이 나오는 순간 가슴이 울렁거렸다. 내가 원하는 것은 멋진 여자와 어느 누구의 집과도 다른 멋진 저택이었다. 그리고 나는 그 멋진 저택을 내 것이라 할 수 있는 멋진 물건들로 채우고 싶었다. 모두 다 내 것으로.

"지금 집 생각을 하는 모양이야."

엘리가 말했다. 그녀는 이제 그만 점심을 먹자고 두 번이나 말을 한 뒤였다. 나는 사랑이 듬뿍 담긴 눈으로 엘리를 쳐다보았다.

그날 저녁, 식사를 하러 나가기 위해 옷을 갈아입고 있을 때 엘리가 조심스럽게 물었다.

"마이크, 저기 있잖아요……. 그레타 좋아하죠? 그렇죠?"

"물론이지."

"당신이 그레타를 싫어한다면 너무 속상할 것 같아요."

"하지만 좋아하잖아. 도대체 왜 내가 그레타를 싫어한다고 생각하는 거야?"

"모르겠어요. 당신이 이야기를 하는 동안 그레타 쪽은 쳐다보지도 않아서 그런 것 같기도 하고."

"그건…… 그건 불편해서 그런 거였어."

"그레타가 불편하다고요?"

"응. 사람을 주눅들게 하잖아."

나는 그레타가 발키리처럼 보이더라는 이야기를 했다.

"오페라에 나오는 발키리처럼 뚱뚱하지는 않죠."

엘리는 이렇게 말하며 웃음을 터뜨렸다. 나도 덩달아 웃음을 터뜨렸다.

"당신이야 그레타하고 오랫동안 알고 지냈으니까 괜찮겠지만 뭐랄까……. 물론 아주 능력 있고 노련하고 교양 있는 사람이기는 해."

나는 적당한 단어를 고민하다 난데없이 외쳤다.

"하지만…… 옆에 있으면 밀리는 기분이 든다고."

"마이크!"

엘리는 미안해하는 표정을 지었다.

"우리만 아는 얘기가 많기는 하죠. 옛날에 했던 우스갯소리도 그렇고 옛날에 벌어졌던 일도 그렇고. 그래서 당신이 거리감을 느낄 수도 있다는 건 인정해요. 하지만 얼마 안 있으면 친구가 될 거예요. 그레타는 당신이 마음에 든대요. 아주 마음에 든대요. 나한테 그랬다고요."

"엘리, 마음에 들건 안 들건 당신한테는 그렇게 말했을 거야."

“아니에요. 안 그랬을 거예요. 그레타는 아주 솔직한 성격이에요. 당신도 봤잖아요. 오늘 그레타가 하는 소리 들었잖아요.”

사실 점심 식사를 하는 동안 그레타는 애써 돌려 말하지 않았다. 그녀는 엘리가 아니라 나를 향해 이런 이야기를 했다.

“당신을 보지도 못한 상황에서 엘리를 돕다니 이상하다고 생각하셨죠? 난 화가 났어요. 그 인간들이 엘리에게 강요하는 생활을 보고 너무나 화가 났어요. 돈과 고리타분한 사고방식 속에 틀어박혀 사는 생활이라니……. 엘리는 인생을 즐기거나 혼자 여행을 떠나거나 하고 싶은 일을 해 본 적이 없어요. 그런 상황에서 반항을 꿈꾸었지만 방법을 몰랐죠. 그래서…… 그래서 내가 엘리를 부추겼어요. 영국에 적당한 땅이 있나 알아보라고, 스물한 살이 되면 땅을 사서 뉴욕 패거리들하고는 바이바이하라고.”

“그레타는 늘 근사한 아이디어가 넘쳐요. 나라면 생각도 못할 아이디어가.”

리핀코트 씨가 뭐라고 했더라? ‘엘리를 너무 휘두른다’고 했던가? 하지만 내가 보기에는 그의 생각이 틀린 것 같았다. 이상하게도 그런 느낌이 들었다. 그레타가 엘리를 잘 안다고 하지만 엘리의 마음속 깊은 곳에는 그레타가 모르는 부분이 있었다. 엘리는 자신의 생각과 맞아떨어지는 의견만 받아들이는 성격이었다. 그레타가 부추겼다고는 하지만 방법을 몰랐을 뿐 반항을 원한 사람은 엘리였다. 엘리는 단순하게 보이지만 속을 알 수 없는 사람이었다. 마음만 먹으면 자기 주장을 굽히지 않을 사람인데 지금까지 그럴 만한 일이 거의 없었을 따름이다. 열 길 물속은 알아도 한 길 사람 속은 알 수 없다더니 엘리가 그랬고 그레타가 그랬다. 심지어는 우리 어머니도 그랬다. 겁에 질린 눈으로 나를 바라보던 어머니의 표정이란…….

리핀코트 씨의 속마음이 궁금했다. 나는 커다란 복숭아 껍질을 벗기다가 이야기를 꺼냈다.

"리핀코트 씨는 우리 결혼을 아주 좋게 생각하시는 것 같더군요. 뜻밖이었습니다."

"리핀코트 씨는 늙은 여우예요."

그레타가 말했다.

"그레타는 늘 그런 식으로 말하더라?"

엘리가 말했다.

"하지만 내가 보기에는 좋은 분이야. 엄격하고 예의 바르고."

"좋을 대로 생각해."

그레타가 말했다.

"하지만 난 그 사람, 손톱만큼도 안 믿어."

"아저씨를 못 믿겠다고?"

그레타는 고개를 저었다.

"그래. 존경스럽고 믿음직한 인물이긴 하지. 신탁 관리인과 변호사의 모범이기도 하고."

엘리는 웃음을 터뜨렸다.

"아저씨가 내 재산을 빼돌리고 있다는 거야? 말도 안 돼, 그레타. 회계사며 은행이며 감사관이며, 지켜보는 눈이 어디 한둘이야?"

"리핀코트 씨는 괜찮은 사람이지. 하지만 원래 철석같이 믿었던 사람들이 재산을 빼돌리는 법이거든. 일이 터지고 난 뒤에 다들 말하지. '누구누구가 그런 짓을 할 줄은 정말 몰랐어요. 절대 그런 짓을 할 사람이 아니었는데.' 다들 그렇게 말하잖아. 절대 그런 짓을 할 사람이 아니었다고."

엘리는 사기극을 벌일 사람이 있다면 오히려 프랭크 삼촌 쪽이라고 말했다. 하지만 그런 말을 하면서도 걱정을 하거나 놀라는 표정이 아니었다.

"맞아. 사기꾼처럼 보이는 면이 있어."

그레타가 말했다.

"그런데 그게 바로 단점이야. 너무 상냥하고 사근사근하거든. 프랭크 씨는 어마어마한 사기극을 벌일 인물이 못 돼."

"프랭크 삼촌은 외삼촌이야, 친삼촌이야?"

내가 물었다. 나는 지금까지 엘리의 친척에 대해서 생각해 볼 만한 여유가 없었다.

"고모부예요. 고모는 삼촌과 헤어지고 다른 사람과 결혼했다가 6년인가 7년 전에 돌아가셨어요. 그렇지만 프랭크 삼촌은 우리 곁에 남았지요."

"그런 사람이 셋이에요."

그레타가 친절하게 설명을 시작했다.

"거머리가 세 마리라고 해야겠죠. 엘리의 친삼촌은 모두 돌아가셨어요. 한 분은 한국에서, 또 한 분은 자동차 사고로. 이렇게 해서 엘리 곁에는 성격 고약한 새어머니, 프랭크 삼촌, 그리고 다정다감한 불청객 루벤이 남게 됐죠. 엘리는 루벤을 삼촌이라고 부르지만 사실은 사촌 오빠예요. 여기에 앤드류 리핀코트하고 스탠퍼드 로이드도 추가해야겠군요."

"스탠퍼드 로이드라니요?"

나는 어리둥절한 표정을 지으며 물었다.

"또 다른 신탁 관리인이에요. 그렇지, 엘리? 투자를 관리하는 사람이잖아. 엘리의 투자 관리야 식은 죽 먹기죠. 그만큼 재산이 많으면 별다른 노력을 하지 않아도 돈이 돈을 부르거든요. 아무튼 여기까지가 엘리의 주변 인물이랍니다. 조만간 만나게 될 거예요. 당신을 만나러 달려올 테니까."

나는 신음을 내뱉으며 엘리를 쳐다보았다. 엘리는 다정하고 사랑스러운 목소리로 말했다.

"신경 쓰지 마요, 마이크. 어차피 미국으로 돌아갈 사람들이니까요."

제12장

그들은 정말 영국으로 건너왔고 모두들 며칠 만에 돌아갔다. 적어도 첫 방문 때는 그랬다. 그들이 건너온 목적은 나를 보기 위해서였다. 내 입장에서는 그들을 이해하기 힘들었다. 하나같이 미국 사람이었기 때문이다. 많이 접해 보지 못한 부류였기 때문이다. 그 중에는 기분 좋게 만난 사람도 있었다. 프랭크 삼촌의 경우가 그랬다. 나는 프랭크 삼촌에 관한 한 그레타하고 생각이 같았다. 내가 봐도 전혀 믿지 못할 인물이었다. 그는 거구를 자랑하는 배불뚝이였고 눈밑이 불룩하게 늘어져 있어서 방탕한 인상을 풍겼다. 여자라면 사족을 못 쓰고 절호의 기회라면 더더욱 사족을 못 쓰는 인물이었다. 그는 한두 번인가 나한테 돈을 빌렸다. 하루 이틀 쓰면 없어질 만큼 적은 금액이었는데, 돈이 필요하다기보다는 내가 쉽게 돈을 내주는 사람인지 알아보기 위해 빌리는 것 같았다. 나로서는 어떻게 해야 좋을지 알 수 없었기 때문에 난감한 상황이었다. 딱 잘라 거절해서 구두쇠다운 면모를 알리는 편이 좋을까, 아니면 내 기분하고는 다르게 아무 생각 없이 인심 좋은 사람으로 보이는 편이 좋을까? 프랭크 삼촌이야 될 대로 되라지. 나는 이렇게 생각하기로 했다.

가장 흥미진진했던 인물은 엘리의 새어머니 코라였다. 그녀는 잘 차려입은 40대로 옅은 색 머리카락과 과장 섞인 태도가 특징이었고, 엘리한테 그렇게 사근사근할 수가 없었다.

"엘리, 내가 보낸 편지는 너무 언짢게 생각하지 말아 줘. 그렇게 결혼했다는 소식을 들었으니 얼마나 충격이었겠니? 그런 식으로 비밀 결혼식을 올리게 만든 장본인이 그레타라는 건 진작 알고 있었다만."

"그레타는 아무 잘못 없어요. 어머니가 그렇게 충격을 받으실 줄은 몰랐어요. 그냥…… 공연한 야단법석을 피할 생각으로……."

"그래, 네 말마따나 사업을 담당하는 쪽에서 얼마나 노발대발했는지 아니? 스탠퍼드 로이드도 그렇고 앤드류 리핀코트도 그렇고, 너를 제대로 돌보지 않았다는 비난이 빗발칠까 봐 얼마나 걱정했다고. 물론 마이크가 어떤 사람인지 모르니까 그런 거였지. 마이크가 얼마나 매력적인 청년인지 나도 몰랐으니 말이다."

그녀는 나를 보며 달짝지근한 미소를 지었다. 그렇게 가식적인 미소는 내 평생 처음이었다! 만약 이 세상에 한 남자를 죽도록 미워하는 여자가 한 명 있다면 남자는 나고 여자는 코라일 것이다. 그녀가 엘리한테 사근사근한 이유는 짐작이 가고도 남았다. 미국으로 돌아간 앤드류 리핀코트에게 몇 마디 경고를 들은 게 분명했다. 엘리는 영국에서 살기로 결심하고 몇몇 미국 부동산의 매각 절차를 밟았지만 코라에게는 아무 데나 마음 내키는 곳에서 살 수 있도록 두둑한 몫을 떼어 줄 생각이었다. 코라의 남편 이야기를 꺼내는 사람은 없었다. 이미 다른 나라로 거처를 옮긴 모양인데 혼자 떠났을 리는 없고, 조만간 이혼 소송이 또 한 번 벌어질 분위기였다. 여기에서 얻는 위자료는 많지 않을 가능성이 컸다. 이번 남편은 나이가 한참 어린 남자였고 돈보다는 육체적인 매력이 선택의 이유였으니까.

코라는 엘리한테 받을 몫이 필요한 상황이었다. 그녀는 사치스럽기 짝이 없는 여자였다. 앤드류 리핀코트는 나를 상대로 악담을 늘어놓거나 엘리의 마음이 바뀌면 언제든지 빼앗길 수 있다고 단단히 일러 두었을 것이다.

사촌인지 삼촌인지 모를 루벤은 영국으로 건너오지 않았다. 그 대신 엘리에게 짧은 편지를 보냈다. 행복하길 바라지만 영국 생활이 과연 즐거울지 모르겠다는 것이 편지의 내용이었다.

"만약 영국 생활을 못 견디겠거든 언제든지 미국으로 돌아와. 따뜻하게 맞아 줄 사람이 있을까, 그런 걱정은 하지 말고. 이 루벤 삼촌이 있잖니."

"좋은 분 같은데?"

"맞아요."

엘리는 생각에 잠긴 목소리로 대답했다. 믿어도 될 만한 사람인지 잘 모르겠다는 투였다.

"친척들 중에 애착이 가는 사람 있어? 이런 건 물어보면 안 되는 건가?"

"부부 사이에 물어보면 안 되는 게 어디 있어요?"

말은 이렇게 했지만 엘리는 잠깐 동안 대답을 하지 않았다. 그러다 잠시 후 결심을 내렸다는 듯이 이야기를 시작했다.

"이상하게 들리겠지만 없어요. 친척이라고 할 수 없으니 그렇겠죠. 환경에 의해 맺어진 관계니까. 그 중에 나하고 피가 섞인 사람은 한 명도 없잖아요. 생각해 보면 난 아버지를 사랑했어요. 아버지는 좀 여린 분이었는데 사업 감각이 별로 없어서 할아버지가 실망하셨을 거예요. 플로리다에서 낚시하고 그런 걸 좋아하셨거든요. 그러다 얼마 후에 재혼을 하셨는데 새어머니한테는 애정을 느껴 본 적이 없어요. 그 부분은 새어머니도 마찬가지였죠. 친어머니 모습은 기억이 나지 않아요. 헨리 삼촌하고 조 삼촌은 좋아했는데. 우리 아버지보다 훨씬 재미있는 분들이었거든요. 아버지는 말이 없고 어두운 성격이었어요. 하지만 두 삼촌은 즐겁게 사셨죠. 조 삼촌은 자유분방한 성격이었어요. 왜, 돈이 많으면 자유분방해지는 그런 거 있잖아요. 아무튼 자동차 사고로 돌아가신 분이 조 삼촌이에요. 헨리 삼촌은 전쟁터에서 돌아가셨고. 그 무렵 할아버지는 건강이 안 좋으셨는데 아들 셋을 잃었으니 충격이 크셨죠. 할아버지는 새어머니를 싫어했고 먼 친척들도 탐탁지 않게 생각하셨어요. 루벤 삼촌만 하더라도 무슨 짓을 저지를지 모르는 인간이라고 하셨죠. 그래서 재산을 신탁에 맡기신 거예요. 박물관하고 병원에도 많이 기증하셨고 새어머니하고 사위인 프랭크 삼촌한테도 넉넉히 떼어 주셨고요."

"하지만 대부분은 당신 몫이 되었겠지?"

"맞아요. 그 때문에 조금 걱정이 되셨던가 봐요. 관리가 잘 되도록 최선의 조치를 취하신 걸 보면."

"그래서 앤드류 아저씨하고 스탠퍼드 로이드 씨한테 맡기셨단 말이지? 변호사하고 은행가한테."

"그렇죠. 나한테 맡기면 관리가 잘 안 될 거라고 생각하셨던 모양이에요. 그런데 스물한 살까지만 맡겨 놓은 게 이상하지 않아요? 대부분은 스물다섯 살이 될 때까지 신탁으로 묶어 놓는데. 아무래도 내가 딸이라 그러신 것 같지만."

"이해가 안 되는걸? 내가 보기에는 오히려 반대가 되어야 할 것 같은데."

엘리는 고개를 저었다.

"아니죠. 젊은 남자들은 제멋대로인 데다 사고만 치고 못된 금발한테 걸려들면 정신을 못 차린다고 생각하신 거예요. 그러니까 난봉을 부리다 정신차릴 때까지 시간을 주어야 한다고 말이에요. 영국 속담에도 그런 말 있잖아요, 맞죠? 그런데 나한테는 이렇게 말씀하셨어요. '똑똑한 여자아이는 스물한 살이면 정신을 차리게 되어 있지. 그러니까 4년 더 기다리게 만들 필요가 없어. 멍청한 아이는 몇 년을 기다려도 마찬가지이고.'"

엘리는 나를 보며 미소를 지었다.

"그러면서 나는 멍청한 아이가 아니라고 하셨어요. '엘리야, 넌 인생 경험이 적을지 몰라도 감각이 있어. 특히 사람 보는 눈이 있지. 그 감각은 영원히 변치 않을 게다.'"

"할아버님이 날 보셨으면 마음에 안 들어 하셨겠군."

엘리는 솔직한 성격이었다. 듣기 좋은 말로 나를 안심시키거나 그러는 법이 없었다.

"맞아요. 다른 건 둘째 치고 일단 기가 막혀 하셨을 거예요. 당신한테 적응을 해야 하니까."

"가엾은 엘리."

난데없이 내 입에서 이 말이 튀어나왔다.

"왜 그런 소릴 해요?"

"예전에 내가 당신한테 이 비슷한 말 한 적 있잖아. 생각나?"

"생각나요. 가엾은 부잣집 딸이라고 했죠. 맞는 말이었어요."

"지금은 다른 뜻에서 한 말이야. 부자라서 가엾다고 한 게 아니라……."

나는 잠시 머뭇거렸다.

"당신 주변에는 사람들이 너무 많아. 당신을 노리는 사람들, 당신을 진심으로 아끼지도 않으면서 바라기만 하는 사람들이. 안 그래?"

"앤드류 아저씨는 정말로 날 아끼는 것 같아요."

엘리는 약간 자신 없는 투로 말했다.

"항상 잘해 주셨거든요. 이해도 많이 해 주셨고. 나머지는…… 당신 말이 맞아요. 나한테 바라기만 하죠."

"당신한테 뜯어낼 궁리만 하잖아. 돈을 빌리거나 아쉬운 소리를 하고. 어려운 처지에서 구해 달라고 하고. 손을 내밀고 내밀고 또 내밀지!"

"당연한 거잖아요."

엘리의 목소리는 침착했다.

"하지만 이젠 다 끝이에요. 앞으로는 영국에서 살 거니까 자주 만날 일도 없을 테고."

물론 엘리의 짐작은 틀렸다. 이후 스탠퍼드 로이드가 문서와 서류, 엘리의 서명과 투자 동의가 필요한 사안을 잔뜩 들고 단독으로 우리를 찾아왔다. 그는 엘리에게 보유한 주식과 부동산과 투자금, 신탁 처분에 대한 이야기를 했다. 내 귀에는 알아들을 수 없는 외국어로 들릴 뿐이었다. 나는 엘리를 돕거나 충고할 방법이 없었다. 스탠퍼드 로이드가 사기를 치더라도 어쩔 도리가 없었다. 나 같은 무지렁이는 정직한 사람이길 바라는 수밖에 없었다.

스탠퍼드 로이드는 지나치다 싶을 만큼 완벽했다. 그는 은행가였고 은행가 특유의 분위기를 풍겼다. 그리고 젊지 않은 나이인데도 잘생긴 외모를 자랑했다. 내 앞에서 상당히 예의를 갖추기는 했지만 나를 쓰레기로 간주하는 티가 났다. 티를 내지 않으려고 애를 쓰는 눈치였지만.

"이제 다 끝난 건가?"

로이드를 배웅한 뒤 내가 물었다.

"많이 거슬리는 사람 없었죠?"

"당신 새어머니는 두 얼굴의 마녀 같았어. 미안, 이런 말하면 안 되는 건데."

"솔직하게 말하는 건데 뭐 어때요? 틀린 말도 아니고."

"당신 참 외로웠겠다는 생각이 들더라고."

"맞아요, 외로웠어요. 비싼 학교에서 또래 아이들을 만나기도 했지만 자유로웠던 적이 없어요. 친구를 사귀었다면 하면 떼어 놓고 다른 아이를 붙여 주곤 했으니까. 모든 게 사회적 지위에 따라 나뉘는 세상……. 아끼는 친구가 있었더라면 반항을 했겠죠. 하지만 난 그럴 만큼 아끼는 친구가 없었어요. 아무도 사랑하지 않았어요. 그런데 그레타를 만난 뒤로 모든 게 달라졌어요. 난생처음 날 진심으로 좋아해 주는 사람이 생긴 거예요. 정말 행복했어요."

엘리의 표정이 부드러워졌다.

"부탁이 있는데……."

나는 이렇게 말을 하면서 창가 쪽으로 고개를 돌렸다.

"무슨 부탁요?"

"아, 그냥…… 그레타한테…… 그레타한테 너무 기대지 말았으면 좋겠어. 아무한테라도 그런 식으로 기대면 안 좋잖아."

"그레타가 마음에 안 드는 거죠?"

"아냐, 마음에 들어."

나는 허겁지겁 대답했다.

"마음에 든다고. 하지만 이해해 줘. 내 입장에서 보자면 그레타는…… 잘 모르는 사람이잖아. 그래…… 솔직히 고백하자면…… 질투가 나기도 해. 전에는 잘 몰랐는데…… 당신하고 너무 가까워 보여."

"질투하지 마요. 당신을 만나기 전까지 나를 진심으로 챙기고 아껴 준 사람이 그레타밖에 없었잖아요."

"하지만 이젠 내가 있잖아. 당신은 나하고 결혼했잖아."

나는 예전에 했던 말을 다시 한 번 반복했다.

"그리고 우리는 앞으로 영원히 행복하게 살 거잖아."

제13장

나는 지금 우리 인생에 끼어든 사람들의 모습을 그리기 위해 최대한 노력하고 있다. 그러니까 애당초 엘리가 살아온 인생의 일부분이었기 때문에 내 인생의 일부분까지 되어 버린 사람들의 모습을 그리기 위해서 말이다. 이제 그만 사라져 주겠거니 생각한 것은 우리만의 착각이었다. 그들은 사라질 마음이 조금도 없었다. 하지만 우리는 그런 줄 모르고 있었다.

집이 완성되었다는 산토닉스의 전보가 도착하면서 우리의 영국 생활은 시작되었다. 그는 일주일만 기다려 달라더니 다시 전보를 보냈다. 전보에는 '내일 오라'는 말이 적혀 있었다.

우리는 자동차를 타고 떠났고 해 질 무렵 그곳에 도착했다. 자동차 소리를 듣고 달려 나온 산토닉스가 집 앞에서 우리를 맞았다. 완성된 집을 보는 순간 내 안에서 무언가 울컥 고개를 들더니 피부를 뚫고 나올 것처럼 용솟음쳤다. 내 집…… 내 집을 드디어 갖게 됐구나! 나는 엘리의 팔을 꼭 잡았다.

"어때?"

산토닉스가 물었다.

"최고입니다."

바보 같은 대답이었지만 그는 내 뜻을 알고 있었다.

"맞아. 내 생애 최고의 걸작이지……. 사방에서 예산을 초과하는 바람에 돈은 좀 들었지만 그만한 값을 하거든! 자, 마이크, 이제 신부를 안고 문지방을 넘어야지. 신부하고 새 집으로 이사올 때는 그래야 하는 거라고!"

나는 얼굴을 붉히며 엘리를 안았고(상당히 가벼웠다.) 산토닉스 말대로 문지방을 넘었다. 그러다 비틀거리는 나를 보면서 산토닉스는 이맛살을 찌푸렸다.

"쯧쯧, 신부한테 잘해 줘. 아무 사고도 생기지 않게 잘 돌보라고. 엘리는 자기 몸을 잘 건사할 성격이 아니야. 자기는 그럴 수 있다고 생각하지만."

"왜 저한테 사고가 생길 거라고 생각하세요?"

엘리가 물었다.

"워낙 흉흉하고 사악한 인간들이 많은 세상이잖아. 우리 아가씨 주변에도 사악한 사람들이 도사리고 있고. 나도 한두 명 봐서 알아. 여기까지 직접 찾아오더니 쥐새끼처럼 킁킁거리면서 냄새를 맡고 다니더군. 상스러운 표현을 써서 미안하지만 누군가는 해야 하는 말이니까."

"이젠 괜찮아요. 다들 미국으로 돌아갔어요."

"그럴지도 모르지. 하지만 비행기를 몇 시간만 타면 건너올 수 있는걸."

산토닉스는 엘리의 어깨 위에 손을 얹었다. 뼈만 앙상하게 남고 백지장처럼 하얀 손이었다. 그는 안색이 끔찍할 만큼 안 좋았다.

"할 수만 있다면 내가 지켜 주고 싶지만 그럴 형편이 못 되니……. 이제 난 얼마 남지 않았어. 이제 제 몸은 자기 힘으로 지켜야 해."

내가 나서서 산토닉스의 말허리를 잘랐다.

"집시 같은 경고는 그만하고 이제 집 구경이나 시켜 주십시오. 구석구석 샅샅이."

이렇게 해서 우리는 집 구경을 시작했다. 비어 있는 방도 있었지만 우리가 산 그림이며 가구며 커튼은 거의 대부분 제자리를 찾은 모습이었다.

"생각해 보니까 아직 이름을 안 지었네요?"

엘리가 난데없이 이야기를 꺼냈다.

"이 집을 타워스라고 부르긴 싫어요. 너무 웃긴 이름이니까. 또 무슨 이름이 있다고 그랬더라? 집시의 땅이라고 그랬죠?"

"집시의 땅은 안 돼. 그 이름은 싫어."

나는 날카롭게 내뱉었다.

"어떤 이름을 붙이든 이 마을 사람들은 집시의 땅이라고 부를걸?"

산토닉스가 말했다.

"미신이나 믿는 멍청한 사람들이니까 그렇죠."

내가 말했다.

우리는 석양과 풍경이 내다보이는 테라스에 앉아서 집에 알맞은 이름을 생각했다. 이름 생각하기는 게임 비슷하게 진행됐다. 처음에는 제법 진지하게 시작됐지만 온갖 황당한 이름들이 줄지어 등장했던 것이다. '여행의 끝'이나 '마음의 기쁨' 따위는 여관 비슷한 냄새가 났다. '바다 풍경'이나 '멋진 땅', '소나무 숲'도 마찬가지였다. 그러다 갑자기 날이 저물면서 쌀쌀해졌고 우리는 안으로 들어갔다. 하지만 창문만 닫았을 뿐 커튼까지 내리지는 않았다. 먹을거리는 마련해 온 참이었다. 비싼 월급을 주고 구한 일손들은 다음 날 오기로 되어 있었다.

"그래 봐야 너무 외진 곳이라 싫다고 떠날 거예요."

엘리가 말했다.

"그럼 월급을 두 배로 늘려 주면 되지."

산토닉스가 말했다.

"돈이면 누구든 살 수 있다고 생각하시는군요?"

엘리는 장난기 어린 목소리로 이렇게 물었다.

우리는 준비해 간 파테 앙 크루트*, 프랑스 빵, 커다랗고 붉은 참새우를 탁자 위에 늘어놓고 먹으며 마음껏 웃고 떠들었다. 산토닉

---

* 고기와 야채 등을 넣고 구운 파이. 주로 전채 요리로 쓰인다.

스도 눈빛을 반짝이며 팔팔하고 활기찬 모습을 보였다.

그런데 이때 난데없이 사건이 벌어졌다. 유리창을 깨고 날아든 돌멩이가 탁자 위로 떨어진 것이다. 유리잔이 깨지면서 튄 파편이 엘리의 뺨을 스치고 지나갔고, 잠깐 동안 우리는 멍하니 앉아만 있었다. 잠시 후 나는 쏜살같이 달려가서 창문을 열고 테라스 쪽으로 나갔다. 밖에는 아무도 없었다.

나는 다시 집 안으로 들어가서 냅킨을 집어 들고 엘리 위로 고개를 숙였다. 핏방울이 뺨을 타고 흘러내리고 있었다.

"다쳤잖아……. 괜찮아, 괜찮아. 아무것도 아니야. 유리 조각에 살짝 긁혔을 뿐이니까."

산토닉스의 시선이 나와 마주쳤다.

"도대체 왜 이런 짓을 한 걸까?"

엘리는 어리둥절한 표정이었다.

"어린 깡패들 짓이겠지. 우리가 왔다는 소문을 들었나 봐. 돌멩이를 던지고 끝났기 망정이지 공기총이나 뭐 그런 걸 들고 왔으면 큰일날 뻔했네."

"그런데 우리한테 왜 이런 짓을 하냐고요, 왜?"

"모르겠어. 못된 장난을 치고 싶었던 모양이야."

엘리는 자리에서 벌떡 일어섰다.

"무서워요. 겁이 나요."

"내일 알아보자. 이 근처 사람들을 아직 잘 모르잖아."

"우리는 돈이 많고 그 사람들은 가난하기 때문인가요?"

내가 아니라 산토닉스에게 던지는 질문이었다. 나보다는 산토닉스 쪽이 해답을 알고 있을 거라 생각하는 모양이었다.

"그건 아니야."

산토닉스는 느릿느릿 입을 열었다.

"그건 아니야……."

"우릴…… 마이크하고 나를 싫어하기 때문이겠죠. 하지만 이유가 뭔가요? 우리가 행복하기 때문인가요?"

산토닉스는 또다시 고개를 저었다.

"맞아요."

엘리는 동의한다는 투로 말했다.

"맞아요. 뭔가 다른 이유가 있어요. 우리는 모르는 이유가. 집시의 땅. 여기 사는 사람은 누구나 미움을 받게 돼 있어요. 괴롭힘을 당하게 돼 있어요. 어쩌면 우리도 쫓겨날지 몰라요……."

나는 포도주를 한 잔 따라서 건네며 애원조로 말했다.

"부탁이야, 엘리. 그런 말은 하지 말아 줘. 이거 마셔. 물론 언짢은 일이기는 하지만 어린 친구들이 장난 삼아 그런 거잖아. 쓸데없이 난리를 부리는 거잖아."

"그럴까요? 과연 그럴까요……?"

엘리는 차가운 눈초리로 나를 쳐다보았다.

"마이크, 누군가 우릴 쫓아내려 하고 있어요. 우리가 지은 이 집, 우리가 사랑하는 이 집에서 쫓아내려 하고 있어요."

"그런다고 물러설 우리가 아니지."

나는 잠시 후 덧붙였다.

"내가 지켜 줄게. 아무도 당신을 해치지 못하게."

그녀는 다시 산토닉스를 쳐다보았다.

"아저씨라면 알 거 아니에요. 집을 짓는 동안 여기 있었으니까. 누가 아저씨한테 무슨 말을 하던가요? 와서 돌을 던지고 집을 못 짓게 방해하던가요?"

"별별 상상을 다 하는군."

"그럼 사고는 없었나요?"

"집을 짓다 보면 항상 사고가 따르기 마련이지. 심각하거나 끔찍한 사고는 없었어. 인부 한 명이 사다리에서 떨어지고, 또 하나는 벽돌에 발등을 찧고, 또 하나는 엄지손가락을 삐었는데 곪고, 그 정도였어."

"그뿐인가요? 뭔가 수상한 일은 없었어요?"

"없었어. 전혀. 하늘에 맹세코!"

엘리는 내 쪽으로 고개를 돌렸다.

"마이크, 그 집시 할머니 생각나죠? 그날 잔뜩 섬뜩한 분위기를 풍기면서 다시는 이 땅에 발을 들여놓지 말라고 했잖아요."

"제정신이 아닌 할머니잖아. 정신이 반쯤 나갔다니까."

"우리는 집시의 땅에다 집을 만들었어요. 그 할머니가 하지 말라고 한 짓을 저질렀어요."

그녀는 이 말을 마치자마자 발을 쿵쿵 굴렀다.

"아무도 날 쫓아내지 못해! 아무도 날 쫓아내지 못한다고!"

“맞아. 우린 여기서 행복하게 살 거야.”

엘리와 나는 운명에 도전하는 사람처럼 외쳤다.

제14장

집시의 땅 생활은 그렇게 시작되었다. 집에 어울릴 만한 다른 이름은 찾지 못했다. 첫날 밤, 집시의 땅의 이미지가 머릿속에 또렷이 박힌 때문이었다.

"우리, 그냥 집시의 땅이라고 불러요."

엘리가 말했다.

"보란 듯이 그러자고요! 도전장을 내미는 것처럼! 여긴 우리 땅이야. 집시의 경고 같은 건 신경 쓰지 않을 거야."

그녀는 다음 날 다시 예전의 밝은 모습으로 돌아갔고, 정착 준비를 하고 주변과 이웃 사람들을 파악하느라 분주한 나날이 시작됐다. 나는 엘리와 함께 집시 할머니의 오두막집으로 찾아가면서 할머니가 정원 일을 하고 있었으면 좋겠다는 생각을 했다. 엘리는 운수를 들을 때 그녀를 만난 것이 처음이자 마지막이었다. 평범한 할머니처럼 감자 캐고 있는 모습을 보면 좋을 텐데……. 하지만 우리는 그녀를 만나지 못했다. 오두막집은 잠겨 있었다. 이웃 사람에게 돌아가셨느냐고 물었더니 고개를 저었다.

"멀리 떠났을 거유. 가끔 그러거든. 집시라서 집 안에 머물러 있질 못해. 멀리 떠났다가 다시 돌아오고 그러지."

그녀는 이렇게 말하면서 자기 이마를 두드렸다.

"여기가 좀 이상하거든."

그녀는 호기심을 감추려고 애를 쓰면서 상냥하게 물었다.

"새 집에 이사온 사람들이구먼. 얼마 전 언덕 꼭대기에 지은 그 집, 맞지?"

"맞습니다. 어젯밤에 이사 왔습니다."

"아주 근사하던데. 짓는 동안 가서 구경하고 그랬다오. 컴컴한 나무만 있던 곳에 그런 집을 지어 놓으니까 분위기가 확 다르더라고."

그녀는 엘리를 보면서 수줍은 듯 말했다.

"듣자하니 미국 아가씨라던데……."

"예, 미국에서 왔어요. 하지만 지금은 영국 남자하고 결혼했으니까 영국 사람이에요."

"여기 살러 온 거유?"

우리는 그렇다고 했다.

"마음에 들었으면 좋겠구먼."

그녀는 애매한 투로 말했다.

"마음에 안 들 이유가 없지 않습니까?"

"아, 워낙 외진 곳이라 그렇지. 숲 한가운데 있는 외진 곳을 좋아하는 사람은 별로 없으니까."

"집시의 땅 말씀이신가요?"

엘리가 물었다.

"이 마을 사람들이 부르는 이름을 아는구려. 하지만 거기 있던 집 이름은 타워스였다오. 이유는 모르겠어. 내 생전 탑은 본 적 없는데."

"타워스라는 이름은 너무 이상해서 집시의 땅이라고 부를까 싶어요."

엘리가 말했다.

"그럼 우체국에 알려야 될 거야. 안 그랬다가는 편지를 한 통도 못 받을 테니까."

내가 말했다.

"맞아요. 그렇겠다."

"그런데 생각해 보니까 그럴 필요 있을까? 편지 배달이 안 되면 더 좋지 않을까?"

"골치 아픈 일들이 얼마나 많겠어요? 청구서도 못 받고."

"그럼 좋잖아!"

"말도 안 돼. 집달리들이 찾아와서 진을 칠걸요? 아무튼 편지 배달이 안 되는 건 싫어. 그레타 소식은 듣고 싶단 말이에요."

"그레타 얘기는 그만하고 답사를 계속하자고."

이렇게 해서 우리는 킹스턴 비숍을 구석구석 누볐다. 상점 주인들도 모두 착하고, 괜찮은 마을이었다. 불길한 분위기라고는 전혀 없었다. 집안일을 돕는 사람들은 우리 집을 탐탁지 않게 여겼지만 우리는 쉬는 날이면 렌터카를 타고 가까운 바닷가 마을이나 마켓 채드윌로 나갈 수 있도록 배려를 아끼지 않았다. 그들이 집의 위치를 마뜩찮게 여긴 이유는 미신 때문이 아니었다. 내가 엘리한테도 말했던 것처럼, 얼마 전에 지은 새 집을 놓고 저주 어쩌고 할 수 있는 사람은 아무도 없었다.

"맞아요."

엘리도 고개를 끄덕였다.

"이 집에는 아무 문제없어요. 문제는 바깥쪽이에요. 나무 사이를 구불구불 이어지는 길하고 그날 집시 할머니 때문에 펄쩍 뛰었던 어두컴컴한 숲."

"그럼 내년에는 숲을 없애고 진달래나 그 비슷한 걸 잔뜩 심자."

우리는 계획을 세우기 시작했다.

놀러 온 그레타가 주말 동안 머물렀다. 그녀는 집을 보며 감탄사를 늘어놓았고 가구, 그림, 색깔 배치에 대해 칭찬을 아끼지 않았다. 그녀는 눈치가 빠른 사람답게 주말이 끝나자 신혼부부를 더 이상 괴롭히지 않겠다고, 어차피 출근을 해야 한다고 말했다.

엘리는 즐거운 마음으로 집 구경을 시켜 주었다. 그레타를 얼마나 좋아하는지 표정만 봐도 알 수 있었다. 나는 예의 바르고 따뜻하게 대하려고 애를 썼지만 런던으로 돌아가겠다는 말을 듣고 내심 쾌재를 불렀다. 그녀의 존재 자체가 스트레스였던 것이다.

2, 3주 지났을 무렵부터 우리는 마을 사람들의 인정을 받았고 '하

느님'을 만날 수 있었다. 그는 어느 날 오후 우리를 찾아왔다. 그날 엘리와 나는 집터 가장자리에 꽃밭 만드는 문제를 놓고 입씨름을 벌이고 있었는데, 사기꾼처럼 생긴 남자 하인이 다가오더니 필포트 소령이 응접실에서 기다리고 있다는 이야기를 전했다. 나는 엘리에게 작은 목소리로 속삭였다.

"하느님이야!"

엘리는 무슨 뜻이냐고 물었다.

"이 마을 사람들 사이에서 하느님 대접받는 사람이라고."

안으로 들어갔더니 필포트 소령이 있었다. 호감은 가지만 평범한 인상이었고 예순 줄이 멀지 않은 인물이었다. 차림새는 약간 허름했다. 잿빛 머리카락은 정수리 부분이 듬성듬성했고 코밑수염은 짧고 뻣뻣했다. 그는 부인을 놓아두고 혼자 와서 미안하다고 했다. 부인은 환자 비슷한 상태라고 했다. 그는 자리에 앉아서 우리와 잡담을 나누었다. 기억에 남을 만하다거나 유난히 재미있는 이야기는 없었다. 하지만 사람을 편하게 만드는 재주가 남다른 사람이었다. 그는 여러 가지 주제를 가볍게 건드렸고, 우리의 관심사가 무엇인지 묻지 않고도 금세 알아차렸다. 나한테는 경마 이야기를 했고 엘리한테는 정원 가꾸기를 소재로 어떤 땅에서 어떤 식물이 잘 자라는지 알려 주었다. 그는 한두 번 미국에 다녀온 적이 있다고 했다. 엘리가 경마는 별로 안 좋아하지만 승마는 좋아한다는 사실을 알아낸 뒤에는 어떤 길로 소나무 숲 사이를 올라가면 신나게 말을 달릴 수 있는 들판이 나오는지 알려 주었다. 잠시 후 화제는 우리 집과 집시의 땅에 얽힌 이야기로 넘어갔다.

"마을 사람들이 붙인 이름을 알고 있구먼. 떠돌아다니는 소문도 아는 것 같고."

"집시의 경고라는 게 정말 많더군요."

내가 말했다.

"대부분 리 부인이 퍼뜨린 것 같습니다만."

"가엾은 에스더 말이로군. 에스더가 귀찮게 굴던가?"

"정신이 약간 이상한 분입니까?"

"그런 척하는 거지. 난 에스더한테 책임감을 느끼는 사람일세. 그 오두막집을 마련해 준 장본인이니까. 고맙다는 말도 듣지 못했지만 난 에스더가 좋아. 가끔 성가시게 굴 때도 있지만."

"점을 쳐 주고 그런 것 말씀이십니까?"

"그런 건 아닐세. 왜, 에스더가 자네 점을 쳐 주던가?"

"점을 쳐 주신 건 아니에요."

엘리가 대답했다.

"여기로 돌아오지 말라는 경고에 가까웠거든요."

"그것 참 이상한 일이로군."

필포트 소령은 눈썹을 치켜세웠다.

"보통은 점을 쳐 준다면서 좋은 말만 늘어놓는 사람인데. 잘생긴 이방인이 보인다는 둥, 결혼식 종소리가 들린다는 둥, 예쁜 여자하고 아이 여섯 낳고 행복하게 잘살 거라는 둥."

그는 난데없이 늙은 집시의 쿳소리를 흉내냈다.

"내가 어렸을 적에는 이 근처가 집시들의 야영지였지. 그때부터 집시를 좋아했던 것 같아. 좀도둑질을 일삼기는 해도 왠지 모르게 끌리더군. 법을 잘 지키지는 않지만 괜찮은 사람들일세. 학교 다닐 때 얻어먹은 스튜가 양철 컵으로 몇 잔인지 몰라. 우리 가족은 리 부인한테 빚 비슷한 걸 지고 있다네. 어렸을 때 동생이 연못을 걷다 얼음이 깨져서 빠졌을 때 꺼내 준 은인이거든."

나는 어색하게 손을 놀리다가 유리 재떨이를 건드렸다. 재떨이는 탁자 밑으로 떨어져 산산조각이 났다.

나는 유리 조각을 줍기 시작했고 필포트 소령이 거들었다.

"제가 보기에 리 부인은 괜찮은 분 같아요."

엘리가 말했다.

"무서워한 제가 바보였죠."

"무서워했다고?"

소령의 눈썹이 다시 올라갔다.

"그 정도였단 말인가?"

"무서워할 만했습니다."

내가 얼른 끼어들었다.

"경고라기보다는 협박에 가까웠으니까요."

"협박?"

소령은 못 믿겠다는 투였다.

"제가 듣기에는 그랬습니다. 거기다 이사 온 첫날 겪은 일도 있고 해서 말입니다."

나는 돌멩이가 유리창을 깨고 날아왔다는 이야기를 꺼냈다.

"요즘은 나이 어린 깡패들이 너무 많은 것 같아서 걱정일세. 이 일대는 다른 마을보다 괜찮은 편인데도 그런 일이 벌어지곤 하지. 안타까운 일이야."

그는 엘리를 쳐다보았다.

"무서웠다니 내가 미안하네그려. 이사 온 첫날 밤에 그렇게 고약한 일을 겪다니."

"아, 이젠 괜찮아요."

엘리가 말했다.

"그런데 그뿐이 아니라…… 며칠 뒤에 또 다른 일이 벌어졌어요."

나는 그 이야기도 꺼냈다. 어느 날 아침, 아래층으로 내려왔더니 칼이 꽂혀 있는 죽은 새와 쪽지가 나를 맞이했던 것이다. 쪽지에는 알아보기 힘든 꼬부랑글자로 "당장 떠나지 않으면 신상에 해로울 것이다."라고 적혀 있었다.

필포트는 화가 난 표정으로 바뀌었다.

"경찰에 당장 신고하지 그랬나!"

"신고할 마음이 없었습니다. 그랬다가는 누구인지 모를 상대방이 저희한테 더욱 악감정을 품을 테니까요."

"그런 짓은 더 이상 못하도록 막아야 돼."

그는 치안판사로 돌변했다.

"안 그러면 계속 그런 짓을 저지를 게 아닌가. 재미로 그러는 모양인데 도가 지나쳐. 고약하고…… 못된 짓이야."

그는 혼잣말을 하는 것처럼 중얼거렸다.

"설마 자네들한테 앙심을 품은 사람이 있는 건 아니겠지? 개인적으로 앙심이 있다거나 하는."

"그럴 리 없습니다. 저희 둘 다 외지에서 건너온 사람인걸요."

"내가 한번 알아봄세."

그는 주위를 둘러보며 자리에서 일어섰다.

"이 집, 참 마음에 드는군. 마음에 들 줄 몰랐는데 말이야. 난 사실 구닥다리일세. 그래서 옛날 집, 옛날 건물을 좋아하지. 여기저기서 고개를 내미는 성냥갑 같은 공장은 질색이야. 상자도 아니고 벌집도 아니고 그게 뭔가? 난 장식이 있고 우아한 집을 좋아한다네. 그런데 이 집은 마음에 들어. 단순하고 최신식인데도 틀이 있고 빛이 있단 말이지. 여기에서 밖을 내다보면 풍경이 전과 다르게 느껴지기도 하고. 재미있어. 아주 재미있어. 설계한 사람이 누구인가? 영국 사람인가 아니면 외국 사람인가?"

나는 산토닉스 이야기를 들려주었다.

"흠. 어디선가 기사를 읽은 것 같은데. 《집과 정원》이었던가? 사진이 있고 그랬던 걸로 기억하는데."

나는 상당히 유명한 건축가라고 말했다.

"한번 만나 보고 싶구먼. 예술에 대해서는 아는 게 없어서 무슨 이야기를 꺼내야 좋을지는 모르겠지만 말일세."

그는 하루 날을 잡아서 부인과 함께 점심을 먹자고 했다.

"우리 집 구경도 할 겸 말이지."

"옛날 집이겠죠?"

"1720년에 지은 집일세. 좋은 시절이었지. 원래 있던 집은 엘리자베스 시대에 지은 건데 1700년쯤 불에 타서 같은 자리에 새로 지었다네."

"그럼 이 마을에서 계속 사신 겁니까?"

소령이 이 마을에서 계속 살았느냐는 뜻으로 물은 것이었는데, 그는 내 질문을 오해한 것 같았다.

"그렇다네. 우리 집안은 엘리자베스 시대부터 죽 여기서 살았지. 번창하던 시절도 있었고 가난하던 시절도 있었고, 사정이 안 좋으면 땅을 팔았다가 사정이 좋아지면 다시 사면서. 자네 두 사람한테 우리 집을 꼭 보여 주고 싶어."

그는 엘리를 향해 웃어 보이며 덧붙였다.

"미국 사람들은 옛날 집을 좋아한다고 들었소. 자네 취향에는 안 맞을지 모르겠지만."

뒷말은 나를 보며 한 이야기였다.

"저는 골동품에 대해서 아는 게 별로 없습니다."

그는 천천히 밖으로 걸어나갔다. 스패니얼 한 마리가 자동차 안에서 그를 기다리고 있었다. 칠이 벗겨져 나간 고물 차였지만 나는 이미 새로운 사고방식에 적응하기 시작한 참이었다. 그는 이 마을의 하느님이었고 우리를 인정했다. 분명히 인정했다. 그는 엘리를 마음에 들어 했다. 그리고 나도 마음에 들어 하는 눈치였다. 난생처음 마주친 무언가를 앞에 두고 판단을 내리는 사람처럼 가끔 훑어

보기는 했지만.

응접실로 돌아갔더니 엘리가 깨진 유리 조각을 조심스럽게 휴지통으로 옮기고 있었다. 그녀는 아쉬운 목소리로 입을 열었다.

"아깝다. 마음에 들었는데."

"새로 사면 돼지, 뭘. 골동품도 아닌데."

"하긴. 그런데 아까 왜 그렇게 놀란 거예요?"

나는 잠깐 동안 기억을 더듬었다.

"소령이 한 이야기 때문이었던 것 같아. 어렸을 때 생각이 났거든. 예전에 학교 친구랑 수업을 빼먹고 연못으로 스케이트를 타러 간 적이 있어. 얼음이 얼마나 얇은지도 모르고 정말 바보 같은 짓을 한 거지. 연못에 빠진 친구는 구할 틈도 없이 저세상 사람이 됐어."

"너무 안됐다."

"그러게. 까맣게 잊어버리고 있었는데 소령이 동생 얘기를 꺼내니까 생각이 나더라고."

"소령은 좋은 사람 같아요. 당신 생각은 어때요?"

"응. 내가 보기에도 아주 괜찮더라. 부인은 어떤 사람일지 궁금한데?"

우리는 다음 주 초에 소령의 집으로 점심 식사를 하러 갔다. 환상적이라고 표현할 수는 없지만 곡선이 아름다운, 조지 시대풍의 하얀색 집이었다. 집 안 분위기는 소박하고 아늑했다. 기다란 식당 벽에는 선대를 그린 것으로 보이는 초상화들이 걸려 있었다. 깨끗이 닦았더라면 훨씬 나았을 텐데 대부분 상태가 엉망이었다. 순간, 분홍색 공단 옷을 입은 여인의 초상화가 내 눈길을 끌었다. 필포트 소령은 미소를 짓더니 설명을 시작했다.

"제일 값나가는 걸 골랐군. 게인즈버러*가 그린 건데 상당히 잘된 작품이지. 하지만 모델은 좀 문제가 있었어. 남편을 독살했다는 의심을 받았거든. 외국 출신이라 편견이 작용한 것일지도 모르겠지만. 거버스 필포트가 외국 어디에선가 만난 인물이라네."

소령의 집에는 초대받은 이웃이 몇 명 더 있었다. 친절하지만 피곤해 보이는 노년의 신사 쇼 박사는 점심 식사가 끝나기도 전에 황급히 어디론가 사라졌다. 젊은 교구 대리는 진지한 인상이었고 웰시코기를 기른다는 중년의 여자는 쩌렁쩌렁 울리는 목소리가 특징이었다. 그리고 또 한 명, 키가 크고 까무잡잡한 미녀 클로디아 하드캐슬은 말이라면 죽고 못 사는데 알레르기 때문에 고초열이 심하다고 했다.

클로디아 하드캐슬과 엘리는 죽이 잘 맞았다. 엘리도 승마를 좋아하는데 알레르기 때문에 고생이었다.

"미국에서는 주로 돼지풀이 원인인데 가끔은 말 때문에 고생할 때도 있어요. 하지만 요즘은 별 문제 없죠. 알레르기 종류 별로 아주 잘 듣는 약이 있으니까요. 제 약을 좀 드릴게요. 밝은 주황색인데, 말 타러 나가기 전에 잊지 않고 먹으면 재채기가 한 번도 안 나올 때도 많아요."

* 18세기 영국 화가.

클로디아 하드캐슬은 고맙다고 했다.

"전 말보다 낙타가 더 심해요. 작년에 이집트 여행을 갔을 때 피라미드 구경을 하는 동안 쉴 새 없이 눈물을 흘린 거 있죠?"

엘리는 고양이 알레르기인 사람도 있다고 말했다.

"그리고 베개가 문제인 사람도 있고요."

두 사람은 계속 알레르기 이야기를 이어 나갔다.

내 옆에 앉은 필포트 부인은 호리호리했고 건강식을 먹는 짬짬이 병 이야기만 했다. 자신이 겪고 있는 여러 가지 병을 자세하게 소개하면서 유명한 의학 전문가들도 원인을 모른다고 했다. 그러다 가끔씩 예의상 화제를 바꿔서 나한테 직업이 뭐냐고 물었다. 대답을 대충 얼버무렸더니 이번에는 건성으로 이 사람을 아느냐, 저 사람을 아느냐 물었다. 나는 '아무도 모른다'고 딱 잘라 대답할 수도 있었지만 참기로 했다. 필포트 부인이 잘난 척하려는 것도 아니고 정말로 알고 싶어서 묻는 것도 아니었기 때문에 그럴 필요가 없었다. 코기 부인(본명이 뭐였는지 모르겠다.)은 훨씬 집요하게 물어보았지만 나는 수의사의 부정 행위와 무식함 쪽으로 화제를 돌리는 데 성공했다. 따분하기는 하지만 즐겁고 편안한 시간이었다.

잠시 후 막연하게 정원을 산책하고 있을 때 클로디아 하드캐슬이 내 옆으로 다가오더니 불쑥 말을 걸었다.

"오빠한테…… 이야기 많이 들었어요."

나는 깜짝 놀랐다. 클로디아 하드캐슬의 오빠하고 내가 아는 사이라니 믿어지지가 않았다.

"정말이십니까?"

그녀는 재미있다는 표정을 지어 보였다.

"집을 지어 드린 사람이 우리 오빠예요."

"그러니까 산토닉스의 여동생 되신다는 말씀인가요?"

"사실 이복오빠예요. 거의 만난 적이 없어서 잘 몰라요."

"산토닉스는 정말 대단한 사람입니다."

"그렇게 생각하는 사람들도 있더군요."

"당신은 그렇게 생각하지 않는다는 뜻인가요?"

"모르겠어요. 오빠는 양면성이 있거든요. 예전에는 정말 밑바닥을 헤매서 따돌림을 당한 적도 있었는데……. 그러다 갑자기 사람이 달라지더니 건축업계에서 눈부신 성공을 거두기 시작하더군요. 그럴 때 보면……."

그녀는 잠시 말을 멈추고 적절한 표현을 찾았다.

"건축에 목숨을 건 사람 같더라고요."

"정말로 건축에 목숨을 건 사람일 겁니다."

나는 그녀에게 우리 집을 본 적이 있느냐고 물었다.

"아니요. 완공된 이후로는 본 적 없어요."

나는 꼭 한번 와서 구경해야 한다고 말했다.

"미리 말씀드리지만 칭찬은 기대하지 마세요. 전 현대식 건물을 안 좋아하거든요. 제가 제일 좋아하는 시대는 앤 여왕 때랍니다."

그녀는 엘리를 골프 클럽에 가입시키겠다고 했다. 그리고 함께 말을 타겠다고 했다. 엘리도 이제 말을 사야 하지 않겠느냐, 한 마리로는 부족하지 않겠느냐 하는 말도 했다. 두 사람은 친구처럼 잘 지낼 수 있을 것 같았다.

필포트는 나에게 마구간을 보여 주면서 클로디아 이야기를 화제로 꺼냈다.

"승마 솜씨가 일품이지. 행복하게 잘 살지 못하는 게 참 안됐어."

"잘 살지 못하다니요?"

"나이가 한참 많은 사람하고 결혼을 했었지. 로이드라는 미국 사람하고. 그런데 잘 안 맞았는지 결혼식을 올리자마자 헤어지고는 처녀 적 이름으로 돌아왔지. 평생 독신으로 지낼걸? 남자라면 치를 떠니까. 딱한 일이지."

집으로 돌아가는 자동차 안에서 엘리가 말했다.

"지루하지만 재미있었어요. 사람들도 좋았고. 우리, 여기서 아주 행복하게 지낼 수 있을 것 같아요. 그렇죠?"

나는 "그럼. 물론이지." 하고 대답하며 운전대를 잡고 있던 손으로 엘리의 손을 감쌌다.

나는 도착하자마자 엘리를 집 앞에 내려 주고 차고 쪽으로 차를 몰았다.

잠시 후 집 쪽으로 걸어가는데 엘리가 기타를 퉁기는 소리가 희미하게 들렸다. 엘리는 예쁘장하고 고풍스러운 스페인 기타를 가지고 있었다. 값이 엄청난 물건일 텐데, 엘리가 이 기타에 맞춰서 부드럽고 나지막한 목소리로 가만가만 노래를 부르면 아주 듣기 좋았다. 내가 아는 노래는 거의 없었다. 미국 영가도 있었고, 아일랜드와

스코틀랜드 노래는 감미로우면서도 조금 슬펐다. 대중 가요나 뭐 그런 종류는 아니었다. 아마 민요였을 것이다.

나는 테라스 쪽으로 돌아가서 창가에 잠시 서 있다 안으로 들어갔다.

엘리는 내가 좋아하는 노래를 부르고 있었다. 제목은 모르는 노래였다. 그녀는 기타 위로 고개를 숙이고 가볍게 줄을 퉁기며 혼잣말처럼 부드럽게 가사를 속삭이고 있었다. 감미로우면서도 슬프고 머릿속을 맴도는 곡조였다.

> 남자는 기쁨과 고뇌를 위해 태어난 존재
> 이 사실을 깨달았을 때 우리는
> 세상을 무사히 헤쳐 갈 수 있지…….
> 매일 밤 그리고 매일 아침
> 어떤 이는 불행의 운명으로 태어나고.
> 매일 밤 그리고 매일 아침
> 어떤 이는 달콤한 기쁨의 운명으로 태어나고,
> 어떤 이는 끝없는 밤의 운명으로 태어나고…….

그녀는 고개를 들고 나를 보았다.

"왜 그런 표정으로 보고 있어요?"

"그런 표정이라니?"

"꼭 나를 사랑하는 사람처럼 보고 있었잖아요."

"사랑하니까 그런 거지. 그럼 어떤 표정으로 보고 있으라는 소리야?"

"하지만 무슨 생각을 하고 있었어요?"

나는 진심을 담아서 천천히 대답했다.

"처음 만났을 때 당신 모습을 생각하고 있었어. 시커먼 전나무 옆에 서 있던 거 말이야."

그렇다. 나는 엘리를 처음 본 순간, 그 놀랍고 설레던 순간을 떠올리고 있었다…….

엘리는 미소를 짓더니 다시 부드럽게 노래를 불렀다.

매일 밤 그리고 매일 아침
어떤 이는 달콤한 기쁨의 운명으로 태어나고,
어떤 이는 달콤한 기쁨의 운명으로 태어나고,
어떤 이는 끝없는 밤의 운명으로 태어나고.

인간이란 소중한 순간이 찾아와도 알지 못하다 뒤늦게 깨닫는 존재이다.

필포트 부부와 점심을 함께 하고 행복하게 집으로 돌아온 그날이 우리에게는 소중한 순간이었다. 하지만 나는 그런 줄 몰랐다. 한참 후까지.

나는 파리 노래를 불러 달라고 했다. 엘리는 흥겨운 춤곡으로 바꿔 부르기 시작했다.

조그만 파리야,
너의 여름 유희를
생각 없는 이 내 손이
쓸어 버렸구나.

나도 너 같은
파리가 아니더냐?
아니, 네가 나 같은
인간이 아니더냐?

나 역시 춤추고
마시고 노래하지.
어느 눈 먼 손이
날개를 쓸어 버릴 때까지.
생각이 삶이고
힘이고 생명이라면
그리고 생각의
결핍이 죽음이라면

그러면 나는
행복한 파리
살아 있든지

혹은 죽든지.

아, 엘리…… 엘리…….

제15장

어쩌면 그렇게 엉뚱한 방향으로 흘러가는지, 알다가도 모를 게 세상일이다.

엘리와 나는 우리만의 집으로 거처를 옮기면 작심하고 계획했던 대로 모든 이들과 떨어져 지낼 수 있을 줄 알았다. 하지만 그건 착각이었다. 바다 건너에서는 물론이고 사방에서 여러 가지 일들이 우리를 덮쳤다.

가장 괘씸한 사람은 엘리의 새어머니였다. 그녀는 부동산 중개업자를 대신 만나 달라면서 편지와 전보로 엘리를 들볶았다. 우리 집을 보고 한눈에 반했다며 영국에 집을 한 채 갖고 싶다는 것이었다. 해마다 두세 달은 영국에서 지내고 싶다나? 마지막 전보와 거의 동시에 들이닥친 그녀는 집을 보러 다닌다며 일대를 휘젓고 다녔다. 그러다 결국 정한 곳이 우리 집에서 25킬로미터 정도 거리에 있는 저택이었다. 우리는 그녀를 옆에 두기 싫었다. 생각만 해도 끔찍했다. 하지만 싫다는 말을 꺼낼 수가 없었다. 아니, 싫다는 말을 꺼냈더라도 그녀를 막을 도리가 없었을 것이다. 한 마을에서 살지 말라는 명령을 내릴 수도 없었다. 엘리는 그런 짓이라면 끔찍하게 싫어했다. 나도 알고 있었다. 그런데 그녀가 측량기사의 보고서를 기다리는 사이 또 한 통의 전보가 날아들었다.

프랭크 삼촌이 난처한 상황에 처한 모양이었다. 밀매, 사기, 어쩌고 하는 것으로 볼 때 빼내려면 돈이 어마어마하게 들 것 같았다. 리핀코트 씨와 엘리 사이에서 전보가 왔다 갔다 했다. 그러더니 이번에는 스탠퍼드 로이드와 리핀코트가 말썽을 부렸다. 엘리의 투자 문제를 놓고 의견이 충돌했다는 것이다. 나는 미국이 아주 먼 곳인 줄 알았다. 엘리의 친척과 사업 관계자들이 비행기를 타고 당일치기로 넘어오다니 꿈에도 상상 못하던 일이었다. 먼저 스탠퍼드 로이드가 다녀갔고, 뒤를 이어 앤드류 리핀코트가 다녀갔다.

엘리는 그때마다 런던으로 건너가서 사람들을 만나야 했다. 나로서는 어떤 문제인지 알 길이 없었다. 모두들 상당히 말조심을 하는 눈치였다. 듣자하니 신탁 운용 결산에 문제가 생긴 모양인데, 리핀코트 씨가 늑장을 부리고 있다는 둥, 스탠퍼드 로이드가 회계 절차를 미루고 있다는 둥 하는 식의 불길한 이야기까지 들렸다.

폭풍이 잠시 한숨을 돌리고 있을 무렵 엘리와 나는 폴리를 발견했다. 우리는 그때까지 집 주변만 돌아다녔을 뿐, 땅 전체를 제대로 둘러보지 않은 상황이었다. 숲속으로 난 길을 따라서 걷고는 그만

이었다. 그러던 어느 날, 잡초가 우거져서 잘 보이지도 않는 길을 따라 걷다 보니 작고 하얗고 엉터리 신전 비슷하게 생긴 건물이 나왔다. 엘리 말로는 이런 건물을 '폴리*'라고 부른다는데, 보존 상태가 제법 괜찮았다. 엘리와 나는 안을 깨끗하게 치우고 페인트 칠을 해서 탁자와 의자 몇 개, 소파를 갖다 놓고, 구석에 설치한 선반에는 사기 그릇과 유리잔, 병 몇 개를 올려놓았다. 정말 신나는 작업이었다. 엘리는 잡초를 깎아서 드나들기 쉽게 만들자고 했지만 나는 싫다고, 다른 사람들한테는 비밀로 하면 더 재미있지 않겠느냐고 했다. 엘리는 내 생각을 듣더니 로맨틱하다고 대답했다.

"적어도 새어머니한테는 비밀로 해야 하지 않겠어?"

엘리도 내 말에 맞장구를 쳤다.

그런데 코라가 떠나고 이제 다시 평화로운 생활을 꿈꾸게 되었을 무렵, 폴리에 들렀다 내려오는 길에 깡충거리며 앞장서 가던 엘리가 나무 뿌리에 걸려 넘어지더니 발목을 삐는 사고가 생겼다.

쇼 박사 말로는 심하게 삐긴 했지만 일주일이면 나을 거라고 했다. 엘리는 그레타를 불렀으면 좋겠다고 했다. 이번에는 나도 반대할 수 없었다. 엘리를 제대로 돌볼 만한 여자가 없었으니까. 하인들은 워낙에 무용지물이었고 하인이 있건 없건 간에 엘리가 곁에 두고 싶어 하는 사람은 그레타였다. 이렇게 해서 그레타가 우리와 함께 지내게 되었다.

* 쓸모가 없거나 본래 목적과 외관이 전혀 딴판인 엉뚱한 건물.

엘리의 입장에서 보자면 그레타라는 존재는 엄청난 축복이었다. 그리고 내 입장에서도 마찬가지였다. 그레타는 여러 가지 일들을 깔끔하게 정리하고 집 안을 제대로 돌아가게 만들었다. 그런데 이 무렵 하인들이 그만두겠다는 이야기를 꺼냈다. 말로는 너무 외로워서 못 있겠다고 하는데, 내가 보기에는 코라 때문에 수가 틀린 것 같았다. 그레타는 그 길로 광고를 내서 부부 하인을 구했다. 뿐만 아니라 그녀는 엘리의 발목 간호를 도맡았고, 말동무가 되어 주었고, 엘리가 좋아할 만한 책과 과일과 기타 등등을 갖다 주었다. 나는 전혀 모르는 것들을 말이다. 두 사람이 함께 있는 모습은 겁이 날 만큼 행복해 보였다. 엘리는 그레타를 만난 게 정말 기쁜 얼굴이었다. 그레타는 금세 떠나지 않았고 우리 집에 계속 머물렀다. 엘리가 물었다.

"그레타, 잠깐 여기 있게 해도 되죠?"

"그럼. 당연하지. 물론 되고말고."

"그레타가 있으니까 마음이 놓여요. 여자들끼리 할 수 있는 일이 얼마나 많은지 알아요? 여자 혼자 지내면 정말 외롭거든요."

그레타는 날마다 조금씩 자신의 영역을 넓히더니 마침내는 명령을 내리고 여왕처럼 굴기 시작했다. 나는 함께 지내서 좋은 척했지만, 어느 날 엘리가 발을 올려놓고 응접실에 누워 있을 때 그레타와 함께 테라스로 나와 있다 갑자기 말다툼을 벌이고 말았다. 무슨 말 때문에 싸움이 시작되었는지 생각은 나지 않는다. 그레타가 한 말이 거슬리기에 쏘아붙인 것이 점점 언성이 높아지면서 엄청난 입씨

름으로 번졌다. 그레타는 온갖 악담을 퍼부으며 약을 올렸고 나도 당한 만큼 갚아 주었다. 여왕처럼 구는 참견 대장이라고, 엘리를 너무 휘두른다고, 그런 식으로 계속 엘리를 주무르면 가만있지 않겠다고 했다. 이런 식으로 서로 고함을 지르고 있을 때 엘리가 절뚝절뚝 걸어서 테라스 쪽으로 나오더니 우리 두 사람의 얼굴을 번갈아 쳐다보았다.

"미안해. 정말 미안해."

나는 이렇게 말하면서 엘리를 집 안으로 데리고 들어와 소파에 앉혔다. 엘리가 입을 열었다.

"몰랐어요. 당신이…… 당신이 그레타를 싫어하는 줄 정말 몰랐어요."

나는 신경 쓰지 말라고, 잠깐 이성을 잃었다고, 내가 원래 시비조로 변할 때가 가끔 있다고 그녀를 어르고 달랬다. 그레타가 너무 대장 노릇 하는 게 거슬렸을 뿐이다. 하지만 이제껏 죽 그래 왔으니까 이것도 어찌 보면 당연한 일이다. 나도 그레타를 정말 좋아한다. 불안하고 걱정이 돼서 잠깐 짜증을 낸 거다. 이렇게 해서 내가 그레타를 붙잡다시피 하는 것으로 상황은 막을 내렸다.

우리가 연출한 광경은 참 가관이었다. 집 안에 있던 다른 사람들도 우리가 싸우는 소리를 들었을 것이다. 다른 사람은 몰라도 새로 온 하인 부부의 귀에는 분명 들렸을 것이다. 나는 화가 나면 고함을 지른다. 그리고 그때는 더욱 큰 소리로 고함을 질렀다. 나는 그런 사람이다.

그레타는 이러면 안 된다는 둥, 저러면 안 된다는 둥 하면서 잊을 만하면 엘리의 건강을 걱정했다.

"엘리가 건강한 체질은 못 된다는 거 알죠?"

어느 날 그녀가 내게 물었다.

"아무 문제 없어요. 엘리는 아주 건강하다고요."

"아니에요, 마이크. 엘리는 허약 체질이에요."

엘리의 발목을 살피러 온 쇼 박사는 다 나았고, 험한 길을 걸을 때만 붕대로 감아 주면 된다고 말했다. 나는 남자들 특유의 한심한 투로 물었다.

"엘리가 허약 체질이거나 그렇지는 않죠, 박사님?"

"누가 그런 말을 하던가?"

쇼 박사는 요즘 의사들하고는 다르게 '운명에 맡깁시다 박사'라는 별명으로 불리는 사람이었다.

"내가 보기에 자네 부인은 아무 문제 없어. 발목이야 누구든 삘 수 있는 거지."

"발목이 아니라 심장이 약하다든지 그런 문제는 없나 해서요."

그는 안경 너머로 물끄러미 나를 쳐다보았다.

"쓸데없는 상상 말게. 누가 그런 소릴 하던가? 자네는 부인의 건강을 걱정할 타입이 아닌데?"

"안데르센 양한테 들었습니다."

"아, 안데르센 양? 안데르센 양이 뭘 안다고? 의학 공부를 한 사람도 아니지 않나?"

"그렇기는 합니다."

"소문을 듣자하니 자네 부인은 돈이 아주 많다더군. 물론 미국에서 왔다고 하면 다 부자인 줄 아는 사람들도 있지만."

"부유한 집안에서 자란 것은 맞습니다."

"그럼 내 말 명심하게. 부잣집 여자들은 여러 가지 애로 사항이 있지. 가루약이나 알약, 자극제, 각성제, 신경안정제, 기타 등등 모르고 살아야 좋을 약들을 의사들이 마구 권하거든. 요즘 시골 여자들이 훨씬 건강한 이유는 건강 걱정을 하지 않기 때문이라네."

"엘리도 캡슐인가 뭔가를 먹기는 합니다."

"자네가 정 원하면 내가 한번 진단을 해 보겠네. 어떤 쓰레기를 먹고 있는지도 물어보고. 미리 밝혀 두지만 나는 쓸데없는 약은 쓰레기통에 버리라고 하는 사람일세."

그는 떠나기에 앞서 그레타와 대화를 나누었다.

"로저스 씨가 부인의 검진을 부탁하던데 내가 보기엔 별 문제가 없어요. 야외에서 운동을 좀 하면 괜찮을 겁니다. 약은 어떤 걸 먹습니까?"

"피곤하거나 잠이 안 올 때 가끔 먹는 약이 있어요."

쇼 박사는 그레타와 함께 가서 엘리의 처방전을 살펴보았다. 엘리는 살짝 미소를 지었다.

"박사님, 알레르기 약 말고는 다 안 먹는 거예요."

박사는 캡슐을 받아 들고 처방전을 읽어 보더니 아무 문제 없는 약이라고 했다. 다음은 수면제 차례였다.

"잠이 잘 안 오거나 그런가요?"

"시골에서 살기 시작하면서부터는 괜찮아졌어요. 이곳으로 이사 온 뒤로는 한 번도 먹은 적이 없어요."

"다행이로군요."

박사는 엘리의 어깨를 토닥거렸다.

"부인은 아무 이상 없습니다. 가끔 너무 걱정을 하는 게 탈이라면 모를까, 그게 다예요. 알레르기 약은 독하지 않은 거예요. 요즘 많은 사람들이 별 부작용 없이 먹고 있는 거니까. 알레르기 약은 괜찮지만 수면제는 삼가는 편이 좋습니다."

"내가 그레타 말을 듣고 쓸데없는 걱정을 한 모양이야."

나는 엘리를 보며 미안하다는 투로 말했다.

"그러게요."

엘리는 웃음을 터뜨렸다.

"그레타는 괜히 난리예요. 자기는 약 같은 거 먹지도 않으면서. 우리, 대청소 한번 할래요? 약 버리기 대청소."

엘리는 이웃 사람들과 대부분 친하게 지냈다. 클로디아 하드캐슬이 상당히 자주 놀라왔고 가끔 둘이서 함께 말을 타러 나갔다. 나는 동참하지 않았다. 평생 내 전문 분야는 자동차와 기계였다. 아일랜드의 마구간에서 1, 2주 정도 빈둥거린 적은 있지만 말에 대해서는 아는 게 하나도 없었다. 런던에서 머물 때에는 승마 교습소에서 정식으로 배울 생각도 있었다. 하지만 여기서 시작하고 싶지는 않았다. 비웃음을 살 게 뻔했으니까. 엘리한테는 좋은 운동인 것 같았다.

엘리는 승마를 상당히 즐기는 눈치였다.

그레타는 나처럼 아는 게 전혀 없으면서도 엘리에게 승마를 권했다.

엘리는 경매장에 가서 클로디아가 권하는 대로 '정복자'라는 이름의 밤색 말을 한 마리 샀다. 혼자 말을 탈 때는 조심하라고 했더니 엘리는 웃음을 터뜨렸다.

"난 세 살 때부터 말을 탄 사람이라고요."

엘리는 보통 일주일에 두세 번쯤 승마를 즐겼다. 그레타는 차를 몰고 마켓 채드웰로 가서 필요한 물건을 사 오고는 했다.

그러던 어느 날 점심 시간에 그레타가 말했다.

"집시들 때문에 못 살겠어! 오늘 아침에 흉측하게 생긴 할머니를 만났지 뭐야? 길을 가로막는 바람에 하마터면 칠 뻔했다니까? 자동차 앞으로 느닷없이 달려들잖아. 하는 수 없이 차를 세웠더니 내 쪽으로 걸어오는 거야."

"왜요? 무슨 속셈이랍니까?"

엘리는 우리 두 사람의 대화를 듣고만 있을 뿐, 아무 말도 하지 않았다. 하지만 걱정스러운 표정이었다.

"뻔뻔한 할망구 같으니라고. 날 협박하더라고요."

그레타가 말했다.

"협박을요?"

나는 날카로운 목소리로 되물었다.

"글쎄, 떠나라는 거예요. '여긴 집시 땅이야. 돌아가. 돌아가, 네 땅으로. 몸 성히 지내고 싶거든 네가 살던 곳으로 돌아가.' 그러더니 주먹을 쥐고 흔들어 대더라고요. '내 저주를 받으면 영원히 불행할 줄 알아. 우리 땅을 사서 우리 땅에 집을 짓다니. 여긴 집이 아니라 천막이 있어야 할 곳이야.'"

그레타의 이야기는 계속 이어졌다. 나중에 엘리는 나하고 단둘이 있는 자리에서 이맛살을 찌푸리며 말했다.

"믿어지지가 않아요. 안 그래요, 마이크?"

"그레타가 좀 과장을 하는 것 같더군."

"왠지 이상했어요. 혹시 그레타가 지어낸 이야기 아닌가 몰라?"

나는 잠시 생각을 하다 입을 열었다.

"그런 이야기를 뭐 하러 지어내겠어?"

그러고는 날카로운 목소리로 물었다.

"요즘 에스더 본 적 없지? 말 타러 나갔을 때도 그렇고."

"그 집시 할머니? 본 적 없어요."

"잘 모르겠다는 투로 들리는데?"

"언뜻 본 것 같기도 해요. 그런데 나무 사이에 서서 날 쳐다보기만 하더라고요. 먼발치에서 본 거라 확실하지 않아요."

하지만 어느 날 말을 타러 나갔던 엘리가 새하얗게 질린 얼굴로 부들부들 떨며 돌아왔다. 집시 할머니가 나무 사이에서 튀어나왔다는 것이다. 엘리는 이야기를 나누려고 고삐를 당겨 말을 멈춰 세웠는데 할머니가 주먹을 흔들며 알아듣지 못할 말을 중얼거렸다고 했다.

"이번에는 정말 화가 나서 쏘아붙였어요.

'여긴 뭐 하러 오셨어요? 할머니 땅도 아니잖아요. 여긴 우리 땅이고 우리 집이에요.'

그랬더니 할머니가 이러는 거예요.

'여긴 네 땅이 될 수 없고 네 것이 될 수 없어. 지난번이 첫 번째 경고였고 이번이 두 번째 경고야. 마지막 경고니까 알아서 해. 얼마 남지 않았어. 분명해. 죽음의 신이 보여. 죽음의 신이 네 왼쪽 어깨 뒤에 서 있다고. 네가 지금 타고 있는 말은 발 하나가 하얀색이지? 한쪽 발만 하얀 말을 타면 재수 없다는 거 몰라? 죽음의 신이 보인다! 네가 만든 대저택이 무너지는 게 보인다!'"

"무슨 수를 써야겠군!"

나는 화가 난 목소리로 외쳤다.

이번에는 엘리도 웃어 넘기지 않았다. 엘리도 그렇고 그레타도 그렇고, 모두 심란한 표정이었다. 나는 당장 마을로 내려갔다. 제일 먼저 찾아간 곳은 리 부인의 오두막집이었다. 하지만 잠시 서성거려도 불빛이 보이지 않기에 경찰서로 발걸음을 옮겼다. 당직 경찰관은 나도 잘 아는 킨 경사로, 정직하고 지각 있는 사람이었다. 그는 내 이야기를 듣더니 이렇게 말했다.

"그런 애로 사항이 있다니 제가 다 죄송합니다. 리 부인은 나이 많은 할머니라 그런지 성가시게 굴 때가 있죠. 하지만 지금까지 문제를 일으킨 적은 없었는데……. 그만하시라고 내일 제가 말씀드리겠습니다."

"그렇게 좀 해 주십시오."

그는 잠시 망설이다 다시 입을 열었다.

"이런 말씀은 드리기 뭐합니다만…… 로저스 씨, 혹시 주변에…… 어쩌면 아주 사소한 이유일지 모르겠지만…… 선생님이나 부인에게 복수하려는 사람이 있습니까?"

"그럴 리 없습니다. 왜 그러십니까?"

"리 부인한테 요즘 돈이 생긴 듯하던데…… 어디서 난 건지……."

"그게 무슨 말씀인가요?"

"누군가, 선생님 부부를 이곳에서 쫓아내고 싶은 사람이 리 부인을 매수했을지도 모릅니다. 오래전에도 이 비슷한 일이 있었습니다. 리 부인이 누군가의 사주를 받고 이웃 사람을 협박해서 쫓아낸 적이 있죠. 지금처럼 협박, 경고, 노려보기를 일삼았단 말씀입니다. 시골 사람들은 미신을 잘 믿습니다. 영국에 이른바 '마을 전담 무당'을 갖추어 놓은 시골 마을이 얼마나 많은지 들으면 깜짝 놀라실걸요? 아무튼 리 부인은 그때 경고를 받았고 다시는 남을 협박하지 않았습니다. 그런데 이번에도 비슷한 일을 벌이는 것 같군요. 리 부인은 돈을 밝힙니다. 집시들이 원래 돈이라면 무슨 짓이든 하지요……."

하지만 나는 경사의 생각에 동의할 수 없었다. 우리는 이 마을의 이방인이 아닌가.

"우리는 적을 만들 만한 시간도 없었단 말입니다."

나는 불안하고 혼란스러운 마음을 달래며 집으로 돌아갔다. 그런데 테라스 모퉁이를 도는 순간 희미하게 엘리의 기타 소리가 들렸고, 창가에 서서 안을 들여다보고 있던 장신의 인물이 몸을 돌리더니 내 쪽으로 걸어왔다. 처음에는 리 부인인가 싶었지만 산토닉스의 얼굴을 확인하는 순간 긴장이 풀렸다.

"아!"

나는 탄성을 질렀다.

"산토닉스! 어디 있었던 겁니까? 한참 동안 소식도 끊고."

그는 대답 대신 내 팔을 잡더니 멀찌감치 끌고 갔다.

"그 여자가 있더군! 그럴 줄 알았지. 조만간 올 줄 알았어. 왜 그 여자를 집 안으로 끌어들였나? 위험한 여자야. 그걸 알아야지."

"엘리 말씀인가요?"

"아니, 아니, 엘리 말고 다른 여자 말이야! 이름이 뭐였더라? 그레타라고 했지?"

나는 물끄러미 그의 얼굴을 쳐다보았다.

"자네도 그레타가 어떤 여자인지 알고 있지? 그렇지? 그 여자가 제 발로 찾아왔겠지? 이젠 자리를 차지했으니 어쩔 도리가 없어. 그 여자는 여기 눌러앉을 거야."

"엘리가 발목을 삐는 바람에 돌봐 주러 온 거예요. 조만간…… 조만간 돌아갈 겁니다."

"그런 종류의 여자를 전혀 모르는군. 그 여자는 처음부터 여기 눌러앉을 속셈이었다고. 난 알아. 집을 짓는 동안 찾아왔을 때부터 알아봤지."

"엘리가 함께 지내고 싶은 모양입니다."

나는 이렇게 중얼거렸다.

"그렇겠지. 한참 동안 같이 지냈으니까. 그 여자는 어떻게 하면 엘리를 요리할 수 있는지 방법을 아는 거야."

그건 리핀코트도 했던 말이었다. 그리고 요즘 들어서 내가 빼저리게 느끼는 바이기도 했다.

"자네는 그 여자하고 함께 지내고 싶은가?"

"그렇다고 쫓아낼 수도 없는 거 아닙니까."

나는 신경질이 난 투로 말했다.

"엘리의 친구, 그것도 제일 친한 친구란 말입니다. 그러니 난들 어쩌겠습니까?"

"그렇겠지. 자네로서도 어쩔 수 없겠지."

그는 나를 쳐다보았다. 아주 묘한 눈빛이었다. 산토닉스는 묘한 사람이었다. 속마음을 알 수 없는 사람이었다.

"지금 자네가 어떤 방향으로 가고 있는지 아는 건가? 조금이라도 알고 있는 건가? 가끔은 자네가 아무것도 모른다는 생각이 들어."

"물론 알고 있습니다. 저는 지금 바라던 일을 하고 있습니다. 바라던 방향으로 가고 있고요."

"그래? 과연 그럴까? 자신이 뭘 원하는지 자네가 과연 알고 있을까? 그레타하고 함께 있으면 위험해. 자네보다 기가 센 여자라고."

"왜 그런 말씀을 하시는지 모르겠네요. 이건 세고 약하고의 문제가 아니지 않습니까?"

"아니라고? 내가 보기엔 그런 문제야. 그레타는 기가 센 여자야. 자기 고집대로 해야 직성이 풀리는 여자라고. 자넨 그레타와 함께 지내고 싶지 않다고 했지. 자네 입으로 분명히 그렇게 말했어. 그런데 여기 떡하니 나타나지 않았나? 그 여자가 엘리와 함께 이 집에 앉아서 수다 떨고 자리 잡아 나가는 모습을 죽 지켜봤어. 자네 역할은 뭔가, 마이크? 아웃사이더? 아웃사이더 맞지?"

"지금 무슨 말씀을 하시는 겁니까? 아웃사이더라니요? 전 엘리의 남편입니다. 남편이고말고요!"

"자네가 엘리 남편인가, 아니면 엘리가 자네 부인인가?"

"머리가 어떻게 되신 모양이로군요. 그게 그거 아닌가요?"

그는 한숨을 내쉬었다. 그러고는 갑자기 온몸의 기운이 빠진 사람처럼 어깨를 축 늘어뜨렸다.

"자넬 납득시킬 방법이 없군. 내 말을 듣게 할 방법이 없어. 어떤 때 보면 자네는 이해하는 것 같다가도 또 어떤 때 보면 자신이라든지 타인에 대해서 아는 게 전혀 없어 보인단 말이야."

"잠깐만요. 제가 선생님한테 받은 게 많다는 건 인정합니다. 그리고 선생님은 유명한 건축가죠. 하지만……."

순간, 그의 표정이 묘하게 바뀌었다.

"그래. 난 유명한 건축가지. 이 집은 내 생애 최고의 걸작이야. 거의 만족할 만한 수준의 작품이라고. 자넨 이런 집을 갖고 싶어 했지. 엘리도 이런 집에서 자네와 함께 살고 싶어 했고. 엘리는 원하던 집을 손에 얻었고 자네도 마찬가지야. 그 여자를 내쫓게, 마이크. 너무 늦기 전에."

"엘리의 기분이 상하는 건 어쩌란 말씀입니까?"

"그 여자는 자넬 이용할 거야."

"잠깐만요. 저도 그레타가 마음에 들지 않습니다. 한마디로 신경에 거슬립니다. 얼마 전에는 크게 다투기까지 했습니다. 하지만 선생님이 생각하는 것처럼 간단한 문제가 아니에요."

"그렇지. 그 여자를 처리하는 게 쉽지는 않겠지."

"이 땅을 집시의 땅이라 부르고 저주가 들렸다고 한 사람이 누구인지는 모르겠지만 뭘 좀 아는 모양입니다."

나는 화가 난 투로 말했다.

"집시들이 나무 뒤에 숨어 있다 뛰쳐나오질 않나, 주먹을 흔들면서 당장 여길 떠나지 않으면 끔찍한 운명이 기다리고 있다고 하질 않나……. 선하고 아름다워야 할 이곳에서 그런 일들이 벌어지고 있다니."

특히 마지막 문장은 묘한 느낌이 있었다. 내가 아닌 다른 사람이 한 말 같았다. 산투닉스가 입을 열었다

"그렇지. 그래야 할 곳이지. 그래야 할 곳이고말고. 하지만 사악한 기운이 도사리고 있으면 그럴 수 없지 않을까?"

"설마하니 그런 걸 믿으시는 건……."

"나는 희한한 것들이 많이 믿는 편이지……. 그리고 사악한 기운이라면 나도 아는 좀 아는 분야라네. 나한테 사악한 기질이 있다는 거 못 느꼈나? 예전부터 그랬지. 그래서 잘 아는 거야. 사악한 기운

이 다가오면 느껴져. 어디서 풍기는 건지는 모르지만……. 내가 지은 집은 사악한 기운이 털끝만큼도 없었으면 좋겠네. 알겠나?"

그의 말투는 으름장에 가까웠다.

"알겠나? 나한테는 중요한 문제라네."

이 말을 끝으로 그의 태도는 180도 달라졌다.

"자, 헛소리는 이쯤에서 접고 들어가서 엘리나 만나 볼까?"

이렇게 해서 우리는 창문을 열고 안으로 들어갔다. 엘리는 산토닉스를 아주 반갑게 맞이했다.

그날 저녁 내내 산토닉스는 여느 때와 다름없었다. 연극은 온데간데없이 사라지고 예전처럼 밝고 쾌활한 모습으로 돌아갔다. 그는 특별 공연이라도 하는 사람처럼 온갖 매력을 뽐내며 주로 그레타와 대화를 나누었다. 사실 매력이 많은 사람이기도 했지만. 누구든 이 모습을 보았더라면 산토닉스가 그레타에게 한눈에 반해서 점수를 따려고 안달이 난 줄 알았을 것이다. 나는 산토닉스가 아주 위험한 사람이라는 생각이 들었다. 산토닉스 속에는 내가 엿보지 못한 많은 것들이 숨어 있었다.

그레타는 팬이 있으면 언제나 그에 걸맞은 반응을 보였다. 최상의 모습을 보여 주었다. 그녀는 경우에 따라서 미모를 감추거나 드러낼 수 있는 능력의 소유자인데, 그날 밤은 내가 본 중에서 제일 아름다웠다. 미소를 지으면서 마법에 걸린 사람처럼 산토닉스의 이야기에 귀를 기울이는 모습이 딱 그랬다. 나는 산토닉스의 겉모습 뒤에 무엇이 숨어 있을지 궁금했다. 산토닉스는 도무지 짐작할 수 없는 사람이었다. 엘리가 며칠 있다 가라고 했더니 산토닉스는 고개를 저었다. 다음 날 떠나야 한다고 했다.

"요즘 건물 짓는 거 있으세요? 바쁘세요?"

그는 아니라고, 병원에서 퇴원하고 오는 길이라고 했다.

"다시 한 번 땜질했지만 이번이 마지막일 거야."

"땜질하다니요? 어떤 치료를 받으셨는데요?"

"나쁜 피를 빼고 좋은 피, 붉고 신선한 피를 넣었지."

"어머나!"

엘리는 살짝 몸을 떨었다.

"걱정 마. 엘리는 그런 병 안 걸릴 테니까."

"하지만 아저씨는 왜 그런 병에 걸리셨나요? 너무 가혹해요."

"가혹하다니 천만의 말씀. 좀 전에 이런 노래 불렀지?

> 남자는 기쁨과 고뇌를 위해 태어난 존재
> 이 사실을 깨달았을 때 우리는
> 세상을 무사히 헤쳐 갈 수 있지.

난 내가 이 세상에 태어난 목적을 알기 때문에 무사히 헤쳐 나갈 수 있지. 그리고 엘리는

> 매일 밤 그리고 매일 아침
> 어떤 이는 달콤한 기쁨의 운명으로 태어나고.

이 가사가 딱 들어맞는 사람이야."

"걱정이 없었으면 좋겠어요."

"무슨 걱정이 있나?"

"협박당하는 건 싫어요. 누가 날 저주하는 것도 싫고."

"집시 얘기로군?"

"예."

"잊어버려. 오늘 밤만은 잊어버려. 우리, 행복해집시다. 엘리가 건강하게 오래 살 수 있도록…… 그리고 나는 순식간에 고통 없이 생을 마감할 수 있도록…… 그리고 여기 마이크한테는 행운이 깃들도록……."

그는 잠시 말을 멈추고 그레타를 향해 잔을 들었다.

"예, 저는요?"

그레타가 물었다.

"당신한테는 어떤 일이 기다리고 있을까요? 성공이 기다리고 있을까요?"

그는 비꼬는 듯한 투로 묘하게 물었다.

그러고는 다음 날 아침 일찍 떠났다.

"정말 독특한 분이에요. 평생 이해 못할 것 같아."

엘리가 말했다.

"난 산토닉스가 하는 말 절반도 이해 못하겠어."

"뭔가 아는 분이에요."

엘리는 생각에 잠긴 말투로 중얼거렸다.

"미래를 안다는 뜻이야?"

"아니, 그런 게 아니라 사람을 볼 줄 안다는 뜻이에요. 지난번에도 얘기했죠? 아저씨는 사람들을 그 사람 자신보다 더 잘 안다고. 가끔은 그 때문에 사람들을 미워하기도 하고 또 가끔은 불쌍해하기도 하죠. 그런데 나를 보면서는 불쌍해하지 않아요."

그녀는 여전히 생각에 잠긴 말투였다.

"불쌍해할 이유가 뭐가 있겠어?"

"그야……."

제16장

다음 날 오후, 소나무 그늘이 다른 데보다 훨씬 으슥한 숲길을 잽싸게 걸어가는데 차도에서 키가 큰 여자 한 명이 보였다. 나는 무작정 차도 쪽으로 달려갔다. 당연히 집시 할머니일 줄 알았던 것이다. 그런데 정체를 파악한 순간, 움찔하며 그대로 얼어붙을 수밖에 없었다. 어머니였다. 키가 크고 무뚝뚝하고 백발이 듬성듬성한 어머니였다.

"으악! 엄마, 놀랐잖아요! 여긴 어쩐 일이세요? 저희 보러 오셨어요? 한번 들르시라고 몇 번이나 말씀드렸잖아요."

그건 거짓말이었다. 사실은 딱 한 번 뜨뜻미지근하게 초대의 뜻을 비치고는 그만이었다. 그것도 어머니 마음에 들지 않을 말만 골라서. 나는 어머니가 여기 오시는 게 싫었다. 정말 싫었다.

"그래, 드디어 너희들 보러 왔다. 잘 지내나 궁금해서. 이게 너희가 지었다는 대저택이냐? 정말 으리으리하구나."

어머니는 내 어깨 너머를 쳐다보며 말했다.

아니나다를까, 어머니의 말투에는 가시가 돋쳐 있었다.

"저 같은 사람이 살기에는 너무 으리으리하죠?"

"그런 말은 안 했다."

"하지만 속으로는 그렇게 생각하셨잖아요."

"네 팔자에 어울리지 않는 집이야. 뭐든 분수에 넘치는 물건은 안 좋은 법이다."

"어머니 말씀대로라면 성공할 사람 아무도 없겠네."

"그래, 너야 그렇게 생각하겠지. 하지만 난 욕심을 내서 잘된 사람을 본 적이 없다. 다 신기루 같은 거지."

"제발 기운 빠지는 이야기는 그만 하세요. 으리으리한 집 구경이나 하면서 마음껏 비웃어 보시죠. 그리고 용기 있으시면 잘난 우리 집사람도 보면서 비웃어 보시고요."

"네 집사람? 이미 봤다."

"이미 봤다니요?"

"너한테 얘기 안 한 모양이로구나?"

"뭘요?"

"날 찾아왔었다는 얘기."

"어머니를 찾아갔었다고요?"

나는 한 대 얻어맞은 기분이었다.

"그래. 어느 날 겁먹은 표정으로 찾아와서 초인종을 누르더구나.

고급 옷을 걸친 예쁘장하고 귀염성 있는 아가씨였어. 날더러 '마이크 어머님 되시죠?' 하기에 '맞아요. 그런데 아가씨는 누구지?' 하고 물었더니 '마이크 안사람이에요. 어머님을 뵈러 왔어요. 시어머님 얼굴도 모른다는 게 말이 안 되는 것 같아서…….'라고 대답하더구나. 그래서 내가 '아들 녀석이 알면 안 좋아할 텐데?' 했더니 머뭇거리더구나. 그래, 내가 이렇게 말했지. '내가 그런 말 했다고 섭섭해 하지는 마요. 난 내 아들이 뭘 좋아하고 뭘 싫어하는지 잘 아니까.' '아마…… 마이크는 어머님을 부끄러워하는 것 같아요. 자기 집은 가난하고 저희 집은 부자라고. 하지만 그런 건 아니잖아요. 마이크답지 않아요. 정말로 마이크답지 않아요.' '대신 변명하지 않아도 돼요. 아들 녀석 어디가 잘못됐는지는 내가 더 잘 알고 있으니까. 그리고 그건 걱정은 하지 마요. 아들 녀석은 제 어미를 부끄러워하지도 않고, 제 신분을 부끄러워하지도 않으니까. 아들 녀석은 날 부끄러워하는 게 아니라 무서워한다고 보면 맞을 거예요. 내가 그 아이를 너무 잘 알거든.' 그 애는 내 말을 듣더니 재미있다는 표정을 지으면서 이렇게 말하더구나. '어머니들은 누구나 아들에 대해서 모르는 게 없는 것 같아요. 그 때문에 아들들은 쩔쩔매고요!' 난 그럴지도 모른다고 대답했지. 젊은 사람들은 항상 세상 앞에서 거드름을 피우게 마련이거든. 어렸을 때 내가 살았던 아주머니 댁에는 침대 머리맡 금색 액자 속에 어마어마하게 큰 눈이 들어 있었지. '감찰하시는 하느님'이라고 적힌 글귀를 보면서 잠자리에 들 때마다 어찌나 등골이 오싹하던지!"

"엘리가 어머니를 만나고 왔다는 얘기를 숨기다니! 왜 그걸 비밀로 했는지 모르겠군요. 진작 말해 줬어야 하는데!"

나는 화가 났다. 아주 화가 났다. 엘리가 이런 비밀을 숨기고 있을 줄은 정말 몰랐다.

"겁이 났겠지. 사실 널 무서워할 필요도 없는데."

"들어가세요. 들어가셔서 집 구경하세요."

어머니가 우리 집을 마음에 들어 했는지 어땠는지는 모르겠다. 아마 못마땅하게 생각하셨을 것이다. 어머니는 이 방 저 방을 둘러보고 눈썹을 치켜세우더니 테라스 쪽으로 걸어갔다. 테라스에는 엘리와 그레타가 앉아 있었다. 둘 다 막 외출을 마치고 돌아온 참이었고, 그레타는 주홍색 망토로 어깨를 반쯤 덮고 있었다. 어머니는 두 사람을 쳐다보면서 못이 박힌 듯 그 자리에 서 있었다. 엘리가 벌떡 일어나서 테라스를 가로질러 다가왔다.

"어머님!"

그녀는 그레타 쪽을 보면서 다시 입을 열었다.

"마이크 어머님이셔. 집 구경도 할 겸 우리 얼굴도 보실 겸 오신 거야. 참 고맙지? 이쪽은 제 친구 그레타 안데르센이에요."

엘리는 두 손으로 어머니의 손을 맞잡았고, 어머니는 엘리를 쳐다보다 그녀의 어깨 너머로 시선을 돌리더니 싸늘한 눈빛으로 그레타를 노려보았다.

"알겠다."

어머니는 혼잣말을 중얼거렸다.

"알겠어."

"알겠다니요?"

엘리가 물었다.

"이 집이 어떤 곳일지 궁금했거든."

어머니는 주위를 둘러보았다.

"그래, 근사한 집이로구나. 커튼도 근사하고 의자도 근사하고 그림도 근사하고."

"차 내올게요."

"방금 전에 마시지 않았니?"

"차야 언제든지 또 마실 수 있는걸요?"

엘리는 그레타 쪽으로 고개를 돌렸다.

"하인을 부르면 번거로우니까 차 한 주전자만 끓여다 줄래?"

"그럴게."

그레타는 겁에 질린 날카로운 눈빛으로 우리 어머니를 훔쳐보더니 밖으로 나갔다.

어머니는 자리에 앉았다.

"짐은 어디다 두셨어요? 며칠 있다 가실 거죠? 그러셨으면 좋겠어요."

"아니, 오래 있지 않을 거야. 30분 뒤에 기차를 타고 돌아갈 생각이다. 너희가 어떻게 사는지 보려고 잠깐 들른 거니까."

어머니는 그레타가 들이닥치기 전에 이야기를 꺼내고 싶었는지 서둘러 덧붙였다.

"이제 한시름 놓으려무나. 네가 날 만나러 왔었다는 얘길 마이크한테 했거든."

"미안해요, 마이크. 말 안 해서."

엘리의 목소리는 차분했다.

"말하지 않는 편이 좋겠다 싶어서……."

"착하니까 날 만나러 올 생각도 한 게지. 참 마음씨 고운 아이하고 결혼했구나, 마이크. 거기다 예쁘기까지 하고. 암, 예쁘고말고."

어머니는 이렇게 말하고 들릴락 말락 하게 "미안하다."라고 덧붙였다.

"미안하다니요?"

엘리가 어리둥절한 표정으로 물었다.

"오해를 해서 미안하다는 뜻이야."

어머니는 조금 뻣뻣한 말투로 이야기를 계속했다.

"그래, 네가 말했던 것처럼 엄마들은 그렇지. 며느리를 못 미더워하는 면이 있거든. 하지만 널 만났을 때는 우리 아들, 참 복도 많다는 생각이 들더구나. 너무 큰 행운이라 의심스럽기도 했고."

"말도 안 되는 소리 그만 좀 하세요."

말은 이렇게 했지만 나는 웃고 있었다.

"제가 얼마나 훌륭한 안목을 자랑하는지 잘 아시면서."

"워낙 고급스러운 안목이라고 해야겠지."

어머니는 이렇게 말하면서 비단 커튼 쪽으로 시선을 돌렸다.

"고급스러운 안목은 제가 받쳐 줄 수 있어요."

엘리는 어머니를 보고 웃으며 말했다.

"가끔 저금도 하게 시키려무나. 그래야 철이 좀 들지."

"전 지금 이대로가 좋아요. 결혼을 하면 좋은 게, 부인 눈에는 내가 완벽한 남자로 보인다는 거 아니겠어요? 안 그래, 엘리?"

엘리는 다시 평소처럼 행복한 표정을 지으며 웃음을 터뜨렸다.

"너무해! 콧대가 하늘을 찌르겠다."

그레타가 차 주전자를 들고 들어왔을 무렵, 우리는 화기애애한 분위기가 막 무르익어 가고 있었다. 그런데 그레타가 들어선 순간, 다시 팽팽한 긴장감이 조성됐다. 엘리가 며칠 더 있다 가시라고 아무리 사정해도 어머니는 끝끝내 고개를 저었고, 결국에는 엘리도 손을 들고 말았다. 엘리와 나는 나무 사이로 구불구불 난 차도를 따라서 대문까지 어머니와 함께 걸어갔다.

"여기 이름이 뭐니?"

난데없이 어머니가 물었다.

엘리가 "집시의 땅이오."라고 대답했다.

"아, 그래. 주변에 집시들이 살지?"

"어떻게 아셨어요?"

내가 물었다.

"올라오는 길에 한 명 만났거든. 아주 묘한 눈빛으로 날 쳐다보더구나."

"신경 쓰실 것 없어요. 정신이 좀 이상한 할머니거든요."

"왜 정신이 이상하다는 거냐? 아주 수상한 표정으로 날 쳐다보던데. 너희들한테 악감정이 있다거나 그런 거 아니니?"

"사실 그런 건 아닌데, 저희 때문에 자기 땅에서 쫓겨났다고 생각해요."

엘리가 대답했다.

"돈을 달라는 뜻이로구나. 집시들이 원래 그렇지. 이러니저러니 하면서 시끄럽게 노래 부르고 춤추다가도 돈을 쥐어 주면 뚝 그치거든."

"어머님은 집시를 싫어하시나 봐요?"

"도둑들이잖니. 꾸준히 일도 하지 않고 상관없는 일에 참견하고."

"아무튼 저희는…… 저희는 이제 걱정 안 해요."

어머니는 작별 인사를 하면서 물었다.

"같이 사는 아가씨는 누구지?"

엘리는 결혼하기 전에 3년 동안 같이 살았던 친구인데, 그레타가 없었더라면 인생이 끔찍했을 거라고 말했다.

"그레타가 모든 면에서 저희를 돕고 있어요. 참 좋은 친구예요. 그레타가 없으면…… 어떻게 살아야 할지 모르겠어요."

"너희하고 같이 사는 거냐, 아니면 놀러 온 거냐?"

"저기, 그게……."

엘리는 대답을 피했다.

"지…… 지금 당장은 같이 살고 있어요. 제가 발목을 삐어서 간호해 줄 사람이 필요했거든요. 하지만 지금은 다 나았어요."

"신혼부부는 단둘이 살아야 제일 좋은 법이다."

우리는 대문 옆에 서서 어머니가 언덕을 내려가는 모습을 지켜보았다.

"성격이 아주 강한 분 같아요."

엘리가 생각에 잠긴 투로 말했다.

나는 엘리한테 화가 났다. 한마디 말도 없이 어머니를 찾아내서 만나러 갔다니 엄청나게 화가 났다. 하지만 한쪽 눈썹만 쫑긋 세운 채 겁이 난 듯, 만족스러운 듯 꼬마 아가씨처럼 미소 짓는 엘리의 얼굴을 보는 순간, 나도 모르게 마음이 풀렸다.

"이런 사기꾼 같으니라고."

"가끔 사기를 쳐야 할 때도 있는 법이라고요."

"예전에 봤던 셰익스피어 연극이 생각나는군. 우리 학교에서 했던 연극."

나는 어색하게 대사를 읊었다.

"'그 아이는 자기 아비를 속였으니 그대를 속일 수도 있소.'"

"당신은 무슨 역이었어요? 오셀로?"

"아니. 데스데모나*의 아버지 역이었어. 그러니까 이 대사를 외고 있지. 대사가 그거 한 줄뿐이었거든."

"'그 아이는 자기 아비를 속였으니 그대를 속일 수도 있소…….'"

엘리는 생각에 잠긴 투로 중얼거렸다.

"난 아버지를 속인 기억이 없는데. 살아 계셨더라면 혹시 모르겠

---

* 셰익스피어의 희곡 「오셀로」의 여주인공. 아버지의 뜻을 거역하고 중년의 흑인 장군 오셀로와 결혼한다.

지만."

"살아 계셨더라면 우리 결혼을 못마땅하게 생각하셨을걸? 당신 새어머니보다 훨씬 더."

"맞아요. 그러셨을 거예요. 내가 기억하기로는 아주 보수적인 분이었거든요."

그녀는 다시 꼬마 아가씨 같은 미소를 지었다.

"그러니까 데스데모나처럼 아버지를 속이고 당신하고 도망쳐야 됐을 거예요."

"왜 그렇게 우리 어머니를 만나고 싶어 했어?"

나는 궁금한 마음에 물어보았다.

"꼭 만나고 싶었던 건 아니에요. 하지만 아무것도 안 하고 있으려니 마음이 너무 불편했어요. 당신은 어머님 이야기를 한 적이 별로 없지만 당신을 위한 일이라면 무엇이든 한 분 같았거든요. 안 좋은 일이 있으면 해결해 주시고, 훌륭한 교육을 받을 수 있도록 아주 열심히 일을 하시고……. 그런 분을 찾아뵙지 않는다니 너무 못되고 돈이 많다고 거들먹거리는 며느리가 된 기분이었어요."

"당신 잘못은 아니야. 내 잘못이지."

"어머님을 만나지 말았으면 한 당신 심정은 이해해요."

"내가 어머니 때문에 열등감이라도 갖고 있다는 건가? 그건 아니야, 엘리. 전혀 아니라고. 그런 이유 때문이 아니었어."

"맞아요."

엘리는 생각에 잠긴 말투로 대답했다.

"이젠 이유를 알겠어요. 어머니 특유의 잔소리가 싫었던 거죠?"

"잔소리라고?"

"어머님은 무엇이 올바른 길인지 아는 분 같았어요. 그러니까 당신한테도 원하는 직업이 있었겠죠."

"맞아. 안정적인 일을 하면서 정착하길 바라셨지."

"지금이야 그럴 필요 없잖아요? 좋은 말씀이기는 하지만 당신한테 어울리는 충고는 아닌 것 같아요. 당신은 정착할 사람이 아니에요. 안정적인 것도 싫어하고. 당신은 많은 곳을 돌아다니면서 많을 것을 구경하고 경험하고…… 한마디로 세상의 꼭대기에 서고 싶어 하는 사람이잖아요."

"난 당신과 함께 이 집에서 지내고 싶어."

"잠깐 동안이야 그럴 테죠……. 그리고…… 그리고 늘 이곳으로 다시 돌아오고 싶어 할 거예요. 그건 나도 마찬가지고요. 우리, 해마다 이곳에서 그 어느 때보다 행복한 시간을 즐기지 않을까요? 하지만 당신은 돌아다니고 싶어 할 거예요. 여기저기 여행하면서 관광도 하고 기념품도 사고 싶어 할 거예요. 어쩌면 이 집 정원을 멋있게 꾸밀 새로운 계획을 세울지도 모르죠. 어쩌면 우리 함께 이탈리아식 정원, 일본식 정원, 조경식 정원을 구경하러 다닐지도 모르죠."

"당신 이야기를 들으니까 흥분되는데? 아까 화내서 미안해."

"아, 괜찮아요. 난 당신 무섭지 않아요."

그녀는 얼굴을 찌푸리며 말을 계속 이어 나갔다.

"그런데 어머님이 그레타를 안 좋아하시는 것 같더라고요."

"그레타를 안 좋아하는 사람은 많지."

"그 중에 당신도 포함되잖아요."

"잠깐만, 엘리. 늘 그런 식으로 말하는데, 오해야. 처음에 잠깐 질투를 했을 뿐이라고. 지금은 잘 지내고 있잖아?"

나는 잠시 이야기를 쉬었다 덧붙였다.

"아무래도 그레타는 사람들을 수세로 몰고 가는 면이 있는 듯해."

"앤드류 아저씨도 그레타를 안 좋아하잖아요, 그렇죠? 그레타가 날 너무 휘두른다고 생각하시죠."

"그분의 생각이 맞는 걸까?"

"그런 식으로 시치미 떼지 마요. 맞아요, 어쩌면 그레타는 날 너무 휘두르고 있는지도 몰라요. 당연한 거잖아요. 그레타는 조금 강한 성격이고 난 믿고 의지할 사람이 필요했으니까. 내 편이 되어 줄 사람이 필요했으니까."

"그리고 당신이 자기 고집대로 하는 걸 지켜봐 줄 사람도 필요했겠지?"

나는 웃음을 터뜨리며 물었다.

우리는 팔짱을 끼고 집 안으로 들어갔다. 그날 오후는 왠지 어둑어둑하게 느껴졌다. 테라스를 비추던 햇살이 사라지면서 어둠의 그림자를 남겼기 때문인 것 같다. 엘리가 물었다.

"왜 그래요, 마이크?"

"모르겠어. 누군가 내 무덤 위를 밟고 지나가는 것처럼 갑자기 소름이 끼쳐서."

"원래는 거위가 내 무덤 위를 밟고 지나가는 것 같다고 해야 맞는 표현이죠?"

그레타의 모습은 보이지 않았다. 하인들 말로는 산책을 나갔다고 했다.

이제 어머니가 우리 결혼의 진상을 파악했고 엘리도 만났으니 예전부터 생각했던 일을 실행에 옮길 때가 되었다. 나는 어머니에게 상당한 금액의 수표를 보냈다. 좀 더 근사한 집으로 옮기고 마음에 드는 가구를 사는 데 쓰라는 말과 함께. 어머니가 수표를 받을 것 같지는 않았다. 내가 번 돈도 아닌 데다 내가 번 것처럼 위장할 수도 없는 상황이었으니까. 예상대로 어머니는 반으로 찢은 수표와 함께 아무렇게나 휘갈겨 쓴 쪽지를 보냈다.

> 이 돈으로는 할 게 없다. 넌 영원히 달라지지 않을 아이로구나. 이제 알겠다. 신의 가호가 있기를.

나는 엘리 앞에서 쪽지를 내동댕이쳤다.

"이제 우리 어머니가 어떤 사람인지 알겠지? 내가 돈 많은 여자하고 결혼해서 마누라 돈으로 사는 게 못마땅하다 이거잖아!"

"걱정 마요. 그런 식으로 생각하는 사람들도 사실 많지 않겠어요? 어머님은 곧 받아들이실 거예요. 어머님이 당신을 얼마나 사랑하는지 알죠, 마이크?"

"그럼 왜 항상 날 개조하려 하시는 거지? 왜 날 어머니 방식대로 뜯어고치려고 하느냐고! 난 나야. 난 다른 사람의 방식대로 살지 않아. 어머니가 원하는 대로 주무를 수 있는 코흘리개 어린애가 아니라고! 난 나야. 그리고 이젠 어른이야. 난 나라고!"

"맞아요, 당신은 당신이에요. 그리고 난 그런 당신을 사랑하고요."

화제를 돌릴 생각이었는지 엘리는 다소 걱정스러운 이야기를 꺼냈다.

"당신이 보기에는 새로 온 남자 하인 어때요?"

새로 온 남자 하인 생각은 해 본 적이 없었다. 생각하고 말고 할 게 없었다. 어쨌거나 비천한 내 신분을 대놓고 무시했던 지난번 하인보다는 나았다.

"괜찮은 것 같은데. 왜?"

"비밀 경호원이 아닐까 싶어서요."

"비밀 경호원이라니? 그게 무슨 소리야?"

"사설 탐정 말이에요. 아무래도 앤드류 아저씨가 손을 쓴 것 같아요."

"그러실 이유가 없잖아?"

"글쎄요……. 납치를 당할까 걱정하셨을 수도 있고……. 미국에서는 경호원을 썼거든요. 시골에서 지낼 때는 더더욱 그랬고."

모르고 있었던 부자 생활의 단점이 또 한 가지 밝혀지는 순간이었다.

"정말 끔찍한 일이로군!"

"잘 모르겠어요……. 이젠 익숙해진 것 같기도 하고. 뭐 어때요?

잘 느끼지도 못하는데."

"그럼 부인도 경호원일까?"

"요리를 너무 잘하긴 하지만 그럴 수밖에 없겠죠. 아무래도 앤드류 삼촌이나 스탠퍼드 로이드가 예전 하인들을 매수해서 그만두게 한 다음 두 사람으로 얼른 대체한 것 같아요. 그 정도는 식은 죽 먹기였겠죠."

"당신한테는 한마디 말도 없이?"

나는 믿을 수가 없었다.

"나한테 알릴 생각은 꿈에도 하지 않으실걸요? 내가 난리를 칠 게 뻔하니까. 어쩌면 내 생각이 틀렸을지도 몰라요."

그녀는 꿈을 꾸는 듯한 말투로 이야기를 계속했다.

"그저 그런 사람들을 주변에 두고 살아온 사람 특유의 직감일 뿐이에요."

"이야말로 가엾은 부잣집 딸이로군!"

나는 울컥 화가 치밀었다.

엘리는 상관없다는 투였다.

"어쩌면 그 표현이 맞을지도 몰라요."

"당신에 대해서 알면 알수록 놀라운 일투성이야."

제17장

잠이란 얼마나 신비로운 존재인가! 집시, 누구인지 모를 적, 집 안을 활보하는 사설 탐정, 납치의 가능성, 그 밖에 수많은 일들을 걱정하다가도 일단 잠이 들면 모든 게 사라진다. 어디인지 모를 먼 곳으로 여행을 떠났다가 눈을 뜨면 전혀 새로운 세상이 펼쳐진다. 걱정도 없고 근심도 없는 새로운 세상이. 9월 17일 아침에 눈을 떴을 때 나는 흥분에 가까운 상태였다.

"환상적인 날이야."

나는 확실하다는 투로 혼자 중얼거렸다.

"오늘은 환상적인 날이 될 거야."

진심이었다. 어디에서 무엇이든 할 수 있다고 유혹하는 광고 속 주인공이 된 기분이었다. 나는 머릿속으로 오늘 일과를 점검해 보았다. 먼저, 24킬로미터 떨어진 곳에 있는 시골 저택의 경매장에서 필포트 소령을 만나기로 되어 있었다. 상당히 괜찮은 물건들이 경매에 나온다는데, 나는 상품 목록을 보고 이미 두세 가지를 점찍어 놓은 참이었다. 경매 생각을 하면 괜히 가슴이 설렜다.

필포트 소령은 한 시대를 상징하는 가구나 은제품 같은 물건들에 대해서 해박한 지식을 자랑했다. 예술에 조예가 있어서라기보다는 (그는 오히려 전형적인 스포츠 애호가였다.) 살면서 터득한 지식이었다. 이 분야라면 그의 집안 전체가 해박한 지식을 자랑했다.

나는 아침 식사를 하면서 상품 목록을 훑어보았다. 엘리는 승마가 습관으로 자리 잡아서 이제는 거의 매일 아침마다 말을 타고 달렸다. 혼자일 때도 있었고 클로디아와 함께일 때도 있었다. 엘리는 미국 사람답게 커피와 오렌지 주스 한 잔만 마실 뿐 아침 식사를 거의 하지 않는 편이었다. 단 한 번도 자제해 본 적 없는 내 식성으로 따질 것 같으면 빅토리아 시대의 영주 비슷했다. 나는 뜨끈뜨끈한 음식이 가득한 식탁을 좋아했다. 이날 아침 메뉴는 콩팥 요리와 소시지와 베이컨이었다. 맛있었다.

"그레타, 오늘 스케줄이 어떻게 돼요?"

그레타는 마켓 채드웰 역에서 클로디아 하드캐슬을 만나 런던의 화이트 세일을 구경하러 갈 생각이라고 했다. 나는 화이트 세일이 뭐냐고 물었다.

"왜 화이트라는 말이 붙는 거죠?"

그레타는 비웃는 듯한 표정을 지으면서 집에서 쓰는 면제품, 담요, 수건, 침대 시트 등을 파는 게 화이트 세일이라고 설명했다. 본드 가의 전문 상점에서 보낸 상품 목록을 보았더니 상당히 저렴한 가격에 팔더라는 것이다.

나는 엘리에게 말했다.

"그레타는 오늘 런던에 간다는데, 당신 그럼 바팅턴에 있는 조지네 음식점으로 올래? 필포트 소령 말로는 거기 음식이 아주 맛있다면서 당신도 함께 먹으면 좋겠다던데. 1시에 만나기로 했어. 마켓채드웰을 지나서 5킬로미터쯤 더 가서 꺾으면 돼. 아마 표지판이 있을 거야."

"좋아요. 거기로 갈게요."

엘리는 내 도움을 받으며 말 등에 오른 다음 나무 사이로 달려 나갔다. 엘리는 승마를 좋아했다. 구불구불한 오솔길을 뚫고 언덕으로 내달아서 한바탕 전속력을 낸 뒤에야 집으로 돌아오고는 했다. 나는 주차하기 쉬운 작은 차를 남겨 두고 대형 크라이슬러에 올라탔다. 내가 바팅턴 저택에 도착했을 때는 경매가 시작되기 직전이었다. 먼저 온 필포트 소령이 자리를 맡아 놓고 있었다.

"제법 쓸 만한 물건들이 나왔더군. 괜찮은 그림도 한두 점 있고. 롬니* 작품이 한 점, 레이놀즈** 작품이 한 점 있던데, 자네 혹시 관심 있나?"

나는 고개를 저었다. 지금 당장은 현대 화가들밖에 관심이 없었다.

---

* 영국의 초상화가.

** 영국의 초상화가. 18세기 후반 영국 미술계의 일인자로 군림했다.

"미술상들이 몇 명 와 있어. 런던에서도 두셋 건너왔고. 저기 입술 얇고 마른 남자 보이지? 크레싱턴일세. 상당히 유명한 화상이지. 자네 집사람은 안 왔나?"

"예. 경매에 별로 관심이 없습니다. 그리고 오늘 아침에는 같이 오지 않은 이유가 따로 있습니다."

"그래? 이유가 뭔가?"

"깜짝 선물을 준비할 생각이거든요. 42번 보셨습니까?"

그는 상품 목록을 흘긋 확인한 뒤 방 안을 둘러보았다.

"흠. 저기 있는 파피에르 마셰 책상 말인가? 그래. 앙증맞고 예쁘군. 내가 본 파피에르 마셰 작품 중에 최고일세. 파피에르 마셰 책상은 드물기도 하지. 탁자 위에 놓는 간이 책상은 많지만. 초기 작품이로군. 저렇게 생긴 책상은 한 번도 본 적 없네."

책상에는 윈저 성이 상감세공으로 새겨져 있었고 옆면에는 장미, 엉겅퀴, 토끼풀 다발이 새겨져 있었다.

"보관 상태도 훌륭하군."

필포트는 이렇게 말하며 호기심 어린 눈초리로 나를 보았다.

"자네 취향은 아닌 것 같네만……."

"예, 아닙니다. 제 취향이라고 하기에는 너무 화려하고 여성스럽죠. 하지만 엘리는 이런 분위기를 좋아합니다. 다음 주가 엘리 생일이라 선물하려고요. 말하자면 깜짝 선물인 셈이죠. 그래서 오늘 아침 경매에 참가한다고 알리지 않은 겁니다. 엘리한테 이보다 좋은 선물은 없을 겁니다. 정말 깜짝 놀랄걸요?"

우리는 안쪽으로 들어가서 자리에 앉았고, 경매가 시작되었다. 내가 원한 책상은 가격이 상당히 치솟았다. 런던에서 왔다는 미술상은 두 사람 모두 책상에 눈독을 들인 것 같았다. 그 중 한 명은 워낙 노련하고 조심스러워서 경매 담당자가 자세히 들여다보아야 목록을 까딱하고 움직여 의사를 표시하는 걸 알아차릴 수 있을 정도였다. 나는 현관에 어울림직한 치펀데일* 의자와 어마어마하게 크고 보관 상태가 좋은 비단 커튼도 샀다.

"자네, 재미있게 경매를 즐기는 것 같더군."

오전 경매가 마감되었을 때 필포트 소령이 자리에서 일어나면서 말했다.

"오후에도 계속할 생각인가?"

나는 고개를 저었다.

"오후에 나올 물건 중에는 사고 싶은 게 없습니다. 대부분 침실용 가구, 카펫, 그런 것들뿐이니까요."

"그렇지. 나도 관심 없을 거라고 생각했네. 자, 그럼……."

그는 시계를 쳐다보았다.

"이제 출발하는 게 좋겠군. 엘리는 조지네 음식점으로 오겠다고 하던가?"

"예, 그쪽으로 올 겁니다."

"그리고……. 음…… 안데르센 양도?"

* 18세기 영국의 가구공 토머스 치펀데일이 구축한 양식.

"아, 아닙니다. 그레타는 런던에 갔습니다. 하드캐슬 양과 함께 화이트 세일이라는 데 간다더군요."

"아, 며칠 전에 클로디아한테 들었네. 요즘 침대 시트 같은 면제품 가격은 너무하다 싶을 정도지. 면으로 된 베갯잇이 얼마에 팔리는지 아는가? 무려 35실링일세. 예전엔 6실링이면 사던 것을."

"가정용품에 대해서도 상당히 많이 아시는군요."

"집사람이 투덜대는 걸 들었거든."

필포트는 미소를 지었다.

"자네 아주 기분이 좋아 보여. 어린아이처럼 즐거워 보인단 말일세."

"파피에르 마셰 책상을 샀으니까요. 아니, 그게 전부는 아닙니다. 오늘 아침에 눈을 떴을 때부터 기분이 좋았거든요. 세상이 환해 보이는 그런 날이 있지 않습니까."

"흠. 조심하게. 그런 날을 죽음의 전조라고 부르니까."

"죽음의 전조? 스코틀랜드 식 미신입니까?"

"아무튼 끔찍한 일이 벌어질 수 있단 말일세. 좀 자제하는 게 좋겠어."

"터무니없는 미신 따위는 안 믿습니다."

"집시의 예언을 안 믿는 것처럼?"

"그러고 보니 요즘은 리 부인이 안 보입니다. 적어도 일주일 동안은 못 본 것 같네요."

"어디로 떠난 모양이지."

필포트는 내 차를 같이 타고 가도 되겠느냐고 물었고 나는 좋다고 했다.

"차를 두 대나 가지고 갈 필요가 없지. 돌아오는 길에 나를 여기서 내려 주면 될 테니까. 엘리는 어떻게 한다던가? 차를 가지고 올까?"

"예, 작은 차를 몰고 올 겁니다."

"조지가 맛있는 음식을 대령해 줬으면 좋겠군. 배가 고파."

"소령님은 아무것도 안 사셨네요? 너무 들떠 있어서 미처 몰랐습니다."

"입찰할 때는 정신을 바짝 차리고 있어야 하는 법이야. 다른 사람들은 무얼 하는지 지켜보기도 해야 하고. 나도 한두 번 입찰에 응하긴 했지만 다들 내가 부른 가격을 훨씬 웃돌더군."

짐작컨대 소령은 어마어마한 땅을 가지고 있지만 실제 수입은 얼마 안 되는 것 같았다. 땅은 많지만 가난한 부류였다. 땅을 떼어서 팔면 여윳돈이 생기겠지만 그럴 사람이 아니었다. 그는 자기 땅을 사랑했다.

조지네 음식점에 도착했더니 제법 많은 수의 자동차가 보였다. 그 중 일부는 경매에 참가했던 사람들이 타고 온 것으로 보였다. 하지만 엘리의 자동차는 보이지 않았다. 소령과 함께 안으로 들어가서 둘러보았지만 엘리는 아직 도착하지 않은 것 같았다. 1시 몇 분이었으니 그럴 수도 있었다.

우리는 바에 앉아서 음료수를 마시며 엘리를 기다렸다. 음식점 안에는 사람들이 제법 많았다. 식당 쪽으로 건너가 보니 예약해 놓은 자리가 우리를 기다리고 있었다. 내가 아는 마을 사람들도 많이 보였고 창가 탁자에 앉은 남자는 왠지 낯이 익었다. 아는 사람인 건 분명한데 언제, 어디서 봤는지 생각이 나질 않았다. 이 마을 사람은 아니었다. 마을 분위기와 어울리지 않는 차림으로 볼 때 타지 사람이 분명했다. 물론 나는 한창때 수많은 사람들과 어울린 전적이 있으니 기억이 가물가물한 부분이 있을 수밖에 없었다. 하지만 그 남자는 내가 최근에 만난 사람이었다. 그렇지만 경매장에서 본 사람은 아니었다.

여느 때처럼 에드워드 시대 스타일의 화려한 검은색 실크로 치장한 음식점 여주인이 내 쪽으로 다가와서 물었다.

"로저스 씨, 금방 자리로 옮기실 건가요? 기다리는 손님이 한두 분 계셔서요."

"1, 2분 있으면 우리 집사람이 올 겁니다."

나는 다시 소령이 있는 바로 돌아갔다. 엘리의 자동차 바퀴에 펑크가 났을지 모르겠다는 생각이 들었다.

"안으로 들어가는 게 좋을 것 같습니다. 자리를 잡아 놓기만 하니 좀 짜증난 모양이에요. 오늘따라 손님이 많으니 말입니다. 사실 엘리는 시간 약속을 잘 지키는 편이 못 됩니다."

"하긴."

필포트는 구식 노인 같은 분위기로 대답했다.

"신사들을 기다리게 만드는 것이 숙녀들의 습관이지, 안 그런가? 자네 생각이 그렇다면 상관없네. 안으로 들어가서 점심 식사를 시작하세나."

우리는 식당으로 자리를 옮겨서 스테이크 앤드 키드니 파이*를 고르고 식사를 시작했다.

"엘리가 이렇게 시간 약속을 어기다니 참 죄송한 노릇입니다. 그레타가 런던에 가고 없는 탓일 겁니다. 약속을 잡고, 잊어버리지 않도록 챙기고, 늦지 않게 준비를 해 주는 사람이 그레타거든요."

"안데르센 양한테 많이 기대는 모양이로군?"

"이런 부분은 그렇다고 볼 수 있습니다."

어느덧 식사는 스테이크 앤드 키드니 파이에서 가짜 페이스트리를 얹은 사과 타르트로 넘어갔다.

"혹시 약속을 잊어버린 건 아닌지 모르겠습니다."

퍼뜩 그럴지도 모른다는 생각이 들었다.

"한번 전화를 해 보게."

"아무래도 그러는 게 낫겠습니다."

나는 전화기가 있는 곳으로 가서 전화를 걸었다. 요리사 카슨 부인이 받았다.

"아, 로저스 씨세요? 부인은 아직 안 돌아오셨는데요."

"안 돌아오다니요? 어딜 가서 아직 안 돌아왔다는 겁니까?"

"말을 타러 나간 뒤로 감감 무소식이세요."

"하지만 아침 식사가 끝나자마자 말을 타러 나간 게 아니었나요?

---

* 쇠고기에 소나 양의 콩팥을 섞어서 만든 요리.

오전 내내 말을 탈 리는 없는데."

"다른 말씀은 없으셨어요. 저도 기다리고 있던 참이에요."

"나한테 진작 전화로 알려 주지 그랬어요?"

"어디 계신지 알아야 전화를 드리죠. 행선지를 알려 주지 않으셨잖아요."

나는 바팅턴의 조지네 음식점에 있다고 알리고 전화 번호를 가르쳐 주었다. 그리고 엘리가 돌아오거나 무슨 전갈이 있으면 알려 달라고 했다. 나는 다시 소령이 앉아 있는 자리로 걸어갔다. 그는 내 표정을 보자마자 뭔가 안 좋은 일이 있다는 걸 알아차렸다.

"엘리가 아직 돌아오지 않았답니다. 오늘 아침에 말을 타러 나간 뒤로 말입니다. 거의 매일 아침마다 말을 타러 나가기는 했지만 30분이나 한 시간이면 족했는데."

"괜한 걱정 말게."

그는 다정한 목소리로 말했다.

"자네 집은 아주 외딴 곳이 있지 않나. 말이 다리를 삐어서 집까지 걸어오고 있는 중인지도 모르지. 황무지와 숲 위쪽 언덕을 걸어서 말일세. 그 근방에는 지나가는 사람도 거의 없어서 이야기를 전하거나 뭐 그럴 수도 없지 않은가."

"만약 마음이 바뀌었다거나 말을 타고 가다 누굴 만났다면 여기로 전화를 했을 겁니다. 우리한테 메모를 남겼을 거라고요."

"섣부른 추측은 삼가게. 어떻게 된 영문인지 지금 당장 가서 알아보는 게 좋겠군."

주차장으로 걸어갔더니 자동차 한 대가 막 출발하려는 참이었다. 안에는 좀 전에 식당에서 보았던 남자가 앉아 있었다. 순간, 남자의 정체가 퍼뜩 떠올랐다. 스탠퍼드 로이드이거나 아니면 닮은 사람이었다. 무슨 일로 이곳을 찾은 걸까? 우릴 만나러 온 걸까? 그렇다면 미리 알리지 않은 게 이상했다. 그의 옆에는 클로디아 하드캐슬 비슷하게 생긴 여자가 앉아 있었다. 하지만 클로디아는 런던에서 그레타하고 쇼핑을 하고 있을 텐데……. 머리가 어지러웠다.

소령은 차를 타고 가는 동안 나를 한두 번 훔쳐보았다. 나는 시선이 마주치자 씁쓸하게 인정했다.

"맞습니다. 아침에 저더러 죽음의 전조라는 말씀을 하셨죠?"

"아직은 속단할 때가 아니지. 낙마해서 발을 삐거나 뭐 그랬을지도 모르니까. 하지만 엘리는 승마 솜씨가 보통이 아니란 말이지. 내 눈으로 확인한 적도 있는데……. 아무래도 사고는 아니지 싶군."

"사고의 가능성은 언제든지 도사리고 있는 법입니다."

나는 액셀러레이터를 힘껏 밟았고 드디어 우리 땅 위쪽에 자리 잡은 언덕길에 도착했다. 우리는 주위를 둘러보다 이따금 차를 세워 사람들에게 물어보았다. 그러다 이탄을 캐는 늙은이한테 처음으로 소식을 들을 수 있었다.

"주인 없는 말을 본 적 있어. 두 시간인가, 그보다 더 전에. 잡으려고 가까이 갔더니 도망치더라고. 하지만 사람은 안 보였어."

"집으로 가는 게 낫겠네."

필포트가 말했다.

"그럼 혹시 소식을 들을 수 있을지 몰라."

하지만 집에 가도 그녀의 소식은 찾을 길이 없었다. 일단 마부 하나를 불러서 황무지를 돌아보게 했다. 필포트는 자기 집으로 전화를 걸어 그쪽에서도 한 사람을 출발시켰다. 우리는 숲속 길을 따라서 걷기 시작했다. 엘리가 자주 이용하는 언덕까지 연결된 길이었다.

한동안은 아무것도 보이지 않았다. 그러다 여러 갈래로 길이 나뉘는 부분에서 우리는…… 엘리를 발견했다. 처음에는 옷 무더기인 줄 알았다. 그런데 엘리의 말이 그 옷 무더기 옆에서 풀을 뜯으며 서 있었다. 나는 달리기 시작했다. 필포트도 노인장답지 않은 속력으로 내 뒤를 따랐다.

엘리였다. 백지장 같은 얼굴을 하늘로 향한 채 꾸깃꾸깃한 옷 무더기처럼 누워 있는 엘리였다.

"이럴 수가…… 이럴 수가……."

나는 고개를 돌리고 말았다.

필포트가 다가가서 무릎을 꿇고 앉았다가 금세 일어섰다.

"의사를 부르게. 쇼 박사를. 여기서 제일 가까운 데 사는 사람이니까. 하지만…… 부질없는 짓일 것 같군, 마이크."

"그러니까…… 이미 숨이 끊겼단 말씀이십니까?"

"그렇다네. 부인하려고 해 봐야 소용없어."

"오, 주여!"

나는 등을 돌렸다.

"믿을 수가 없습니다! 엘리는 안 됩니다!"

"자, 이거 마시게."

필포트는 주머니 속에서 보온병을 꺼내 마개를 열고 내게 건넸다. 나는 깊게 한 모금 들이켰다.

"고맙습니다."

이즈음 등장한 마부가 필포트의 지시에 따라서 쇼 박사를 부르러 떠났다.

제18장

우글쭈글한 랜드로버를 타고 쇼 박사가 나타났다. 궂은 날씨에 먼 농가로 왕진을 떠날 때 동원하는 차가 아닐까 싶었다. 그는 우리 두 사람을 쳐다보는 둥 마는 둥 하고 곧장 엘리의 상태를 살폈다. 그리고 잠시 후 우리 곁으로 다가왔다.

"적어도 세 시간이나 네 시간쯤 전에 숨을 거뒀네. 어떻게 된 일인가?"

나는 그날 아침 식사를 마치고 여느 때처럼 말을 타러 나갔다고 말했다.

"지금까지 말을 타다 사고가 난 적 있었나?"

"없었습니다. 승마 솜씨가 좋았으니까요."

"하긴, 그거야 나도 알지. 한 번인가 두 번 직접 본 적도 있으니까. 어렸을 때부터 승마를 즐겼다고 했지? 최근에 사고를 당한 적이 있어서 약간 소심해져 있었던 게 아닐까 싶더니. 만약 말이 펄쩍 뛰었다면…….”

“무엇 때문에 말이 펄쩍 뛰었겠습니까? 그렇게 얌전한 녀석이!”

“이 녀석은 아무 문제 없는 말일세. 신경질적이지도 않고 아주 순한 녀석이라네. 뼈가 부러진 데는 없나?”

필포트가 물었다.

“확실하게 검사해 봐야 알 수 있겠습니다만 외상이 전혀 없는 것 같습니다. 어쩌면 내상이 있을지도 모르죠. 충격을 받았다든지…….”

“하지만 충격을 받았다고 죽을 리는 없지 않습니까?”

“충격 때문에 죽은 사람들도 있다네. 만약 자네 부인의 심장이 약했다면…….”

“미국에서 심장이 약하다는 진단을 받은 적이 있다고 들었습니다. 하여간 무슨 병이 있다고…….”

“흠. 내가 진단했을 때는 그런 기미가 없었는데……. 하기야 심전도까지 측정하지는 않았지만. 아무튼 지금은 이러니저러니 해도 소용없다네. 검시를 하면 밝혀지겠지.”

그는 무언가를 생각하는 눈빛으로 나를 쳐다보더니 내 어깨를 두드렸다.

“집으로 가서 눈 좀 붙이게. 지금 충격을 걱정해야 할 사람은 자네이니까.”

시골에 살면 어디에선가 난데없이 사람들이 등장하는 묘한 경우를 겪을 때가 종종 있다. 그 무렵 우리 주변에는 네댓 명이 모여 있었다. 한 명은 큰길을 따라서 자전거를 타다 우리를 보고 다가온 사람이었고, 한 명은 지름길을 통해 농장으로 향하던 혈색 좋은 여자였고, 또 한 명은 늙수그레한 도로 공사장 인부였다. 이들은 큰 소리로 각자 의견을 늘어놓았다.

"어머, 불쌍해라."

"한참 젊어 보이는데. 말을 타다 떨어진 거 맞죠?"

"아, 그러게 말은 믿으면 안 된다니까?"

"로저스 부인이잖아요, 그렇죠? 미국에서 왔다는 타워스 안주인."

모두들 놀란 얼굴로 몇 마디씩 던진 뒤에야 비로소 나이 많은 도로 공사장 인부가 입을 열었다. 그는 고개를 저으며 우리에게 정보를 알려 주었다.

"내가 봤는데. 내가 봤는데."

쇼 박사가 인부 쪽으로 홱 고개를 돌렸다.

"뭘 보셨단 말씀이십니까?"

"말 한 마리가 쌩하고 달리는 걸 봤우."

"부인이 말에서 떨어지는 것도 보셨습니까?"

"아니, 그건 못 봤우. 숲 꼭대기 쪽을 따라서 말을 타는 부인의 모습을 본 다음 등을 돌리고 도로에 쓸 돌을 자르기 시작했으니까. 그런데 말발굽 소리가 들리기에 고개를 들었더니 이 말이 미친 듯이 달리고 있더군. 사고가 난 줄은 몰랐어. 부인이 내려서 말을 보낸 줄로만 알았지. 아무튼 말은 내 쪽이 아니라 다른 쪽으로 달리고 있더라고."

"부인이 땅바닥에 쓰러져 있는 것도 못 보셨습니까?"

"못 봤어. 내가 눈이 나쁘거든. 말이 혼자 달린 것도 그나마 지평선을 배경으로 윤곽이 보인 거야."

"부인은 혼자 말을 타고 있었습니까? 아니면 옆이나 근처에 다른 사람이 있었습니까?"

"아무도 없었어. 한 명도. 혼자였다고. 말을 타고 내 앞을 지나서 저쪽으로 달려가더군. 숲 쪽으로 가는 것 같던데. 아무튼 말하고 그 부인 외에는 아무도 없었어."

"집시 때문에 놀랐을지도 몰라요."

혈색 좋은 여자가 말했다.

나는 홱 고개를 돌렸다.

"집시라니요? 언제 보셨습니까?"

"분명 집시였을 거예요. 오늘 아침에 길을 걸을 때였으니까 세 시간인가 네 시간쯤 전이었을 거예요. 9시 45분쯤 됐을까? 그때쯤 집시를 봤어요. 마을 오두막집에 사는 집시 말이에요. 아무튼 제가 보기엔 그랬어요. 멀리서 본 거라 장담할 수는 없지만. 하지만 이 근처에서 빨간 망토를 입고 다니는 사람은 그 여자밖에 없잖아요. 아무튼 나무 사이로 난 길을 걸어가고 있더라고요. 듣기로는 그 여자가 미국에서 온 가엾은 부인한테 몹쓸 소리를 했다면서요? 여기서 사라지지 않으면 나쁜 일이 생길 거라고 협박했다면서요? 엄청 험악하게 굴었다고 들었어요."

"집시……."

나는 씁쓸하게 혼잣말을 중얼거렸다.

“집시의 땅……. 차라리 모르고 지냈더라면 좋았을 것을!”

3부

제19장

이후의 일들은 이상하게도 생각이 잘 나지 않는다. 그러니까 어떤 순서대로 벌어졌는지가 말이다. 이전까지는 모든 게 분명했다. 어디에서부터 시작하면 좋을지 그 부분에서만 약간 고민이 됐을 뿐이다. 하지만 그날 이후로는 칼날이 떨어져서 내 인생을 두 동강 낸 기분이었다. 엘리가 눈을 감은 순간부터 마음의 준비를 해 놓지 못한 생활이 시작됐다. 내가 아무것도 추스를 수 없는 공간에 사람과 사건들이 들이닥친 당혹감. 많은 일들이 나한테가 아니라 내 주변에서 벌어지는 것 같았다. 그렇게 느껴졌다.

모두들 아주 친절했다. 제일 또렷하게 생각나는 부분이 그것이다. 나는 멍한 표정으로 비틀거리며 돌아다녔고 무엇을 해야 좋을지 알 수 없었다. 내가 기억하기로 그레타는 제정신을 차렸다. 그녀는 상황을 관리하고 처리해야 하는 입장에 놓인 여자들 특유의 놀라운

능력을 발휘했다. 누군가 해야 할 사소한 일들의 처리……. 나라면 그런 부분까지 신경 쓰지 못했을 것이다.

엘리가 실려 가는 모습을 보고 우리 집, 그러니까 '그 집'에 돌아간 이후 제일 먼저 생각나는 것은 따라와서 이야기를 건네던 쇼 박사의 얼굴이다. 시간이 얼마쯤 지났을 때 일인지는 모르겠다. 아무튼 그는 침착하고 다정하고 논리적인 목소리로 상황을 차분하고 분명하게 알려 주었다.

절차. 쇼 박사가 절차라는 단어를 썼던 기억이 난다. 이 얼마나 가증스러운 단어인가! 그 단어가 의미하는 모든 것. 거창한 단어로 표현되는 인생의 모든 것. 사랑, 섹스, 죽음, 증오……. 인생을 좌우하는 주인공은 이런 것들이 아니라 하찮고 천한 것들이다. 참아야 하는 것들, 막상 닥치기 전까지는 생각도 하지 않았던 것들이다. 장의사, 그리고 장례식 절차. 방 안으로 들어와서 블라인드를 내리는 하인들. 엘리가 죽었다고 블라인드를 내려야 하는 이유가 뭘까? 모두 어리석은 짓이었다.

그래서 나는 쇼 박사가 고마웠다. 그는 이런 부분들을 친절하고 현명하게 처리해 주었다. 어떤 일들을 해야만 하는 이유가 무엇인지, 내가 알아들을 수 있도록 천천히 설명을 해 주면서 말이다.

검시 배심이 어떤 것인지는 알 길이 없었다. 한 번도 본 적이 없었으니까. 그런데 내 눈에는 상당히 형식적이고 허술한 과정으로 보였다. 코안경을 걸친 검시관은 작달막하고 까다로운 인물이었다.

나는 신분증을 보인 뒤 아침 식탁에서 마지막으로 엘리를 보았는데 여느 때처럼 말을 타러 나서던 모습이었고 나중에 음식점에서 만나기로 했다는 설명을 늘어놓아야만 했다. 평소와 똑같았고 아픈 데도 전혀 없었다고.

쇼 박사의 증언은 차분하고 포괄적이었다. 심한 외상은 없다. 낙마로 인해 쇄골이 삐끗하고 타박상이 생기기는 했지만 아주 심각한 것은 아니고 사망 시점에 생긴 상처이다. 말에서 떨어진 뒤 전혀 움직이지 않은 것으로 보인다. 즉사나 다름없다. 사망의 원인이 됐을 만한 내상도 없기 때문에 충격으로 인한 심장마비사로 볼 수밖에 없다……. 쇼 박사가 말한 의학 용어를 종합해 보건대 엘리는 호흡곤란으로 죽었다는 것 같았다. 일종의 질식사였다고. 그녀의 기관에는 아무 문제 없었고 위에 남은 음식물도 정상이라고 했다.

역시 증인으로 나선 그레타는 예전보다 훨씬 강한 어조로 엘리가 3, 4년 전에 심장병을 앓은 적이 있다고 말했다. 정확한 병명은 모르겠지만 엘리는 심장이 약하니까 과격한 운동은 삼가야 된다고 엘리의 친척들이 하는 말을 종종 들었다고 했다. 하지만 그 이상은 모르겠다고 했다.

잠시 후 사고 당시 근처에 있었거나 엘리를 목격한 사람들이 등장했다. 첫 번째 증인은 이탄을 캐던 노인이었다. 그는 50미터 정도의 거리에서 어떤 숙녀가 지나가는 것을 보았고, 한 번도 이야기를 나눈 적은 없지만 누구인지는 알고 있었다고 했다. 새 집으로 이사 온 부인이었다고.

"부인을 두 눈으로 똑똑히 보셨습니까?"

"아니. 그렇지는 않아요. 하지만 부인의 말이 분명했어요. 발굽 위가 하얗고 원래는 셔틀그룸의 캐리 씨가 타던 녀석이었으니까. 내가 듣기로는 얌전하고 순해서 부인들이 타기에 안성맞춤이라고 하던데."

"녀석이 말썽을 부렸습니까? 흥분을 하거나 그랬습니까?"

"아니야. 아주 얌전했지요. 그날 아침은 날씨도 좋고 했으니까."

그의 말로는 지나간 사람이 많지 않았고 누구인지 잘 보지도 못했다고 했다. 황무지를 가로지르는 그 길은 한 농장으로 갈 때 지름길로나 쓰일까, 사람들이 자주 다니는 길이 아니다. 1.5킬로미터쯤 멀리 또 다른 길이 있는데, 그날 아침에 그 길로 지나간 사람이 한둘 있었지만 누구인지 보지 못했다. 한 명은 자전거를 타고 지나갔고 또 한 명은 걸어서 지나갔지만 워낙 멀어서 누구인지 알 수도 없었고 별로 신경도 쓰지 않았다. 그리고 말 탄 숙녀가 지나가기 전에 리 부인이나 아니면 그 비슷한 사람을 보았다. 그를 향해 걸어오다가 방향을 돌려서 숲속으로 걸어가더라. 워낙 황무지와 숲을 들락날락하는 할멈이라…….

검시관은 리 부인을 소환했는데 왜 보이지 않느냐고 물었다. 누군가가 리 부인은 며칠 전 마을을 떠났다고 대답했다. 언제인지는 정확히 모르겠지만 어디로 가는지 주소도 남기지 않았다고 했다. 리 부인은 원래 그런 성격이었다. 아무 말도 없이 사라졌다 나타나기가 다반사였다. 마을 사람 한두 명은 리 부인이 사고가 나기 전에 마을을 떠났다고 했다. 검시관이 다시 노인에게 물었다.

"하지만 리 부인을 보신 것 같단 말씀이시죠?"

"확실하지는 않아요. 장담할 수는 없다고. 키가 큰 여자가 걸어오는데 리 부인처럼 진홍색 망토를 걸치고 있더라고요. 하지만 자세히 보지는 않았지요. 일이 워낙 바빴거든. 리 부인일 수도 있고 다른 사람일 수도 있고. 누가 알겠소?"

나머지 부분은 우리에게 했던 말과 비슷했다. 근처에서 부인이 말을 타는 것을 보았는데, 예전부터 종종 봤던 광경이라 신경을 쓰지 않았다. 그런데 나중에 보니까 말 혼자서 달리고 있더라. 뭔가에 깜짝 놀란 것처럼.

"아무튼 그렇게 보이더란 말입니다."

그때가 몇 시쯤인지는 잘 모르겠다. 11시인가, 그보다 더 전인 것 같다. 한참 뒤에 저 멀리서 말을 다시 봤는데, 숲 쪽으로 다시 돌아가는 것 같았다.

잠시 후 검시관은 나를 불러 리 부인에 대해서 몇 가지 질문을 던졌다. 바인 오두막집에 사는 에스더 리 부인에 대해서 말이다.

"선생 부부는 리 부인의 얼굴을 알고 있었습니까?"

"예, 정확히 알고 있었습니다."

"부인과 이야기를 나눈 적도 있습니까?"

"예, 몇 번인가 이야기를 나눈 적 있습니다. 그것보다는 부인이 일방적으로 저희한테 말을 하는 편이었습니다."

"선생이나 선생 부인을 협박한 적이 있습니까?"

나는 1, 2초 정도 머뭇거리다 천천히 입을 열었다.

“그랬다고 볼 수도 있습니다. 하지만 저는…….”

“저는 뭡니까?”

“저는 부인의 협박을 심각하게 생각하지 않았습니다.”

“리 부인이 선생 부인한테 앙심이 있다거나 그런 눈치였습니까?”

“집사람이 한 번 그런 말을 한 적이 있습니다. 자기한테 앙심을 품고 있는 것 같은데 이유를 모르겠다고 말입니다.”

“선생이나 선생 부인이 리 부인에게 집에서 나가라고 하거나 협박하거나 괄시한 적이 있습니까?”

“저희는 일방적으로 당했을 뿐, 그런 적 없습니다.”

“리 부인의 정신이 이상한 것 같다는 느낌을 받은 적 있습니까?”

나는 곰곰이 생각해보았다.

“예, 있습니다. 부인은 저희 땅을 자기 것이나 자기 부족의 것으로 생각했습니다. 강박관념 비슷한 것을 가지고 있었죠. 그리고…… 날이 갈수록 집착이 점점 심해지는 것 같았습니다.”

“그렇군요. 리 부인이 선생의 부인에게 폭력을 행사하거나 그런 적은 없습니까?”

“없었습니다.”

나는 천천히 대답했다.

“그런 적은 없었습니다. 그저…… 집시의 경고 비슷한 것만 늘어놓았습니다. ‘여기서 계속 살면 불행한 일이 생길 거야.’ ‘여길 떠나지 않으면 저주가 내릴 거야.’”

"죽는다는 말도 한 적 있습니까?"

"예, 그런 적도 있었던 것 같습니다. 하지만 저희는 심각하게 받아들이지 않았습니다. 적어도……."

나는 표현을 바꾸었다.

"제 경우에는 말입니다."

"그런데 부인은 심각하게 받아들이는 것 같던가요?"

"가끔은 그랬던 것 같습니다. 할머니가 워낙 사람을 놀라게 하는 구석이 있어서요. 하지만 리 부인이 자신의 말이나 행동에 책임을 져야 한다고 생각하지는 않습니다."

검시관이 2주 휴회를 선언했고 배심은 끝이 났다. 모든 정황이 우발적인 요인에 의한 사망 쪽으로 흘러갔지만 사건의 원인을 밝힐 만한 증거가 부족했다. 검시관은 에스더 리 부인의 증언을 들을 수 있을 때까지 배심을 연기하겠다고 했다.

제20장

나는 배심이 열린 다음 날 필포트 소령을 찾아가서 단도직입적으로 물었다. 이탄을 캐던 노인이 그날 아침 숲 쪽으로 걸어가는 에스더 리 부인 비슷한 사람을 보았다는 것에 대해서 어떻게 생각하느냐고 말이다.

"소령님은 부인을 잘 알지 않습니까. 부인이 앙심을 품고 사고를 유도했다고 생각하십니까?"

"그럴 리는 없다고 보네, 마이크. 그런 짓을 하려면 강한 동기가 있어야 하지 않겠는가? 자네 때문에 피해를 입어서 원한이 생겼다든지 그런 식으로 말일세. 게다가 엘리도 리 부인한테 잘못한 게 없지 않은가."

"얼토당토않은 이야기라는 건 압니다. 하지만 리 부인이 왜 그렇게 묘한 분위기로 나타나서 엘리를 협박하고 당장 떠나라고 했을까요? 앙심을 품은 것처럼 보이기는 했지만 어쩌다 앙심을 품은 걸까요? 리 부인은 예전에 엘리를 만난 적이 없습니다. 부인의 입장에서 보자면 엘리는 생판 모르는 미국 사람에 불과했죠. 두 사람은 아무런 관계가 없단 말입니다."

"나도 아네, 나도 알아. 그런데 마이크, 나는 이 사건에 우리는 모르는 뭔가가 숨겨져 있다는 기분을 지울 수가 없네. 자네 부인은 결혼 전에 몇 번이나 영국을 다녀갔을까? 이 마을에 잠시라도 산 적은 없을까?"

"그런 적은 없습니다. 확실합니다. 정말 어려운 문제로군요. 저는 엘리에 대해서 아는 게 전혀 없습니다. 어떤 사람들과 친분이 있고 어떤 곳을 여행했는지 모른단 말씀입니다. 우린 그냥…… 만났으니까요."

나는 눈물을 참으며 소령을 쳐다보았다.

"우리가 어떻게 만났는지 모르시겠죠? 앞으로 100년 동안 고민해도 우리가 어떻게 만났는지 상상도 못하실 겁니다."

갑자기 나도 모르게 웃음이 터져 나왔다. 잠시 후 나는 정신을 차렸다. 히스테리 직전이라는 게 느껴졌다.

소령은 너그러운 표정으로 내가 정신을 차릴 때까지 참을성 있게 기다려 주었다. 고마운 사람이었다. 틀림없었다.

"우린 여기, 집시의 땅에서 만났습니다. 저는 타워스의 경매 공고를 보고 길을 따라서 언덕을 향해 걸었죠. 어떤 곳인지 궁금했거든요. 그리고 거기서 엘리를 처음 만났습니다. 나무 밑에 서 있는 엘리를. 엘리는 저를 보고 깜짝 놀랐습니다. 아니, 어쩌면 제가 엘리를 보고 깜짝 놀랐을지도 모릅니다. 아무튼 우리의 만남은 그렇게 시작됐습니다. 그렇게 해서 우린 이 저주받은 몹쓸 불행의 땅에 살게 된 겁니다."

"전부터 그 집을 불길하다고 생각했나?"

"아니요. 예. 아니, 모르겠습니다. 전 인정하기 싫었습니다. 절대 인정하기 싫었습니다. 하지만 엘리는 그렇게 생각했던 것 같습니다. 그래서 줄곧 무서워했던 것 같습니다."

잠시 후 나는 천천히 다시 입을 열었다.

"엘리를 겁주려던 사람이 있었던 것 같습니다."

소령은 다소 날카로운 목소리로 물었다.

"그게 무슨 소리야? 누가 엘리를 겁주려고 했다는 건가?"

"집시 할머니겠죠. 하지만 석연치 않은 구석이 있습니다……. 리 부인은 엘리를 기다리고 있다가 이 집에 살면 불행해질 거라고 말했습니다. 이 집을 당장 떠나야 한다고 했습니다."

"이런!"

소령은 화가 난다는 듯이 외쳤다.

"자네한테 좀 더 자세히 들었으면 좋았을 걸 그랬군. 그랬더라면 에스더한테 내가 이야기했을 텐데. 그런 짓을 해서는 안 된다고 말일세."

"왜 그랬을까요? 무엇 때문에 그랬을까요?"

"많은 사람들이 그런 것처럼 에스더도 이목을 끌고 싶었던 게지.

에스더는 사람들에게 경고하거나 점을 쳐 주고 행복한 앞날을 예언하는 게 취미라네. 미래를 볼 줄 아는 사람인 척하고 싶으니까."

"어쩌면……."

나는 천천히 운을 뗐었다.

"누군가 부인에게 돈을 주었을지도 모릅니다. 듣자하니 돈을 밝힌다고 하더군요."

"맞아, 돈을 아주 좋아하는 사람이지. 부인을 매수한 사람이 있다, 이 말인가?"

"킨 경사가 한 말입니다. 저라면 죽어도 그런 생각은 못했을 겁니다."

"그렇군."

잠시 후 소령은 의심스럽다는 듯이 고개를 저었다.

"하지만 에스더가 과연 사고가 날 정도로 엘리를 위협했을까?"

"심각한 사고를 계획하지는 않았을 겁니다. 그저 말을 놀라게 할 생각 아니었을까요? 폭죽을 터뜨린다거나 흰 종이를 펄럭인다거나 하는 식으로 말입니다. 가끔은 부인이 엘리에게 아주 개인적인 원한을 갖고 있다는 느낌을 받을 때가 있었습니다. 저는 알지 못하는 이유로 앙심을 품고 있다고 말입니다."

"그건 너무 지나친 억측일세."

"이곳이 예전에는 리 부인의 땅이었습니까?"

"아닐세. 집시들이 이곳에서 살다 쫓겨난 적은 여러 번 있었지. 집시들이야 원래 쫓겨나는 게 일이니까. 하지만 그런 일로 평생 앙심을 품을 것 같지는 않은데?"

"맞습니다. 그건 너무 지나친 억측입니다. 하지만 우리가 모르는 이유가 있을 수도 있지 않습니까?"

"우리가 모르는 이유라니? 어떤 이유 말인가?"

나는 1, 2초 동안 곰곰이 생각했다.

"너무 황당한 이야기로 들릴지도 모르겠습니다. 하지만 킨 경사의 말처럼 부인이 돈을 받고 그런 짓을 했다고 생각해 보십시오. 부인을 사주한 사람의 목적은 무엇이었을까요? 우리 부부를 이 집에서 몰아내려는 게 아니었을까요? 그들은 제가 아니라 엘리를 집중 공격했습니다. 저는 엘리처럼 겁을 먹지 않을 테니까요. 그들은 엘리를 협박해서 결국에는 우리 두 사람 모두 이 집에서 몰아내려고 했습니다. 그렇다면 이 땅이 다시 매물로 나오길 바라는 이유가 있다는 뜻이 됩니다. 무슨 이유에서인지는 몰라도 우리 땅을 갖고 싶어 하는 사람이 있다는 거죠."

"그럴듯한 추측이로군. 하지만 자네들 땅을 노리는 이유가 대체 뭐겠나?"

"아무도 모르는 광물이 묻혀 있는 건 아닐까요?"

"흠, 설마."

"아니면 보물이 묻혀 있는 건 아닐까요? 황당한 소리라는 건 압니다. 하지만 거물급 은행에서 턴 금고가 묻혀 있는 건 아닐까요?"

필포트는 여전히 고개를 저었지만 한풀 기세가 꺾인 모습이었다.

"아니면 한 걸음 뒤로 물러나서 리 부인을 매수한 배후 인물을 생각해 보는 수밖에 없습니다. 그자가 숨겨진 엘리의 적일지도 모르니까요."

"하지만 그럴 만한 인물이 생각나지 않는단 말이지?"

"예, 엘리는 이 마을에 아는 사람이 없었습니다. 그건 분명합니다. 엘리는 이 마을하고 아무 연고가 없었습니다."

나는 자리에서 일어섰다.

"제 이야기를 들어주셔서 고맙습니다."

"이 정도밖에 도움을 못 주는 게 미안하구먼."

나는 주머니 속에 들어 있는 물건을 만지작거리며 밖으로 나갔다. 그러다 결단을 내리고 발걸음을 돌려 방 안으로 다시 들어갔다.

"보여 드릴 게 있습니다. 사실은 킨 경사에게 가지고 가서 어떻게 생각하는지 물어보려던 참이었습니다.

나는 주머니 속에서 꾸깃꾸깃한 종이로 감싼 돌멩이를 꺼냈다. 종이 위에는 글자가 타자기로 찍혀 있었다.

"오늘 아침에 창문 너머로 날아온 겁니다. 계단을 내려오는데 쨍그랑 하는 소리가 들리더군요. 우리가 도착한 첫날에도 창 밖에서 돌멩이가 날아온 적이 있습니다. 같은 사람의 소행인지 어떤지는 모르겠어요."

나는 종이를 벗겨서 소령에게 건넸다. 지저분하고 조잡한 종이였다. 위에는 희미한 잉크로 글자가 찍혀 있었다. 필포트는 안경을 쓰고 종이 위로 고개를 내밀었다. 내용은 짧았다.

부인을 죽인 사람은 여자다.

필포트의 눈썹이 치켜 올라갔다.

"희한하군. 첫날 받은 쪽지도 타자기로 찍혀 있던가?"

"모르겠습니다. 집을 떠나라는 경고였는데, 정확한 문구도 생각 안 납니다. 아무튼 그날 일은 불량배의 소행으로 보이지만 이번에는 다른 것 같습니다."

"내막을 조금이라도 아는 사람이 던진 쪽지라고 생각한다는 말인가?"

"어쩌면 익명의 투서를 즐기는 부류의 어이없고 잔인한 장난일지도 모르죠. 시골에는 그런 사람들이 많으니까요."

그는 쪽지를 돌려주었다.

"자네 생각대로 킨 경사한테 가서 보이는 편이 좋겠네. 익명 투서라면 나보다는 경사가 더 잘 알 테니까."

경찰서로 찾아갔더니 킨 경사는 상당한 관심을 보였다.

"그것 참 괴상한 일이로군요."

"무슨 뜻일까요?"

"잘 모르겠습니다. 특정인을 모함하려는 수작에 불과할 수도 있습니다."

"리 부인을 모함하려는 수작이란 말씀입니까?"

"그런 건 아닙니다. 무슨 말씀인가 하면…… 어떤 사람이 무언가를 보거나 들었는데, 그러니까 시끄러운 소리나 고함을 듣거나 말이 홱 그 사람 옆을 지나갔는데, 그러자마자 어떤 여자를 본 게 아닐까 싶습니다. 하지만 리 부인이 아니라 다른 여자를 가리키는 것 같습니다. 리 부인과 이 사건의 연관성은 모두들 아는 사실이니까요. 그러니까 전혀 다른 여자를 가리키는 게 아닐까 싶습니다."

"리 부인 쪽은 어떻습니까? 소식을 들으셨습니까? 찾으셨나요?"

그는 천천히 고개를 저었다.

"마을에서 자취를 감추었을 때 가는 곳을 몇 군데 알고는 있습니다. 동(東)앵글리아 쪽이죠. 그곳에 사는 집시 일당 중에 부인의 친구들이 있습니다. 그런데 친구들 말로는 오지 않았다는군요. 뭐, 집시들이야 늘 그런 식입니다. 입에 자물쇠를 채우고 다니죠. 하지만 리 부인은 인근에 얼굴이 널리 알려진 편인데, 본 사람이 아무도 없답니다. 아무튼 동앵글리아까지 가지는 않았을 겁니다."

그의 말투는 조금 이상한 구석이 있었다.

"무슨 말씀인가요?"

"생각해 보십시오. 리 부인은 겁이 났습니다. 그럴 만도 하죠. 선생 부인을 협박하고 위협하고 사고까지 일으켰는데, 부인이 죽었으니까요. 당연히 경찰이 뒤를 쫓지 않겠습니까? 리 부인도 그걸 알고 땅속으로 숨겠죠. 가능한 한 먼 곳으로 도망치겠죠. 하지만 모습을 드러낼 수는 없으니까 대중 교통을 이용할 수는 없을 것 아닙니까?"

"하지만 찾을 수는 있겠죠? 외모가 워낙 평범하지 않으니까요."

"아, 물론입니다. 결국에는 찾을 겁니다. 하지만 시간이 좀 걸릴 겁니다. 만약 그런 경우라면 말이죠."

"하지만 그렇지 않을 수도 있다는 말씀인가요?"

"제가 전부터 어떤 경우의 수를 생각했는지 아시지 않습니까? 부인한테 그런 악담을 퍼붓도록 사주한 사람이 있을지도 모르죠."

"그렇다면 더더군다나 불안해서 도망치고 싶었을 것 아닙니까?"

"하지만 사주한 사람도 불안하기는 마찬가지일 겁니다. 그 부분을 생각하셔야 합니다, 로저스 씨."

"그러니까……."

나는 천천히 입을 열었다.

"리 부인을 사주한 사람 말씀이로군요."

"그렇습니다."

"만약 사주한 사람이 여자였다면……."

"그리고 누군가 그 사실을 알고 익명의 편지를 보내기 시작했다고 생각해 보십시오. 그렇다면 그 여자도 두려움에 떨고 있지 않을까요? 이런 일까지 벌일 생각은 아니었을 겁니다. 집시 할머니를 동원해서 선생의 부인을 협박해 몰아내는 정도라면 몰라도 죽음으로 몰고 갈 생각은 아니었을 겁니다."

"예, 목숨을 노리지는 않았을 겁니다. 우리를, 엘리와 저를 협박해서 이곳을 뜨게 만들 생각이었겠죠."

"그렇다면 지금 놀란 사람이 누구겠습니까? 사고를 일으킨 사람, 즉 에스더 리 부인이겠죠. 그럼 부인으로서는 솔직히 털어놓는 게 낫지 않겠습니까? 자신이 꾸민 짓이 아니라고, 돈을 받았다고 말입니다. 그리고 사주한 사람이 누구인지 밝히겠죠. 자, 그러면 입장이 난처해지는 사람이 생기지 않을까요, 로저스 씨?"

"실존 인물인지 아닌지는 모르지만 우리가 지금까지 이야기한 가상의 그 여자 말씀인가요?"

"남자인지 여자인지는 알 수 없습니다. 부인을 매수한 사람이라고만 해 두죠. 아무튼 그 사람은 한시라도 빨리 부인의 입을 막고 싶었을 거란 말입니다."

"그럼 리 부인이 죽었을지도 모른다는 겁니까?"

"그럴 수도 있지 않겠습니까?"

그는 이 말을 끝으로 갑작스럽게 화제를 바꾸었다.

"숲 꼭대기에 있는 폴리 비슷한 건물을 아십니까, 로저스 씨?"

"예, 집사람과 함께 약간 고치고 손을 본 곳입니다. 이따금 놀러 가기는 했지만 자주 가지는 않았습니다. 최근에는 찾은 적이 없는데……. 왜 그러십니까?"

"주변 수색을 하다 그 건물까지 들여다보게 됐습니다. 문이 잠겨 있지 않더군요."

"예, 굳이 잠글 필요가 없었죠. 짝이 안 맞는 가구 몇 점이나 있을까, 값나가는 물건은 없었으니까요."

"리 부인이 그 건물을 드나들지 않았을까 생각했습니다만 흔적이 없더군요. 하지만 이 물건을 발견했습니다. 안 그래도 보여 드리려던 참이었죠."

그는 서랍을 열고 금색 무늬가 새겨진 소형 라이터를 꺼냈다. 여성용 라이터였고 다이아몬드로 C라는 머리글자가 박혀 있었다.

"선생의 부인 것은 아니겠죠?"

"C라는 머리글자로 볼 때 아닙니다. 예, 엘리의 물건이 아닙니다. 엘리는 그런 라이터를 쓴 적이 없습니다. 안데르센 양의 물건도 아닙니다. 안데르센 양의 이름은 그레타이니까요."

"누군가 떨어뜨린 모양입니다. 고급이라 값이 꽤 나갈 텐데요."

"C……."

나는 머리글자를 중얼거렸다.

"우리 주변에서 머리글자가 C인 사람은 코라밖에 없는 것 같은데요. 엘리의 새어머니 스토이베산트 부인 말입니다. 하지만 잡초가 무성한 길을 헤치고 폴리까지 걸어갈 만한 사람이 아닙니다. 게다가 우리 집에서 머문 기간도 길지 않았어요. 한 달 남짓이었으니까. 이런 라이터를 쓴 것 같지도 않은데……. 뭐, 썼다 하더라도 저는 관심이 없어서 몰랐을 겁니다. 안데르센 양이라면 알지도 모르겠군요."

"그럼 들고 가셔서 안데르센 양한테 보여 주십시오."

"알겠습니다. 그런데 이게 코라의 라이터라면 우리가 폴리를 들락거리면서 보았을 텐데 희한한 일이로군요. 안에 가구도 몇 개 없으니까요. 바닥에 이런 게 떨어져 있으면 당연히 눈에 띄지 않았을까요? 참! 바닥에 떨어져 있었습니까?"

"예, 소파 옆에 떨어져 있었습니다. 폴리로 말할 것 같으면 누구든지 드나들 수 있었을 겁니다. 연인들이 약속 장소로 잡기에는 그보다 편한 곳이 없었겠죠. 하지만 이 마을에서 이런 물건을 가지고 다닐 만한 사람은 없는데……."

"클로디아 하드캐슬이 있기는 하지만 이렇게 화려한 물건을 좋아할 타입이 아니죠. 게다가 뭐 하러 폴리에 갔겠습니까?"

"하드캐슬 양은 선생의 부인과 가깝게 지냈죠?"

"예, 이 마을에서 제일 친한 친구였습니다."

"아하."

나는 경사를 노려보았다.

"설마 클로디아 하드캐슬을 의심하시는 건 아니겠죠? 그건 말도 안 되는 생각입니다."

"그럴 이유가 없기는 합니다만 여자들 속은 알 수 없는 법이죠."

"혹시……."

나는 이야기를 꺼내려다 말았다. 터무니없는 추측일지도 모른다는 생각이 들었기 때문이다.

"말씀하십시오, 로저스 씨."

"클로디아 하드캐슬이 예전에 미국인과 결혼한 적이 있는데, 성이 로이드였다고 들었습니다. 그런데 미국에서 집사람의 재산을 관리해 주는 신탁 담당자 이름이 스탠퍼드 로이드입니다. 하지만 로이드라는 성을 쓰는 사람은 많을 테고 동일 인물이라 하더라도 우연의 일치겠죠. 게다가 이번 사건하고 무슨 관계가 있겠습니까?"

"그렇기는 합니다만……."

그는 말을 흐렸다.

"그런데 희한한 게 그날, 그러니까 사고가 있었던 날 스탠퍼드 로이드가 바팅턴의 조지네 음식점에서 점심 식사를 하고 있더란 말씀이죠…….”

“그쪽은 선생님을 보지 못했습니까?”

나는 고개를 끄덕였다.

“하드캐슬 양 비슷한 사람과 함께 있더군요. 하지만 제가 잘못 보았을 겁니다. 그나저나 우리 집을 만들어 준 건축가가 하드캐슬 양의 오빠라는 거 아십니까?”

“하드캐슬 양이 선생의 집에 관심을 보이던가요?”

“아니요. 오빠의 건축 스타일을 좋아하지 않는 것 같았습니다.”

나는 이 말을 끝으로 자리에서 일어섰다.

“괜히 경사님의 시간만 뺏었군요. 집시 할머니나 찾아 주십시오.”

나는 작별 인사를 하고 경찰서를 나섰다. 그런데 호랑이도 제말하면 온다더니 우체국 앞을 지나가는 순간, 클로디아 하드캐슬이 걸어 나오는 게 아닌가! 우리는 누가 먼저랄 것도 없이 발걸음을 멈추었다. 그녀는 얼마 전에 사별한 사람을 만났을 때 으레 짓는 어색한 표정을 보이며 이야기를 꺼냈다.

“엘리 일…… 정말 충격이었어요. 그 이상은 아무 말 않을게요. 위로의 말 자체가 잔인한 거니까. 하지만…… 하지만 그 말은 꼭 하고 싶었어요.”

“압니다. 당신은 엘리한테 참 잘해 주셨죠. 덕분에 엘리가 여기서 마음 편하게 지낼 수 있었고요. 고마웠습니다.”

“부탁드릴 게 한 가지 있었는데 미국으로 떠나시기 전에 지금 말씀드릴게요. 조만간 미국에 다녀오신다면서요?”

"가능한 한 빨리 다녀올 생각입니다. 그쪽에서 처리할 일들이 많아서요."

"어쩌면 가시기 전에 집을 처분하실지도 모른다는 생각이 들어서요……. 만약 집을 내놓으신다면…… 그럼 저한테 우선권을 주시겠어요?"

나는 그녀를 물끄러미 쳐다보았다. 뜻밖의 부탁이었다. 상상하지도 못했던 부탁이었다.

"그 집을 사고 싶단 말씀인가요? 그런 스타일의 저택은 관심 없으신 줄 알았더니."

"루돌프 오빠 말이 자기가 만든 중에 최고의 걸작이라고 해서요. 그 말이 맞겠죠? 상당한 금액에 내놓으시겠지만 저도 그만한 여유는 되거든요. 그 집은 제가 사고 싶어요."

이상하다는 생각이 들었다. 클로디아는 우리 집으로 놀러왔을 때 조금도 관심을 보인 적이 없었다. 예전에도 한두 번 의심했던 부분이지만 이복 오빠 산토닉스와 클로디아는 과연 어떤 관계일까? 클로디아는 진심으로 이복 오빠를 존경하는 걸까? 가끔 그녀는 산토닉스를 싫어하거나 심지어는 증오한다는 인상을 풍길 때도 있었다. 오빠 이야기를 할 때의 분위기가 상당히 묘했다. 어떤 심정인지는 몰라도 산토닉스가 그녀에게 뭔가 의미가 있고 중요한 인물인 모양이었다. 하지만 나는 천천히 고개를 저었다.

"제가 집을 팔고 이사를 갈 거라고 생각하신 모양이로군요? 하지만 그렇지가 않아요. 우리는 그 집에서 행복하게 살았습니다. 엘리의 추억이 가장 많이 깃든 곳이죠. 집시의 땅은 팔지 않을 겁니다. 무슨 일이 있어도 팔지 않을 겁니다. 믿으셔도 좋습니다."

우리는 서로 눈이 마주쳤다. 그리고 눈싸움이 비슷한 게 펼쳐졌다. 잠시 후 그녀가 시선을 떨구었다.

나는 용기를 내어 물어보았다.

"제가 상관할 일은 아닙니다만 예전에 결혼하신 적이 있다고 들었습니다. 혹시 남편 이름이 스탠퍼드 로이드였나요?"

그녀는 아무 말 없이 나를 쳐다보더니 불쑥 대답했다.

"맞아요."

그러고는 발걸음을 옮겼다.

제21장

혼란. 돌이켜보면 생각나는 단어가 이것뿐이다. 질문을 퍼붓는 신문기자들…… 쏟아지는 인터뷰 요청…… 편지와 전보 뭉치…… 이 모든 일들을 처리한 그레타…….

엘리의 가족들이 예상과는 달리 미국에 있지 않다는 게 첫 번째 충격이었다. 이들이 대부분 영국에 있다는 소식을 듣고 얼마나 충격을 받았던지! 코라 반 스토이베산트의 경우에는 있을 법한 일이었다. 워낙 가만히 있지 못하는 성격이라 이탈리아로, 파리로, 런던으로, 유럽을 들쑤시다 다시 미국으로 돌아가면 팜 비치로, 서부의 목장으로, 여기저기, 온 지방을 휘젓고 다니는 여자니까. 그녀는 엘리가 죽던 날에도 24킬로미터 떨어진 곳에서 영국에 집을 장만하겠다는 변덕스런 계획을 추진하고 있었다. 2, 3일 일정으로 런던에 건너와서 새로운 부동산 중개업자들을 만나고 시골을 돌며 그날 하루만 예닐곱 군데의 집을 구경했다는 것이다.

알고 보았더니 스탠퍼드 로이드도 회의 때문에 같은 비행기를 타고 런던으로 건너온 상황이었다. 이들은 미국으로 보낸 전보가 아니라 언론을 통해서 엘리의 사망 소식을 접했다.

엘리의 장지를 놓고 추악한 줄다리기가 펼쳐졌다. 내 입장에서 보자면 엘리는 숨을 거둔 이곳, 나와 함께 살던 이곳에 묻히는 것이 당연했다.

하지만 엘리의 가족들이 격렬하게 반대를 하고 나섰다. 시신을 미국으로 옮겨서 조상들이 묻힌 곳, 할아버지와 아버지와 어머니가 잠든 곳에 묻어야 된다고 했다. 생각해 보니 그래야 될 것 같기도 했다.

앤드류 리핀코트가 이 문제를 의논하기 위해서 나를 찾아왔다. 그는 조리 있게 이야기를 풀어 나갔다.

"엘리는 어디에 묻히길 바라는지 이야기를 한 적이 없지."

"당연한 거 아닙니까?"

나는 발끈했다.

"엘리의 나이를 생각해 보십시오. 스물한 살이었습니다, 스물한 살. 스물한 살에 죽을 때를 생각하는 사람이 어디 있습니까? 스물한 살에 장지를 정해 놓는 사람이 어디 있습니까? 만약 우리가 그런 이야기를 꺼냈더라면 같은 날 눈을 감지는 못하더라도 같은 곳에 묻히자고 약속했을 겁니다. 하지만 한창나이에 죽을 때를 생각하는 사람이 어디 있습니까?"

"맞는 말일세."

리핀코트 씨는 잠시 후 다시 입을 열었다.

"자네도 미국으로 건너가야 할 거야. 사업상 처리해야 할 문제들이 아주 많아."

"무슨 사업 말씀입니까? 제가 사업하고 무슨 상관이란 말입니까?"

"앞으로 많이 신경 써야 될 거야. 자네가 제1상속인이니까."

"제가 제일 가까운 가족이라 그런 겁니까?"

"아니, 유언장에 따라서 그렇게 된 걸세."

"엘리가 유언장을 썼단 말입니까?"

"그렇다네. 나이는 어려도 사무적인 면에서는 철저했거든. 그럴 수밖에 없었지. 늘 그런 분위기 속에서 살았으니까. 엘리는 성인이 되고 결혼을 하자마자 유언장을 만들었다네. 사본 한 장을 나한테 보내고 원본은 런던의 변호사에 맡겼지."

그는 잠시 머뭇거리다 이야기를 계속했다.

"내 충고대로 미국에 다녀올 생각이면 그곳의 유명한 변호사를 선임해서 일 처리를 맡기게."

"왜 그래야 합니까?"

"어마어마한 재산에 수많은 부동산, 주식, 여러 사업체를 관리하려면 전문가의 조언이 필요할 테니까."

"저는 그런 방면이라면 아는 게 아무것도 없습니다. 정말입니다."

"그렇겠지."

"선생님께 모두 맡기면 안 될까요?"

"그래도 좋고."

"그럼 그렇게 하겠습니다."

"그래도 전담 변호사를 두는 게 좋을 걸세. 나는 이미 몇몇 가족을 맡고 있어서 이해관계가 서로 엇갈릴 수 있거든. 나한테 맡기면 아주 유능한 변호사를 선임해서 자네 몫을 보호할 수 있도록 조치를 취하겠네."

"고맙습니다. 덕분에 한시름 놓았습니다."

"내가 실수할 수도 있으니까……."

그는 말을 멈추고 약간 어색한 표정을 지어 보였다. 리핀코트도 실수를 할 때가 있다니 생각만 해도 재미있었다.

"예, 말씀하십시오."

"어떤 서류이건 간에 서명을 할 때는 조심, 또 조심해야 되는 법일세. 서명을 하기 전에 꼼꼼히 읽어 보고."

"제가 꼼꼼히 읽은들 뭐가 뭔지 알겠습니까?"

"이해가 잘 안 된다 싶거든 변호사한테 꼭 물어보게."

"혹시 누굴 조심하라는 뜻으로 하시는 말씀입니까?"

갑자기 호기심이 생겼다.

"내가 대답할 만한 사안이 아닌 것 같군. 한 가지만 일러 주지. 엄청난 돈이 걸려 있을 때는 아무도 믿지 않는 게 좋아."

리핀코트는 조심하라는 경고를 전하되 경계해야 될 인물의 정체를 밝히지는 않을 생각이었다. 분명했다. 코라를 조심하라는 걸까? 아니면 보헤미안 기질이 넘치고 돈 많고 낙천적이며 혈색 좋은 은행가이자 오랜 숙적, 얼마 전 '사업차' 이곳으로 건너온 적 있는 스탠퍼드 로이드를 의심하라는 걸까? 아니면 그럴듯한 서류를 들고 접근할지도 모르는 프랭크 삼촌일까? 문득, 지금 내가 사람들에게 어떤 모습으로 비쳐질지 느낌이 왔다. 겉으로는 다정한 척 미소를 짓고 있지만 속은 시커먼 악어들이 우글대는 호수에서 헤엄치는 순진한 바보…….

"세상은 아주 사악한 곳이지."

어리석은 질문인 줄 알면서도 나는 불쑥 그에게 물었다.

"엘리의 죽음으로 득을 보는 사람이 있습니까?"

리핀코트는 날카로운 눈초리로 나를 쳐다보았다.

"그것 참 희한한 질문이로군. 그런 걸 묻는 이유가 뭔가?"

"모르겠습니다. 그냥 생각이 나서요."

"자네가 득을 보지."

"그야 물론 당연한 거죠. 저 말고 득을 보는 사람이 있느냔 말씀입니다."

리핀코트는 상당히 오랫동안 침묵을 지켰다.

"페넬라가 남긴 유산으로 득을 보는 사람이 있더라도 사소한 수준일세. 노년으로 접어든 하인들, 가정교사, 자선 재단 한두 군데 정도? 하지만 금액이 많지는 않아. 안데르센 양한테 남긴 유산도 있지만 많지는 않지. 자네도 알겠지만 안데르센 양의 몫은 이미 두둑하게 챙겨 줬으니까."

나는 고개를 끄덕였다. 그레타 이야기는 엘리한테 들은 적이 있었다.

"자네는 엘리의 남편일세. 가까운 친척은 자네 혼자야. 하지만 그런 뜻에서 한 질문은 아닌 것 같군."

"무슨 뜻에서 물어본 것인지는 저도 잘 모르겠습니다. 하지만 저한테 의심을 심어 놓는 데에는 성공하셨습니다, 리핀코트 씨. 누굴, 왜 의심해야 하는지는 모르겠지만. 뭐, 그냥 의심일 뿐입니다. 저야 사업에 관한 일이라면 전혀 모르니까요."

"그야 당연한 거고. 분명히 못 박아 두지만 내가 확실히 알거나 심증을 가지고 있는 건 아닐세. 누군가 유명을 달리하면 주변 정리가 뒤따르게 마련이지. 이번 경우에는 짧게 끝날 수도 있고 몇 년이라는 긴 세월이 걸릴 수도 있네."

"그럼 허위 서류를 내놓고 두루뭉술하게 넘어가려는 사람이 있을 수도 있다는 말씀인가요? 정확한 표현은 모르겠습니다만 양도 각서 비슷한 서류에 서명을 하게 만든다든지 하는 식으로 말입니다."

"페넬라의 재산 운용에 의심스러운 구석이 숨어 있다면, 이름을 밝힐 수는 없지만 페넬라의 죽음을 다행으로 여길 사람이 있겠지. 이런 식으로 표현해서 될지 모르겠네만 상대방이 자네처럼 단순한 사람일 경우에는 흔적을 지우기가 훨씬 쉬울 테니까. 이 정도까지만 말해 두겠네. 더 이상은 곤란하군. 도리에 어긋나는 일이기도 하고."

조그만 교회에서 간단한 장례식이 열렸다. 피할 수만 있다면 피하고 싶은 자리였다. 교회 밖에 늘어서서 나를 뚫어져라 쳐다보는 사람들의 시선이 끔찍하게 싫었다. 그 호기심 어린 눈빛들이란…….

이럴 때 힘이 되어 준 사람이 그레타였다. 이제 와서 생각해 보면 정말 든든하고 믿음직한 친구였다. 그녀는 일정을 잡고 조화를 주문하는 등 모든 준비를 도맡아했다. 엘리가 그레타에게 그만큼 의지했던 이유를 이제는 알 것 같다. 이 세상에 그레타 같은 사람은 몇 명 안 될 것이다.

교회를 찾은 조문객은 대부분 마을 사람들이었고, 안면이 거의 없다시피 한 사람도 있었다. 그리고 어디서 본 것 같기는 한데, 생각이 안 나는 사람도 한 명 있었다. 집으로 돌아왔더니 카슨이 말하길, 응접실에서 손님이 기다리고 있다고 했다.

"오늘은 아무도 만나고 싶지 않아요. 돌려보내세요. 왜 손님을 들인 겁니까?"

"죄송합니다. 하지만 친척이라고 하셔서……."

"친척?"

순간, 교회에서 보았던 사람이 머릿속을 스치고 지나갔다.

카슨이 명함을 내밀었다.

낯선 이름이었다. 윌리엄 R. 파도……. 나는 뒷면으로 돌려 보고 고개를 저으며 그레타에게 명함을 건넸다.

"혹시 이 사람이 누군지 알아요? 얼굴은 낯이 익던데 어디서 본 사람인지 생각이 나지 않더군요. 엘리 친구인가?"

그레타는 명함을 처다보더니 말했다.

"물론 알죠."

"누군가요?"

"루벤 삼촌이에요. 아시죠? 엘리 사촌. 엘리한테 들은 적 있죠?"

그제야 그 사람의 얼굴이 왜 그렇게 낯익게 느껴졌는지 알 수 있었다. 엘리는 거실에 여러 친척들 사진을 아무렇게나 늘어놓곤 했다. 그래서 그 사람의 얼굴이 낯익게 느껴졌던 것이다. 사진에서 자주 보았던 사람이니까.

"만나 보도록 하죠."

나는 응접실로 건너갔다. 파도 씨는 나를 보고 자리에서 일어섰다.

"마이클 로저스? 내 이름은 처음 듣겠지만 엘리하고 사촌지간일세. 엘리는 날 루벤 삼촌이라고 불렀지. 자네하고는 초면이로군. 결혼 소식을 듣고 영국을 찾은 게 이번이 처음이라서."

"말씀 많이 들었습니다."

루벤 파도라는 인물은 어떻게 설명하면 좋을까? 그는 우람하고 거대한 체구와 큼지막하고 널찍한 얼굴, 딴생각을 하는 듯 멍해 보이는 표정이 특징이었다. 하지만 이야기를 나누어 보면 겉보기하고는 다른 인물이라는 게 금세 느껴졌다.

"엘리가 죽었다는 소식을 듣고 얼마나 놀라고 가슴이 아팠는지……."

"말씀 안 하셔도 됩니다. 아직은 그런 이야기 듣고 싶지 않습니다."

"그렇겠지. 이해하네."

그는 따뜻한 성격이었지만 왠지 상대방을 불편하게 만드는 구석이 있었다. 나는 그레타가 들어오는 것을 보고 이렇게 물었다.

"안데르센 양은 아십니까?"

"물론일세. 잘 지냈나, 그레타?"

"그럭저럭요. 영국에 계신 지 얼마나 되셨어요?"

"1, 2주 정도? 여기저기 여행하고 있었지."

"생각해 보니까 한 번 뵌 적이 있군요."

나는 불쑥 이야기를 꺼냈다.

"며칠 전에 말입니다."

"그래? 어디서?"

"바팅턴 저택에서 열린 경매에 오지 않으셨습니까?"

"나도 자네 얼굴이 생각나는군. 그래, 그래, 자네 얼굴을 봤던 기억이 나. 갈색 콧수염을 기른 60대 노인장 옆에 앉아 있지 않았나?"

"맞습니다. 필포트 소령님하고 같이 갔죠."

"두 사람 모두 기분이 아주 좋아 보였던 걸로 기억하는데."

"그보다 더 좋을 수는 없었죠. 그보다 더 좋을 수는 없었어요."

나는 묘한 기분을 느끼며 똑같은 말을 반복했다.

"그랬겠지. 사고 소식을 듣기 전이었으니까. 사고가 있던 날 아니었나?"

"점심을 같이 하기로 엘리하고 약속을 한 참이었습니다."

"끔찍한 일이야. 끔찍한 일……."

"영국에 계신 줄은 몰랐습니다. 엘리도 모르고 있었던 것 같은데요?"

나는 말을 멈추고 그의 대답을 기다렸다.

"알리지 않았네. 며칠 정도 있을지 몰랐거든. 그런데 예상외로 일이 일찍 끝났기에 경매를 보고 자네 부부를 만날 생각이었지."

"미국에 계시다 사업차 오신 겁니까?"

"겸사겸사. 코라가 한두 가지 문제로 조언을 듣고 싶다고 하더군. 그 중 하나가 살까 말까 생각하는 집 문제였지."

나는 그때 비로소 코라도 영국에 와 있었다는 사실을 알게 되었다.

"저희는 그것도 몰랐습니다."

"그날 코라도 이 근처에 있었지."

"이 근처라니요? 호텔에 계셨습니까?"

"아니. 친구네 집에."

"영국에 친구가 계신 줄은 몰랐습니다."

"이름이…… 이름이 뭐라고 하더라? 하드…… 뭐였는데. 하드캐슬이던가?"

"클로디아 하드캐슬 말씀입니까?"

뜻밖의 사실이었다.

"맞아. 코라하고 꽤 가까운 사이라더군. 미국에 있을 때부터 친구였다고. 자네도 아는 사람인가?"

"전 모르는 게 너무 많군요. 엘리의 가족에 대해서 모르는 게 너무 많군요."

나는 그레타 쪽으로 시선을 돌렸다.

"당신도 코라하고 클로디아 하드캐슬이 친구라는 걸 알고 있었나요?"

"그런 친구가 있다는 이야기는 못 들었어요. 아무튼 클로디아가 그날 바람맞힌 것도 그 때문이었군요."

"그날 둘이서 같이 런던에 간다고 했잖아요. 마켓 채드웰에서 만나서……."

"그랬죠. 그런데 바람을 맞혔어요. 내가 출발한 다음에 집으로 전화를 했더라고요. 미국에서 갑자기 손님이 찾아와서 외출을 할 수가 없다고."

"미국에서 왔다는 손님이 엘리의 새어머니였을까요?"

"그랬겠지."

루벤 파도는 이렇게 말하고 고개를 저었다.

"정말 뭐가 뭔지 모르겠군."

그는 잠시 후 다시 입을 열었다.

"검시 배심이 연기됐다더군."

"그렇습니다."

그는 찻잔을 깨끗이 비우고 자리에서 일어섰다.

"계속 있으면 자네 걱정거리만 늘리는 꼴이 될 것 같군. 도움이 필요하거든 언제라도 마켓 채드웰의 머제스틱 호텔로 연락 주게나."

나는 도움이 필요한 일은 없겠지만 아무튼 고맙다고 대답했다. 루벤 파도가 사라진 뒤 그레타가 중얼거렸다.

"도대체 무슨 꿍꿍이속인지 모르겠네. 뭐 하러 여기까지 찾아온 거지?"

그러고는 날카롭게 쏘아붙였다.

"다들 원래 있던 곳으로 돌아가 줬으면 좋겠어!"

제22장

집시의 땅에서는 더는 이상 할 일이 없었다. 나는 그레타에게 집을 맡긴 뒤 배를 타고 뉴욕으로 떠났다. 그쪽 일들을 처리하고 생각만 해도 끔찍한 초호화 장례식에 참석하기 위해서였다.

"당신은 이제 정글 속으로 들어가는 거예요."

그레타의 경고였다.

"정신 바짝 차려요. 그 사람들이 산 채로 당신 가죽을 벗기지 못하게."

그레타의 말은 맞았다. 그곳은 정글이었다. 발을 들여놓는 순간 느껴졌다. 나는 정글에 대해서 아는 게 없었다. 그런 종류의 정글에 대해서는. 숨이 가빴다. 나는 사냥을 하는 게 아니라 사냥을 당하는 입장이었다. 사방이 온통 덤불이었고 그 속에 숨어 있는 사람들은 나를 향해 총부리를 겨누었다. 가끔은 모두 상상일 뿐이라는 생각이 들었다. 또 가끔은 의심했던 대로라는 생각이 들었다. 리핀코트 씨가 소개한 변호사를 만나러 갔을 때가 생각이 난다.(상당히 세련된 분위기를 풍겼고 나를 대하는 태도가 일반 개업의 비슷했다.) 그때 나는 권리증이 불분명한 광산 몇 개를 처분하는 편이 좋겠다는 이야기를 들은 참이었다.

변호사에게 그 이야기를 꺼냈더니 누구한테 들은 충고냐고 물었다. 나는 스탠퍼드 로이드라고 대답했다.

"그럼 자세히 알아봐야겠군요. 로이드 씨 같은 분이 모르고 하신 말씀은 아닐 테니까."

얼마 후 그의 답변을 들었다.

"권리증에는 아무 문제 없습니다. 로이드 씨 말씀처럼 지금 서둘러서 땅을 팔 이유도 없고요. 가지고 계십시오."

내 직감이 맞았다는 기분이 들었다. 모두가 나를 향해 총부리를 겨누고 있었다. 모두들 내가 사업에 관한 한 까막눈인 줄 알고 있는 것이었다.

장례식은 성대했고 한편으로는 아주 끔찍했다. 앞에서 한마디로 요약했던 것처럼 초호화 장례식이었다. 묘지에는 꽃다발이 넘쳐났다. 묘지 자체가 국립공원 비슷했고 돈 많은 사람들의 애도가 으리으리한 대리석으로 표현되었다. 엘리는 이런 묘지를 분명 싫어했을 것이다. 하지만 묘지 선택은 엘리 가족의 권리였다.

뉴욕에 도착하고 나흘이 지났을 무렵, 킹스턴 비숍에서 새로운 소식이 날아들었다.

폐쇄된 언덕 저편의 채석장에서 리 부인의 시신이 발견되었는데, 사망한 지 꽤 지난 것으로 보인다는 소식이었다. 그 채석장은 예전에도 사고가 난 적이 있어서 울타리로 막아야 한다는 이야기가 나왔지만 아무런 조치도 취해지지 않은 채 방치되었다. 리 부인의 죽음은 사고사로 결론이 내려졌고 울타리를 만들어야 된다는 의견이 의회에 전달됐다. 그리고 부인의 오두막집 마룻바닥 밑에서 1파운드짜리 지폐 300장이 나왔다.

필포트 소령은 추신에서 이렇게 덧붙였다.

"슬픈 소식이지만 클로디아 하드캐슬이 어제 사냥을 나갔다가 낙마하는 바람에 목숨을 잃었다네."

클로디아가…… 죽었다고? 그럴 수가! 엄청난 충격이었다. 2주일 사이에 두 사람이…… 낙마 사고로 목숨을 잃다니. 불가능에 가까운 우연의 일치였다.

뉴욕에서 있었던 일들은 장황하게 설명할 생각이 없다. 나는 낯선 환경에 떨어진 이방인이었다. 나는 항상 말과 행동을 조심해야 한다는 중압감에 시달렸다. 내가 알던 엘리, 온전히 내 것이었던 엘리는 그곳에 없었다. 이제 엘리는 미국 여자, 어마어마한 재산을 물려받은 상속녀, 수많은 친구와 연줄과 먼 친척들에게 둘러싸인 존재, 5세대 동안 그곳에서 살았던 집안의 일원일 뿐이었다. 말하자면 그녀는 내 세상으로 날아든 혜성과도 같았다.

이제 그녀는 피붙이들과 함께 묻히기 위해 고향으로 돌아왔다.

다행이었다. 마을 바깥쪽 소나무 숲 기슭의 조그만 공동묘지에 묻었다면 마음이 불편했을 텐데. 정말 불편했을 텐데…….

"이젠 예전의 자리로 돌아가, 엘리."

나는 혼잣말을 중얼거렸다.

가끔 엘리가 기타를 치며 부르던 노래가 머릿속을 끊임없이 맴돌았다. 부드럽게 기타줄을 뜯던 그녀의 손가락이 떠올랐다.

매일 밤 그리고 매일 아침

어떤 이는 달콤한 기쁨의 운명으로 태어나고.

'당신한테 딱 맞는 가사야. 당신은 달콤한 기쁨의 운명으로 태어난 사람이지. 집시의 땅에서 달콤한 기쁨을 누렸잖아. 오래가지는 않았지만. 이제 다 끝났어. 당신은 별다른 기쁨이 없었던 곳, 행복하지 않았던 곳으로 돌아와 버렸어. 그래도 고향에 온 셈이잖아. 이젠 당신 피붙이들과 함께 있잖아.'

나는 죽으면 어디에 묻혀야 하는 걸까? 집시의 땅? 어쩌면 그럴지도. 어머니가 가끔 내 무덤을 찾아 주시겠지. 그때까지 살아 계시다면……. 어머니가 돌아가시는 모습은 상상이 되지 않았다. 오히려 내 죽음 쪽이 상상하기가 더 쉬웠다. 그래, 어머니는 가끔 내 무덤을 찾아 주실 거야. 여전히 무서운 표정을 하고. 나는 어머니 생각을 애써 떨쳐 버렸다. 어머니 생각은 하고 싶지 않았다. 어머니를 만나기도 싫었다.

만나기도 싫다는 건 거짓말이다. 사실 문제는 어머니를 만나고 안 만나고가 아니었다. 나를 쳐다보는 눈동자, 내 속을 들여다보는 듯한 눈빛, 독가스처럼 나를 감싸는 불안감이 문제였다.

'어머니라는 존재들은 정말 짜증나! 왜 그렇게 자식 생각뿐일까? 왜 그렇게 자식의 모든 걸 안다고 생각할까? 모르면서. 아무것도 모르면서! 어머니는 날 대견하게 생각하셔야 해. 잘됐다고, 이렇게 근사하게 살게 돼서 잘됐다고 생각하셔야 되는 거야. 어머니는…….'

나는 다시금 어머니 생각을 떨쳐 버렸다.

미국에서 머문 기간이 며칠이었을까? 생각이 나지 않는다. 다정한 눈빛으로 가식적인 미소를 짓는 사람들의 시선을 한 몸에 받으며 아주 오랫동안 조심스럽게 걸었던 것 같다. 나는 날마다 다짐했다.

"참아야 해. 이번만 잘 참으면……."

나는 이 말을 되뇌었다. 머릿속으로 되뇌었다. 하루에도 몇 번씩 날마다 되뇌었다. "이번만 잘 참으면……."이라는 말은 미래와 연결되는 구절이었다. 그리고 어느새 예전의 "내가 원하는 것은……."처럼 입버릇이 되었다.

모두들 내가 부자라는 이유 하나만으로 잘해 주지 못해 안달이었다. 나는 엘리의 유언장으로 인해 어마어마한 부자가 됐다. 부자가 된 기분은 이상했다. 나는 주식이니 채권이니 자산이니 하는 것에 대해서 아는 게 없었다. 그런 것들은 어떻게 처리하면 되는지 알 수가 없었다.

나는 영국으로 돌아가기 전날에 리핀코트 씨하고 오랜 대화를 나누었다. 엘리는 그를 앤드류 아저씨라고 불렀지만 내 마음 속에서는 항상 리핀코트 씨였다. 나는 이제 스탠퍼드 로이드에게 투자 관리를 맡기고 싶지 않다고 말했다.

"그래?"

희끗희끗한 그의 눈썹이 치켜 올라갔다. 그는 포커페이스를 유지하며 빈틈없는 눈초리로 나를 쳐다보았다. "그래?"라는 말 속에 담긴 뜻이 무엇일까 궁금해졌다.

"그래도 괜찮을까요?"

나는 걱정스러운 투로 물었다.

"이유가 있겠지?"

"아니요. 이유는 없습니다. 직감 때문인데……. 솔직히 말씀드려도 되겠습니까?"

"면제 특권을 주겠네."

"좋습니다. 아무래도 사기꾼 같단 말씀입니다!"

"아하."

리핀코트 씨는 재미있다는 듯한 표정이었다.

"어쩌면 자네 직감이 사실일 걸세."

그러니까 내 생각이 옳았던 셈이다. 스탠퍼드 로이드는 엘리의 채권과 투자와 기타 등등을 가지고 사기를 치고 있었다. 나는 위임장을 써서 앤드류 리핀코트에게 건넸다.

"받아 주시겠습니까?"

"재정적인 문제에 관한 한 나를 전적으로 믿어도 좋아. 그 방면에 있어서는 최선을 다할 테니까. 나한테 맡긴 걸 후회하지 않을 걸세."

무슨 뜻으로 그런 말을 하는 건지 모르겠다는 생각이 들었다. 분명 숨은 뜻이 있었다. 내가 마음에 들지는 않지만 엘리의 남편이니 재정적인 문제는 최선을 다하겠다는 뜻이 아닐까 싶었다. 나는 필요한 서류에 서명을 했다. 그는 어떤 교통편을 타고 영국으로 돌아가느냐고 물었다. 비행기를 탈 거냐고. 그래서 나는 아니라고, 배를 탈 거라고 대답했다.

"생각할 시간이 좀 필요해서요. 바다 여행이 도움이 될 것 같습니다."

"돌아가면 어디에서 지낼 생각인가?"

"집시의 땅에서 살 겁니다."

"그렇군. 거기서 살 생각이로군."

"예."

"매물로 내놓을 줄 알았더니."

"아닙니다."

"아닙니다."라는 말이 의도했던 것보다 강하게 튀어나왔다. 나는 집시의 땅을 처분할 생각이 없었다. 집시의 땅은 내 꿈의 일부였다. 아무것도 모르는 어린 시절부터 간직했던 꿈의 일부였다.

"미국에 와 있는 동안 관리해 준 사람이 있는 건가?"

나는 그레타 안데르센한테 맡기고 왔노라고 대답했다.

"아하. 그래, 그레타가 있었지."

'그레타'라는 이름을 내뱉는 말투가 이상하게 느껴졌지만 이유를 묻지는 않았다. 리핀코트 씨가 그레타를 싫어하건 말건 나하고는 상관없는 일이었다. 그는 예전부터 그레타를 못마땅하게 여기는 사람이었다. 어색한 침묵이 흘렀고 나는 생각을 바꾸었다. 뭔가 한마디 해야 할 것 같았다.

"그레타는 엘리를 참 잘 챙겼습니다. 아팠을 때 간호까지 도맡았죠. 우리 집에 살면서 말입니다. 어떤 식으로 보답을 해도 모자랄 거라는 생각이 듭니다. 제 심정 이해하시겠죠? 선생님은 그레타가 어떤 사람인지 모르실 겁니다. 엘리가 죽은 뒤에 모든 일을 도맡아 처리하면서 얼마나 도움이 됐는지 모르실 거예요. 전 그레타가 없었더라면 버티지 못했을 겁니다."

"그랬겠지, 그랬겠지."

그의 말투는 찬바람이 돌 만큼 냉랭했다.

"제가 진 빚이 참 많습니다."

"아주 능력 있는 친구지."

나는 작별 인사를 하며 일어섰고 고맙다고 말했다.

"나한테 고마워할 것 없네."

그의 말투는 여전히 냉랭했다.

"자네한테 짤막한 편지를 한 통 썼네. 항공 우편으로 보냈지. 배를 타고 돌아갈 생각이라고 하니 도착해 보면 편지가 자네를 기다리고 있겠군."

그는 즐거운 여행이 되길 바란다고 덧붙였다.

우리의 대화는 이렇게 끝이 났다.

호텔로 돌아갔더니 전보가 있었다. 캘리포니아의 병원으로 와 달라는 전보였다. 내 친구 루돌프 산토닉스의 생명이 얼마 남지 않았는데, 죽기 전에 나를 보고 싶어 한다는 내용이었다.

나는 출발 시각을 뒤로 늦추고 샌프란시스코로 날아갔다. 산토닉스는 아직 숨이 붙어 있었지만 죽은 사람이나 다름없었다. 병원 관계자들 말로는 의식을 찾을 수 없을 것 같지만 나를 다급하게 찾기에 전보를 보냈노라고 했다. 나는 병실에 앉아서 그를 지켜보았다. 껍데기만 남은 친구의 얼굴을 쳐다보았다. 그는 항상 아파 보였다. 항상 투명하고 연약하고 가냘프게 느껴졌다. 지금 누워 있는 산토닉스의 모습은 창백한 송장 같았다.

'무슨 말이라도 해 봐요. 아무 말이라도, 죽기 전에 아무 말이라도 해 달라고요.'

외로웠다. 소름이 끼치도록 외로웠다. 나는 지금 적군의 손아귀를 벗어나 친구의 곁에 와 있었다. 유일한 친구의 곁에. 이 세상에서 나를 조금이라도 아는 사람은 산토닉스뿐이었다. 물론 엄마도 그렇지만 엄마 생각은 하기 싫었다.

나는 간호사를 붙잡고 무슨 수가 없겠느냐고 물었다. 그녀는 고개를 저으며 이도 저도 아니게 대답했다.

"의식을 되찾으실 수도 있고 이대로 돌아가실 수도 있어요."

나는 가만히 앉아서 기다렸다. 그러기를 얼마쯤, 산토닉스가 드디어 몸을 움직이더니 한숨을 내뱉었다. 간호사가 아주 조심스럽게 그를 일어나 앉혔다. 그의 시선은 나에게 머물렀지만 나를 알아보는지, 못 알아보는지 짐작이 가질 않았다. 멍하니 나를 쳐다볼 따름이었다. 그러다 갑자기 그의 눈빛이 달라졌다.

'나를 알아보는구나. 내가 누구인지 알아차렸구나.'

산토닉스가 희미하게 무슨 말인가를 중얼거렸다. 나는 침대 옆으로 바짝 다가가서 귀를 기울였다. 하지만 무슨 소리인지 알아들을 수가 없었다. 바로 그때, 산토닉스가 갑자기 움찔하더니 고개를 뒤로 젖히고 고함을 질렀다.

"이 바보 멍청이……. 다른 길로 갔어야지!"

그러더니 쓰러져 숨을 거두었다.

무슨 뜻이지? 산토닉스도 무슨 뜻인지 알고 한 말이었을까?

이것이 내가 본 산토닉스의 마지막 모습이었다. 내가 그때 무슨 말이라도 했으면 산토닉스의 귀에 들렸을까? 나는 그가 만들어 준 집이 최고라고, 이 세상에서 제일 소중하다고 다시 한 번 알려 주고 싶었다. 그까짓 집 한 채에 이만한 의미를 부여하다니 우습게 들릴지도 모르겠다. 하지만 그 집은 일종의 상징이었다. 간절히 원하는 것, 너무나 간절히 원해서 감이 잡히지 않는 것의 상징이었다. 하지만 산토닉스는 내가 어떤 집을 원하는지 정확히 간파했고 나에게 그런 집을 만들어 주었다. 그리고 나는 이제 그 집으로 돌아간다.

집으로 돌아간다. 배에 올랐을 때 내 머릿속은 온통 그 생각뿐이었다. 처음에는 어마어마한 피로가 몰려왔다. 하지만 잠시 후…… 마음속 깊은 곳에서 행복의 파도가 조금씩 고개를 들었다. 나는 이제 집으로 돌아간다……. 집으로 돌아간다…….

선원이 집으로 돌아간다, 바다를 떠나 집으로.

사냥꾼도 집으로 돌아간다, 언덕을 떠나 집으로…….

제23장

그렇다. 나는 집으로 돌아가고 있었다. 이제는 모두 끝났다. 싸움의 끝, 고생의 끝. 여행의 마지막 단계.

불안했던 젊은 시절이 까마득한 옛일처럼 느껴졌다. "내가 원하는 것은, 내가 원하는 것은." 하고 중얼거리던 시절도. 하지만 오래 전 일이 아니었다. 1년도 되기 전의 일이었다.

나는 침대에 누워서 지난 일들을 하나씩 떠올려 보았다.

엘리를 만난 순간…… 리전트 공원에서 보낸 시간…… 등기소에서 올린 결혼식. 집…… 산토닉스가 만들어 준 집…… 그 집이 완성되었을 때. 내 것이었다. 모두 다 내 것이었다. 지금의 나…… 바라던 대로 된 내 모습…… 예전부터 바라던 대로 된 내 모습. 나는 원하던 것 모두를 손에 넣고 집으로 돌아가는 길이었다.

나는 뉴욕을 떠나기 전에 편지를 써서 나보다 먼저 도착하도록 항공 우편으로 부쳤다. 필포트에게 보내는 편지였다. 다른 사람들은 몰라도 필포트는 나를 이해해 줄 것 같았다.

말보다는 편지가 더 쉬웠다. 필포트는 눈치 챌 수밖에 없었다. 모두들 눈치 챌 수밖에 없었다. 이해 못할 사람도 있겠지만 필포트만은 이해해 줄 것 같았다. 그는 엘리와 그레타가 얼마나 가까운 사이였는지, 엘리가 그레타에게 얼마나 의지했는지 알고 있었다. 그리고 또 내가 어떤 식으로 그레타를 의지하게 됐는지, 엘리와 함께 지내던 집에서 아무런 도움 없이 나 혼자 산다는 게 얼마나 상상 못할 일인지, 필포트라면 알아줄지도 모른다. 내 심정을 잘 표현했는지는 모르겠다. 아무튼 최선을 다했다.

소령님께 제일 먼저 알려 드리고 싶었습니다. 저희한테 정말 잘해 주셨고 소령님은 이해해 주실 것 같아서요. 집시의 땅에서 혼자 살 자신이 없습니다. 미국에 와 있는 내내 생각하다 집으로 돌아가자마자 그레타에게 청혼하기로 결심했습니다. 엘리 이야기를 함께할 사람이 그레타밖에 없으니까요. 그레타는 이해해 줄 겁니다. 어쩌면 저의 청혼을 거절할지 모르겠지만 그래도 받아들여 줄 거라고 생각합니다……. 그레타하고 결혼하면 우리 셋이 함께 살던 시절과 모든 게 똑같아지겠죠?

나는 편지를 세 번 고쳐 쓴 끝에 하고 싶은 말을 제대로 표현할 수 있었다. 편지는 내가 도착하기 이틀 전에 배달될 것이다.

영국이 점점 가까워지고 있었다. 나는 갑판으로 나가서 성큼성큼 다가오는 육지를 쳐다보았다. 산토닉스가 곁에 있었으면 좋겠다는 생각이 들었다. 정말 그랬으면 싶었다. 내가 계획했던 모든 것…… 생각했던 모든 것…… 원했던 모든 것이 이루어졌다는 사실을 산토닉스는 알아주었으면 좋겠다는 생각이 들었다.

나는 미국을 떨어냈다. 사기꾼, 아첨꾼, 내가 증오했던 사람들, 나를 증오했던 사람들, 하찮은 집안 출신이라고 무시했던 사람들도 모두 떨어냈다. 나는 지금 승전보를 들고 집으로 돌아가는 길이었다. 소나무 숲, 그리고 집시의 땅을 지나 언덕 위의 집까지 구불구불 이어지는 그 위험한 길로 돌아가는 길이었다. 내 집! 나는 지금 원하던 두 가지가 기다리는 곳으로 돌아가는 길이었다. 내 집…… 내가 꿈꾸고 계획하고 그 무엇보다도 간절히 원했던 그 집. 그리고 근사한 여자……. 나는 언젠가 근사한 여자를 만날 줄 알고 있었다. 그리고 그런 여자를 만났다. 나는 그녀를 본 순간 그녀의 완벽한 노예가, 영원한 노예가 되었다. 나는 그녀를 위해 태어난 남자였다. 그리고 이제 드디어 나는 그녀의 곁으로 가고 있었다.

킹스턴 비숍에 도착했을 때 내 모습을 본 사람은 아무도 없었다. 사방은 어두어둑했고 나는 기차에서 내리자마자 빙 돌아가는 옆길을 택해 걸었다. 마을 사람 어느 누구하고도 마주치고 싶지 않았다. 그날 밤만큼은…….

나는 해 질 무렵 집시의 땅으로 향하는 길에 도착했다. 그레타에게는 도착할 시간을 미리 알려 놓은 참이었다. 그녀는 집에서 나를 기다리고 있을 것이다. 드디어! 그레타를 싫어하는 척했던 연극과 핑계는 이제 끝이었다. 내가 맡았던 역할, 처음부터 지금까지 조심스럽게 연기해 왔던 역할이 떠오르면서 웃음이 나왔다. 그레타를 미워하는 척, 우리 집에서 함께 살기 싫어하는 척. 그렇다, 나는 아주 조심스럽게 행동했다. 모두들 연극에 속아 넘어간 것이 분명했다. 엘리의 귀에 들리도록 일부러 말다툼을 벌이던 순간도 생각났다.

그레타는 처음 만난 순간부터 내 정체를 파악했다. 우리는 서로에 대해 한심한 환상 따위는 품지 않았다. 그녀는 나와 똑같은 생각, 나와 똑같은 소망을 가지고 있었다. 우리는 세상을 손아귀에 넣고 싶었다. 우리는 세상의 꼭대기에 서고 싶었다. 우리는 모든 욕심을 채우고 싶었다. 우리는 모든 걸 갖고 싶었다. 나는 그레타를 함부르크에서 처음 만났을 때 갖고 싶은 게 너무 많아서 미칠 것 같다고 털어놓았다. 숨길 필요가 없었다. 그레타도 마찬가지였으니까. 그녀는 이렇게 말했다.

"원하는 걸 전부 다 가지려면 돈이 있어야 되죠."

"맞아. 그런데 어떻게 하면 그 돈을 벌 수 있을지……."

"열심히 일해서 벌겠다는 생각은 하지 마요. 당신은 그런 부류가 아니니까."

"일을 해서 번다고? 그럼 수십 년은 걸릴 텐데? 그때까지 기다릴 수 없어. 아저씨가 되긴 싫어. 슐리만*이라는 사람 알지? 뼈 빠지게

* 독일의 고고학자. 트로이, 미케네, 티린스 유적의 발굴자.

일해서 어마어마한 부자가 된 다음 트로이에 건너가서 유적지를 발굴했잖아. 평생의 꿈을 이루기야 했지만 그때 나이가 이미 마흔이었다고. 난 그 나이가 될 때까지 기다리기 싫어. 너무 늙은 거잖아. 한쪽 다리를 이미 무덤에 들여놓은 셈이라고. 젊고 튼튼할 때 돈을 갖고 싶어. 당신도 마찬가지잖아, 안 그래?"

"맞아요. 그리고 난 당신이 돈을 벌 수 있는 방법을 알고 있어요. 아주 간단해요. 당신이 왜 진작 그 생각을 못했나 신기할 만큼. 당신은 여자를 금세 홀리잖아요, 그렇죠? 척 보면 알아요. 느껴진다고요."

"내가 여자를 밝힌다고 생각하는 거야? 내가 갖고 싶은 여자는 하나뿐이야. 당신뿐이라고. 난 당신을 위해 태어난 남자야. 처음 본 순간 느꼈어. 당신 같은 사람을 만나면 느낌이 올 줄 알고 있었어. 난 당신을 위해 태어난 남자야."

"알아요. 나도 그렇게 생각하니까."

"우린 원하는 게 같아."

"간단한 방법이 있어요. 아주 간단한 방법이. 당신이 돈 많은 여자하고 결혼만 하면 돼요. 세계에서 제일 돈이 많은 여자 중에 한 명을 골라서. 내가 도와줄게요."

"상상으로야 뭔들 못 하겠어?"

"상상이 아니에요. 간단하다니까요?"

"싫어. 나한테 어울리는 방법이 아니야. 돈 많은 여자의 남편이 될 생각은 없어. 나한테 이런저런 선물을 안기면서 황금 감옥에 가

둘 거 아냐. 그러기는 싫어. 족쇄 찬 노예는 되고 싶지 않다고."

"그렇지 않아요. 잠깐이면 돼요. 됐다 싶을 때까지 잠깐만 참으면 된다고요. 부인이 천년만년 살지는 않을 거 아니에요, 안 그래요?"

나는 그녀를 뚫어져라 쳐다보았다.

"충격을 받은 모양이로군요."

"아니. 충격을 받은 건 아니야."

"그럴 줄 알았어요. 혹시……?"

그녀는 묻는 듯한 표정으로 나를 쳐다보았다. 나는 대답하지 않았다. 아직은 자기 보호 본능이 조금 남아 있었기 때문이다. 사람이라면 누구나 알리고 싶지 않은 비밀이 있게 마련이다. 엄청난 비밀이랄 것까지는 없었지만 생각하기 싫었다. 특히 첫 번째 비밀은 생각하기 싫었다. 한심하고 유치한 사건. 하찮은 물건 때문에 벌어진 사건. 나는 어린 마음에 학교 친구가 선물로 받은 고급 손목 시계가 탐이 났다. 갖고 싶었다. 너무나 갖고 싶었다. 아주 비싼 시계였다. 돈 많은 대부한테 받은 선물이라고 했다. 정말 갖고 싶었지만 방법이 없었다. 그러던 어느 날 친구와 함께 스케이트를 타러 갔는데, 얼음이 생각처럼 단단하지 않았다. 눈 깜짝할 사이에 갈라져 버린 것이다. 나는 스케이트를 타고 달려갔다. 물에 빠진 친구는 대롱대롱 얼음 끝에 매달려 있었다. 손가락을 파고드는 얼음을 붙잡고 있었다. 끌어올리려고 다가간 순간 손목 시계가 보였고, 이런 생각이 들었다. '친구가 물에 빠져서 죽어 준다면…….' 그러면 정말 간단할 텐데…….

나는 거의 무의식적으로 끈을 풀고 시계를 움켜쥐었다. 그리고 친구의 머리를 밑으로 눌렀다. 물에 잠기도록 계속 누르고 있었다. 친구는 별다른 저항도 하지 못한 채 얼음 밑으로 사라졌다. 우리를 본 사람들이 옆으로 다가왔다. 그런데 그들은 내가 친구를 도우려고 애를 쓴 줄 알고 있는 게 아닌가! 사람들이 낑낑대며 친구를 끌어올렸고 인공호흡을 했다. 하지만 때는 이미 늦은 뒤였다. 나는 비밀 장소에 보물을 감춰 두었다. 엄마가 보면 어디서 났느냐고 물을 만한 물건들을 감춰 두는 곳이었다. 그러던 어느 날, 내 양말을 찾던 엄마가 시계를 보더니 피트가 차던 시계 아니냐고 물었다. 나는 아니라고, 학교 친구하고 시계를 바꿨다고 대답했다.

나는 엄마 곁에 있으면 항상 불안했다. 엄마는 나를 너무 잘 아는 것 같았다. 시계가 들통났을 때도 불안했다. 엄마는 나를 의심하는 눈치였다. 물론 엄마는 내막을 알 수 없었다. 내막을 아는 사람은 아무도 없었다. 하지만 엄마는 묘한 표정으로 나를 쳐다보곤 했다. 모두들 내가 피트를 구하려고 한 줄 알고 있었다. 엄마는 그렇지 않은 것 같았다. 엄마는 내막을 아는 것 같았다. 알고 싶지 않았겠지만, 엄마는 나를 너무 잘 안다는 게 문제였다. 가끔 죄책감이 들 때도 있었지만 죄책감 따위는 금세 사라졌다.

그리고 몇 년 뒤 군사 훈련을 받고 있을 때 에드라는 친구와 함께 도박장 비슷한 곳을 찾았다. 나는 그날 운이 따라 주지 않아서 가지고 간 돈을 모두 잃었지만 에드는 상당히 많은 돈을 땄다. 칩을 돈으로 바꾸고 집으로 돌아갈 무렵 에드는 지폐를 다발로 챙겼다. 주머니가 불룩할 정도였다. 그런데 어디에선가 나타난 불량배 두세 명이 우리의 뒤를 쫓았다. 가지고 온 잭나이프를 아주 잘 쓰는 녀석들이었다. 나는 팔을 찔리고 그만이었지만 여기저기를 찔린 에드는 그 자리에서 고꾸라졌다. 바로 그때, 사람들 소리가 들렸고 불량배들이 허둥지둥 사라졌다. 잽싸게 움직이기만 하면, 잽싸게 움직이기만 하면……! 나는 반사 신경이 상당히 좋은 편이었다. 나는 손수건을 손에 감고 에드의 몸에 꽂혀 있던 칼을 빼내 적당한 곳을 두세 번 찔렀다. 에드는 헉 하는 소리와 함께 정신을 잃었다. 무서웠다. 잠깐 동안은 무서웠다. 하지만 아무 일 없을 게 분명했다. 잽싸게 생각하고 행동한 내가 오히려 대견했다! 불쌍한 에드. 늘 바보 같은 짓만 하더니……. 지폐 다발은 눈 깜짝할 사이에 내 주머니로 옮겨졌다. 기회가 오면 반사 신경을 동원해서 재빠르게 잡아야 한다. 하지만 기회가 좀처럼 오지 않는다는 게 문제다. 살인을 저지르면 겁에 질리는 사람도 있다. 하지만 나는 무섭지 않았다. 이번만큼은 무섭지 않았다.

분명히 말하지만 살인은 자주 저지를 게 못 된다. 그만한 보답이 뒤따른다면 모를까. 그레타가 어떻게 내 본모습을 알아차렸는지는 모르겠다. 아무튼 그녀는 눈치를 챘다. 내가 살인을 몇 번 저지른 적 있다는 사실까지 눈치 챈 것은 아니었다. 하지만 내가 살인이라는 말을 듣고 충격을 받거나 당황할 사람이 아니라는 건 알고 있었다.

"도대체 무슨 소리야?"

"난 당신을 도울 수 있어요. 미국에서 제일 돈이 많은 여자하고 연줄이 닿게 만들어 줄 수 있다고요. 난 그 여자하고 같이 살면서 뒤치다꺼리를 맡고 있어요. 그러니까 어느 정도는 내 마음대로 주무를 수 있는 위치죠."

"그런 여자가 나한테 관심이나 있을까?"

그렇게 돈이 많은 여자가, 섹시하고 매력적인 남자를 아무나 마음대로 고를 수 있는 여자가 나한테 눈길이나 줄까?

"당신은 성적 매력이 넘치는 남자예요. 여자들이 줄줄이 따르지 않나요?"

나는 씩 웃어 보이며 그런 편이라고 대답했다.

"그 여자는 당신 같은 남자를 만나 본 적이 없어요. 공주님처럼 자라면서 은행가 아들이나 재벌 아들 같은 따분한 스타일하고만 만났거든요. 돈 많은 집안과 맺어지기 위해 길들여졌다고나 할까? 돈을 노릴지도 모르는 잘생긴 외국인을 만난다고 하면 식구들이 난리를 치겠죠. 하지만 그 여자는 그런 타입한테 더 끌릴 거예요. 한 번도 본 적 없는 신기한 존재니까. 이제 당신이 멋들어진 연극을 준비해야 해요. 첫눈에 그 여자를 사로잡는 거죠. 식은 죽 먹기일 거예요. 그 여자는 섹시한 남자를 만나 본 적이 없으니까. 당신이라면 성공할 수 있어요."

"노력해 볼게."

나는 미심쩍어하면서 대꾸했다.

"철저하게 계획을 세우는 거예요."

"식구들이 끼어들어서 막지 않을까?"

"아니요. 식구들은 엎질러진 물이 된 뒤에야 알게 될 거예요. 두 사람이 몰래 결혼한 뒤에야 알게 될 거라고요."

"그러니까 그렇게 하잔 말이지?"

우리는 이야기를 나누고 계획을 세웠다. 그렇다고 세세한 부분까지 정한 것은 아니었다. 그레타는 다시 미국으로 돌아갔지만 나하고 계속 연락을 주고받았다. 나는 여러 가지 직업을 전전했다. 그러다 내가 집시의 땅 이야기를 꺼내면서 갖고 싶다고 했더니 그레타는 로맨틱한 무대로 안성맞춤이라고 대답했다. 우리는 집시의 땅을 엘리와 내가 만나는 장소로 정했다. 그레타는 엘리가 성인이 되자마자 영국에 집을 한 채 마련해서 가족들의 손아귀에서 벗어나라고 설득하는 역할을 맡았다.

그렇다. 우리는 이렇게 하기로 했다. 그레타는 계획의 천재였다. 나는 그런 계획까지 세우지는 못해도 맡은 역할에는 자신 있었다. 예전부터 연극이라면 자신 있었다. 이런 식으로 사건은 시작되었다. 이런 식으로 나는 엘리를 만났다.

연극은 재미있었다. 항상 위험의 소지가, 엉뚱한 방향으로 흘러갈 가능성이 도사리고 있기 때문에 아슬아슬한 즐거움이 있었다. 그레타를 만나야 할 때는 정말로 긴장이 됐다. 그레타를 쳐다보다 속마음이 드러나지 않도록 신경 써야 했다. 나는 되도록 그레타 쪽을 보지 않으려고 했다. 그레타를 싫어하고 질투하는 척하기로 이미 의논은 해 놓은 참이었고, 나는 맡은 역할에 충실했다. 그레타가 함께 살기 위해 건너왔던 날이 생각난다. 우리는 싸우는 척 연극을 했다.

엘리의 귀에 들리도록 큰 소리로. 어쩌면 조금 과장했을지도 모른다. 그런 것 같지는 않지만. 가끔은 엘리가 눈치 채지는 않을까 불안하기도 했지만 그런 것 같지는 않았다. 모르겠다. 정말 모르겠다. 엘리에 대해서는 아는 게 없다.

엘리를 사랑하기는 쉬웠다. 아주 사랑스러운 여자였으니까. 정말 사랑스러운 여자였으니까. 가끔은 나한테 아무 말 없이 일을 저지르곤 해서 무섭기도 했다. 그리고 상상하지 못했던 부분까지 알고 있기도 했다. 하지만 엘리는 나를 사랑했다. 그렇다. 엘리는 나를 사랑했다. 그리고 가끔은…… 나도 엘리를 사랑했던 것 같다.

그레타처럼 사랑했던 것은 아니다. 나는 그레타를 위해 태어난 남자였다. 그녀는 섹스의 화신이었다. 나는 그레타를 볼 때마다 미칠 것 같았고 참느라 애를 써야만 했다. 엘리는 달랐다. 엘리와 함께한 생활은 즐거웠다. 이제 와서 생각해 보면 참 이상한 일이지만 엘리와 함께한 생활은 정말 즐거웠다.

미국에서 돌아온 그날 밤, 나는 이런 생각들을 했다. 세상의 꼭대기로 돌아온 그날 밤, 모든 어려움과 위험을 뚫고 상당히 교묘한 살인까지 저지르며 바라던 모든 걸 손에 넣은 그날 밤…….

약간 아슬아슬한 부분도 있었지만 우리의 수법을 눈치 챌 사람은 없었다. 이제 어려움도 지나가고 위험도 지나가고 나는 이렇게 집시의 땅을 향해 걷고 있었다. 담벼락에 붙은 포스터를 보고 구경 삼아 찾아왔던 그날처럼. 언덕길을 오르고 모퉁이를 돌고…….

그런데 바로 그때, 바로 그때 그녀가 보였다. 바로 그때 엘리가 보였다. 사고가 자주 벌어지는 위험한 모퉁이를 꺾어질 때였다. 엘리는 예전에 그곳의 전나무 그늘 속에 서 있었다. 그러다 나를 보더니 움찔했고, 나도 그녀를 보고 움찔했다. 그렇게 서로를 쳐다보고 있다 내가 다가가서 말을 걸었고, 느닷없이 사랑에 빠져 버린 젊은 남자 연기를 했다. 그것도 아주 근사하게! 내 연기가 얼마나 뛰어났던가!

하지만 지금 그녀가 보일 줄 몰랐다. 아니, 지금은 그녀가 보일 수 없는 상황이었다. 그런데 그녀가 보였다……. 그녀는 나를…… 나를 뚫어져라 쳐다보고 있었다. 하지만…… 무언가 섬뜩한 느낌이…… 아주 섬뜩한 느낌이 들었다. 그녀는 나를 보고 있지 않는 것 같았다. 물론 그녀가 그곳에 서 있을 리 없었다. 죽었으니까. 하지만 분명히 그녀가 보였다. 엘리는 죽었고 시신은 미국의 묘지에 묻혔다. 그런데도 전나무 밑에 서서 나를 쳐다보고 있었다. 아니, 나를 쳐다보는 건 아니었다. 내가 나타나길 기다리는 듯한 모습이었고 그녀의 표정에는 사랑이 담겨 있었다. 그날, 그녀가 기타 줄을 퉁기던 그날, "왜 그런 표정으로 보고 있어요?", "그런 표정이라니?", "꼭 나를 사랑하는 사람처럼 보고 있었잖아요.", "사랑하니까 그런 거지." 하는 대화가 이어졌던 그날처럼 사랑이 담겨 있었다.

나는 얼어붙었다. 나는 그 자리에서 얼어붙었다. 온몸이 떨렸다. 나는 큰 소리로 불렀다.

"엘리!"

그녀는 움직이지 않았다. 그 자리에 선 채로 내 쪽을…… 내 쪽을 물끄러미 쳐다볼 따름이었다. 조금만 생각해 보면 그녀가 왜 나를 쳐다보지 않는지 알 수 있었지만 이유를 알고 싶지 않았다. 알고 싶지 않았다. 정말로 알고 싶지 않았다. 내가 아니라 내가 서 있는 자리를 물끄러미 쳐다보는 이유를. 나는 달리기 시작했다. 남은 길을 겁쟁이처럼 달리기 시작했다. 그러다 내 집 불빛이 보이는 곳에 도착했을 무렵 한심한 공포에서 벗어날 수 있었다. 승리의 순간이었다. 이제 집이었다. 나는 언덕을 떠나 집으로, 세상 그 무엇보다 가지고 싶었던 내 집으로, 내 몸과 영혼이 묶인 여자에게로 돌아온 사냥꾼이었다.

이제 우리는 결혼식을 올리고 이 집에서 살 것이다. 우리는 바라던 모든 것을 손에 넣었다. 우리는 이겼다. 가뿐히 이겼다.

현관은 열려 있었다. 나는 쿵쿵 발소리를 내며 서재로 들어갔다. 그레타가 창가에 서서 나를 기다리고 있었다. 그녀는 눈이 부셨다. 내가 본 그 무엇보다도 눈이 부시고 아름다웠다. 그녀는 브룬힐트*였고 반짝이는 황금빛 머리카락을 자랑하는 최고의 발키리에였다. 그녀의 몸에서 섹스의 냄새와 섹스의 분위기와 섹스의 맛이 풍겼다. 우리는 폴리에서 잠깐씩 만났을 뿐, 아주 오랫동안 욕구를 참아왔다.

나는 그녀의 품으로 곧장 달려들었다. 바다를 떠나 집으로, 자신이 있어야 할 곳으로 돌아온 선원……. 내 인생 최고로 황홀한 순간이었다.

---

* 바그너가 작곡한 오페라 「니벨룽겐의 반지」의 등장인물.

잠시 후 우리는 현실로 되돌아왔다. 나는 바닥에 앉았고 그녀는 편지 더미를 내 쪽으로 떼밀었다. 나는 무의식적으로 미국 우표가 붙은 편지를 집어 들었다. 리핀코트가 보낸 항공 우편이었다. 어떤 내용이 들어 있을지, 무슨 이유로 편지를 보냈는지 궁금했다.

"자아……."

그레타가 만족스러운 한숨을 길게 내뱉었다.

"성공이에요."

"승리의 그날이라고나 할까?"

우리는 동시에 웃음을 터뜨렸다. 탁자 위에는 샴페인이 놓여 있었다. 우리는 샴페인을 따서 서로를 위해 건배했다.

"이 집 정말 근사하다."

내가 주위를 둘러보며 말했다.

"내가 기억하고 있던 모습보다 훨씬 아름다워 보여. 산토닉스가……. 아, 이야기 안 했지? 산토닉스가 죽었어."

"어머나, 가엾어라. 그럼 정말 아팠던 거로군요?"

"당연하지. 나는 믿고 싶지 않았지만. 마지막 순간에 찾아가서 만났어."

그레타는 살짝 몸을 떨었다.

"나 같으면 그러지 못했을 거야. 별말 없던가요?"

"글쎄? 나더러 바보 멍청이라면서 다른 길로 갔어야 했다고 하던데."

"그게 무슨 말이에요? 어떤 길을 말하는 거죠?"

"나도 모르겠어. 혼수상태라 무슨 뜻인지도 모르면서 그냥 한 얘기 같아."

"그럼 이 집이 산토닉스를 추억하는 근사한 기념물이 되겠군요. 이 집 팔지 않을 거죠?"

나는 그녀를 물끄러미 쳐다보았다.

"당연하지. 내가 다른 데서 살 거라고 생각했어?"

"그야 그렇지만 1년 내내 여기서 살 수는 없잖아요. 이런 시골 구석에 처박혀 있으라고?"

"하지만 난 여기서 살고 싶어. 여기가 바로 내 집이야."

"맞아요. 그야 그렇죠. 하지만 세상 돈이 전부 우리 거잖아요. 그 돈으로 어디든지 갈 수 있다고요! 유럽 대륙을 일주해도 되고, 아프리카로 사파리 여행을 떠나도 되고. 우리, 신나는 모험을 즐겨요. 여기저기서 마음에 드는 물건도 찾고 감동적인 그림도 사자고요. 그리고 앙코르와트도 가요. 이렇게 신나는 인생을 살고 싶지 않아요?"

"그야 그렇지……. 하지만 여기로 다시 돌아와야 돼, 알았지?"

이상한 기분이 들었다. 어디에서 무언가 잘못된 것 같은 이상한 기분이 들었다. 나는 우리 집과 그레타 생각뿐이었다. 더는 바라는 게 아무것도 없었다. 하지만 그레타는 달랐다. 그녀는 지금 막 시작한 찰나였다. 많은 것들을 원하기 시작한 찰나였다. 원하는 것들을 가질 수 있다는 사실을 알아 가기 시작한 찰나였다. 갑자기 불길한 예감이 들었다. 몸이 떨렸다.

"왜 그래요, 마이크? 왜 그렇게 떨어요? 감기 걸린 거 아니에요?"

"아니야."

"그럼 왜 그래요?"

"엘리를 봤어."

"엘리를 봤다니 그게 무슨 말이에요?"

"언덕 길을 걸어 올라오다 모퉁이를 도는데, 엘리가 전나무 밑에서서 나를 쳐다보고 있더라고. 아니, 내 쪽을 쳐다보고 있더라고."

그레타는 물끄러미 나를 쳐다보았다.

"말도 안 되는 소리하지 마요. 당신이…… 당신이 상상한 거예요."

"그래, 상상일지도 모르지. 누가 뭐래도 여긴 집시의 땅이니까. 하지만 분명히 엘리가 서 있었어. 아주…… 행복해 보이더라고. 예전 모습 그대로…… 항상 그 자리에 서 있었고, 앞으로도 그 자리에 계속 서 있을 사람처럼……."

"마이크!"

그레타가 내 어깨를 잡고 흔들었다.

"그만해요! 당신 혹시 술 마신 거 아니에요?"

"아니야. 당신이 있는 이곳에 도착하는 순간까지 기다렸어. 당신이 샴페인을 준비해 놓을 줄 알고 있었으니까."

"그럼 엘리 따윈 잊고 우리 두 사람을 위해서 축배나 들어요."

"분명 엘리였어."

나는 고집을 꺾지 않았다.

"엘리였을 리가 없잖아요! 불빛이나 뭐 그런 것 때문에 잘못 본 거라고요!"

"엘리였어. 엘리가 거기 서서 나를 기다리고 있었어. 나를 보고 있었어. 하지만 엘리는 나를 볼 수가 없었어. 나를 볼 수가 없었다고."

목소리가 섬점 높아졌다.

"난 이유를 알아. 엘리가 나를 볼 수 없었던 이유를 알아."

"그게 무슨 소리예요?"

나는 난생 처음 들릴락 말락 한 목소리로 속삭이기 시작했다.

"내가 아니었으니까. 내가 그 자리에 없었으니까. 그러니까 엘리는 끝없는 밤 말고는 아무것도 볼 수 없었던 거야."

나는 공포에 질린 목소리로 고함을 질렀다.

"'어떤 이는 달콤한 기쁨의 운명으로 태어나고, 어떤 이는 달콤한 기쁨의 운명으로 태어나고, 어떤 이는 끝없는 밤의 운명으로 태어나고.' 그게 나야, 그레타. 그게 나라고! 엘리가 저 소파에 앉아 있었던 거 생각나지? 기타를 치면서 부드러운 목소리로 그 노래를 불렀잖아. 생각나지?"

나는 조그만 목소리로 노래를 불렀다.

"'매일 밤 그리고 매일 아침, 어떤 이는 불행의 운명으로 태어나고. 매일 밤 그리고 매일 아침, 어떤 이는 달콤한 기쁨의 운명으로 태어나고.' 그게 엘리야, 그레타. 엘리는 달콤한 기쁨의 운명으로 태어난 사람이었어. '어떤 이는 달콤한 기쁨의 운명으로 태어나고, 어떤 이는 끝없는 밤의 운명으로 태어나고.' 엄마는 알고 있었어. 엄마는 내가 끝없는 밤의 운명으로 태어난 줄 알고 있었어. 아직 그 끝에 닿지는 않았지만. 그리고 산토닉스도 알고 있었어. 내가 그 길로

가는 줄 알고 있었어. 하지만 그렇게 되지 않을 수도 있었어. 한 순간, 단 한 순간, 엘리가 그 노래를 부르던 그 순간. 엘리하고 결혼해서 행복하게 살 수도 있지 않았을까? 엘리와의 결혼 생활을 평생 계속할 수 있지 않았을까?"

"아니, 그럴 수는 없었어요. 당신이 이렇게 겁쟁이인 줄은 몰랐어요."

그레타는 다시 내 어깨를 잡았다.

"정신 차려요."

나는 그녀를 물끄러미 쳐다보았다.

"미안. 내가 무슨 말을 하고 있었지?"

"미국에서 아주 호되게 당한 모양이로군요. 그래도 제대로 했겠죠? 투자니 뭐니 다 잘 처리했겠죠?"

"다 정리됐어. 모든 게 우리의 미래를 위해서 정리됐어. 우리의 찬란하고 찬란한 미래를 위해서."

"말투가 정말 이상하네……. 리핀코트는 편지에 뭐라고 썼죠?"

나는 리핀코트의 편지를 뜯었다. 안에 든 것이라고는 신문에서 오려낸 종이 조각 하나뿐이었다. 낡고 조금은 너덜너덜한 종이 조각이었다. 나는 종이 조각을 물끄러미 내려다보았다. 어느 거리를 찍은 사진이었다. 나도 아는 곳이었다. 배경으로 거대한 건물이 있는 함부르크의 거리였다. 몇몇 사람들이 사진사를 향해 걸어오고 있었고, 그 중에서 맨 앞의 두 사람은 팔짱을 끼고 있었다. 그레타하고 나였다. 그러니까 리핀코트는 알고 있었던 셈이다. 내가 그레타하고 아는 사이인 줄 진작부터 알고 있었던 셈이다. 누군가 별다른 뜻없이 신문을 잘라서 보낸 모양이었다. 그레타 안데르센 양이 함부르크에 나타나다니 신기하다는 생각을 하면서 말이다. 그러니까 리핀코트는 내가 그레타하고 아는 사이인 줄 진작부터 알고 있었다. 리핀코트가 그레타 안데르센을 본 적 있느냐고 물어보았던 게 생각난다. 나는 본 적 없다고 했지만 그는 내가 거짓말을 하는 줄 알고 있었다. 그때부터 리핀코트는 나를 의심하기 시작했을 것이다.

갑자기 리핀코트가 무서워지기 시작했다. 물론 내가 엘리를 죽였다고 생각하지는 않을 것이다. 하지만 그는 무언가를 의심하고 있었다. 어쩌면 나를 범인으로 의심하고 있을지도 몰랐다.

"이것 좀 봐. 리핀코트는 우리가 구면인 줄 알고 있었어. 처음부터 알고 있었던 거야. 어쩐지 전부터 그 늙은 여우가 싫더라니. 그 작자도 당신을 싫어했지. 결혼하겠다는 소리를 들으면 우릴 의심하겠군."

하지만 리핀코트는 그레타와 내가 결혼하는 게 아닐까 이미 의심하고 있었다. 우리가 서로 아는 사이일 뿐 아니라 어쩌면 내연의 관계일지도 모른다고 의심하고 있었다.

"마이크, 겁에 질린 생쥐처럼 왜 그래요? 맞아, 당신은 지금 겁에 질린 생쥐야. 난 당신을 존경했는데. 처음부터 줄곧 존경했는데. 그런데 이렇게 무너진 꼴이라니. 지금은 아무나 무서워하고 있잖아요."

"그런 식으로 말하지 마."

"사실이 그렇잖아요."

"끝없는 밤."

생각나는 단어가 '끝없는 밤'뿐이었다. 무슨 뜻일까 궁금했다. 끝없는 밤. 암흑이라는 뜻이었다. 내가 보이지 않는다는 뜻이었다. 나는 죽은 자를 볼 수 있지만 죽은 자는 살아 있는 나를 보지 못한다는 뜻이었다. 왜냐하면 내가 더는 존재하지 않기 때문이다. 엘리를 사랑했던 남자는 이제 없다. 그는 끝없는 밤 속으로 제 발로 걸어 들어갔다. 나는 고개를 숙였다.

"끝없는 밤."

"그만해요!"

그레타가 소리를 질렀다.

"정신 차려요! 남자답게 굴라고요. 말도 안 되는 미신 때문에 무너지다니!"

"어쩔 수 없잖아. 집시의 땅에 내 영혼을 팔아 버렸는걸. 집시의 땅은 위험한 곳이야. 모두에게 위험한 곳이야. 엘리한테도 그랬고 나한테도 그랬고. 당신한테도 위험한 곳일지 몰라."

"그게 무슨 소리예요?"

나는 일어나서 그녀 쪽으로 걸어갔다. 나는 그녀를 사랑했다. 짜릿한 욕망의 마지막 한 방울까지 그녀를 사랑했다. 하지만 사랑, 증오, 욕망은 모두 똑같은 것 아닐까? 셋이 모인 하나, 하나가 나뉜 셋. 엘리는 증오한 적이 없지만 그레타는 증오했다. 나는 그레타를 증오하는 순간을 즐겼다. 나는 온 가슴을 담아서 두근두근 설레는 심정으로 그녀를 증오했다. 안전한 방법을 기다릴 수 없었다. 안전

한 방법을 기다리고 싶지 않았다. 나는 그녀의 쪽으로 점점 가까이 다가갔다.

"이 더러운 년! 이 가증스럽고 황금빛 머리카락이 눈부신 년. 넌 위험해. 나랑 있으면 위험하다고. 알아? 난 이제 살인을 즐기게 됐어. 엘리가 말을 타고 죽음의 길로 떠난 날, 흥분이 돼서 미칠 것 같았지. 살인을 생각하면서 아침 내내 즐거워했다고. 하지만 지금까지 한 짓은 살인이라고 볼 수도 없지. 이젠 달라. 이젠 아침에 먹인 캡슐의 효과가 나타나길 기다리거나 하지 않겠어. 채석장 밑으로 늙은 할망구를 떠밀지도 않겠어. 내 손을 쓰겠어."

그레타는 겁에 질렸다. 함부르크에서 만난 순간부터 나를 사로잡았던 여자. 함께 있고 싶어서 아프다는 핑계를 대고 직장을 내팽개치게 만든 여자. 그렇다. 이후로 내 몸과 마음은 그녀의 것이었다. 하지만 이제는 아니었다. 나는 나였다. 나는 이제 예전부터 꿈꾸어 왔던 왕국 안으로 발을 들여놓는 중이었다.

그녀는 겁에 질렸다. 겁에 질린 모습을 보고 있으려니 기분이 좋았다. 나는 두 손으로 그녀의 목을 움켜쥐었다. 여기 앉아서 나의 모든 이야기를 적어 내려가고 있는 지금 이 순간도 기분이 좋다. 나는 어떤 사람인지, 지금까지 어떤 일을 겪었고 어떤 것을 느끼고 생각했는지, 어떻게 모든 사람들을 속여 왔는지를 적어 내려가는 것은 짜릿한 일이다. 그렇다. 그레타를 죽였을 때 나는 짜릿하리 만치 행복했다…….

제24장

그 이후로는 할 이야기가 거의 없다. 그때가 절정이었으니까. 모든 것을 차지하고 나면 오르막길은 끝이 나는데, 그걸 자꾸 잊어버리게 된다. 나는 한참 동안 그 자리에 앉아 있었다. 사람들이 언제쯤 나타났는지는 모르겠다. 한꺼번에 왔는지 어쩐지도……. 물론 처음부터 함께 있지는 않았을 것이다. 그랬더라면 내가 그레타를 죽이도록 내버려 두지 않았을 테니까. 제일 먼저 등장한 사람은 하느님이었다. 진짜 하느님을 말하는 것은 아니다. 헷갈린다. 필포트 소령 이야기인데. 나는 처음부터 소령이 좋았다. 나한테 아주 잘해 주었으니까. 소령은 하느님과 비슷한 면이 있었다. 하느님이 하늘나라 어디에 사는 신이 아니라 인간이라면 그런 모습이 아닐까 싶다. 그는 아주 올바른 사람이었다. 아주 올바르고 친절한 사람이었다. 그는 여러 가지 일 처리와 사람들 뒤치다꺼리를 도맡았다. 사람들에게 최선을 다하려고 노력했다.

소령이 내 본모습을 어느 정도 짐작했는지는 모르겠다. 경매에 참가했던 그날 아침, '죽음의 전조' 운운하며 묘한 눈빛으로 나를 쳐다보던 소령의 모습이 생각난다. 소령은 무엇 때문에 내가 그렇게 들떠 있다고 생각했을까?

그리고 쭈글쭈글한 승마복 무더기로 변해 버린 엘리를 함께 발견했을 때…… 소령은 내가 그 사건과 모종의 관계가 있는 줄 알아차렸을까?

좀 전에도 말했다시피 나는 그레타가 죽은 뒤 샴페인 잔을 물끄러미 내려다보며 의자에 앉아 있었다. 샴페인 잔은 비어 있었다. 모든 게 공허했다. 정말 공허했다. 우리, 그러니까 그레타와 내가 켜 놓은 불은 하나뿐이었고 그나마도 구석의 전등이었다. 그곳에서 새어 나오는 불빛은 희미했다. 그리고 태양은 이미 저문 지 오래였다. 나는 앞으로 어떤 일이 벌어질까 따분해하며 의자에 가만히 앉아 있었다.

그러다 잠시 후 사람들이 들이닥치기 시작했던 것 같다. 많은 사람들이 한꺼번에 들이닥쳤던 것 같다. 그들은 아주 조용히 찾아왔다. 아니면 내가 아무 소리도 못 듣고 어느 누구의 등장도 알아차리지 못했던 것일 수도 있다.

산토닉스가 있었더라면 어떻게 해야 하는지 알려 주었을 텐데. 하지만 산토닉스는 죽었다. 그는 어차피 나하고 다른 길로 간 사람이었기 때문에 전혀 도움이 되지 못했을 것이다. 어느 누구도 도움이 되지 못했을 것이다.

잠시 후 쇼 박사의 모습이 눈에 들어왔다. 워낙 아무 소리도 내지 않아서 처음에는 있는 줄도 몰랐다. 그는 무언가를 기다리며 내 바로 옆에 앉아 있었다. 문득, 내 이야기를 기다리는 게 아닐까 하는 생각이 들었다. 나는 말했다.

"집으로 돌아왔습니다."

그의 뒤에서 한두 사람인가가 움직이고 있었다. 모두들 기다리는 눈치였다. 쇼 박사의 처분을 기다리는 눈치였다. 내가 다시 입을 열었다.

"그레타는 죽었습니다. 제가 죽였어요. 시신을 치우는 게 좋을 것 같은데요."

누군가 플래시를 터뜨렸다. 경찰서 소속 사진사가 시신을 찍는 모양이었다. 쇼 박사가 고개를 돌리더니 날카롭게 쏘아붙였다.

"아직은 찍지 말게."

그는 다시 내 쪽으로 고개를 돌렸다. 나는 박사 쪽으로 몸을 숙이며 말했다.

"오늘 밤에 엘리를 봤어요."

"엘리를 봤다고? 어디서?"

"전나무 밑에 서 있더군요. 우리가 처음 만난 곳이거든요."

나는 말을 멈추었다 다시 이었다.

"엘리는 저를 보지 못했어요……. 제가 그 자리에 없었기 때문에 볼 수 없었던 거예요."

잠시 후 나는 다시 입을 열었다.

"당황스럽더군요. 정말 당황스럽더군요."

"캡슐에 넣은 거지? 캡슐에 청산가리를 넣은 거지? 그날 아침 엘리한테 그걸 먹인 거지?"

"고초열 약이에요. 엘리는 말을 타러 나갈 때마다 항상 알레르기 예방용 캡슐을 먹었거든요. 그레타하고 내가 헛간에 있던 하얀 가루를 캡슐 안에 넣고 다시 잘 닫았죠. 폴리에서. 정말 교묘하지 않습니까?"

내 입에서 웃음이 터져 나왔다. 야릇한 웃음소리였다. 내 귀에도 똑똑히 들렸다. 웃음소리라기보다는 묘한 키득거림에 가까웠다.

"검진하러 오셨을 때 엘리가 먹는 약을 모조리 살펴보셨죠? 수면제며 알레르기 약이며 하나같이 괜찮지 않던가요? 아무 탈 없지 않던가요?"

"아무 탈 없었지. 해로운 성분은 전혀 없었어."

"그러니까 교묘하지 않았느냔 말씀입니다."

"그래, 교묘했지. 하지만 완벽하지는 않았어."

"그나저나 어떻게 눈치를 채셨는지 모르겠군요."

"두 번째 사건이 벌어졌을 때 알았지. 자네가 의도하지 않았던 사건이 벌어졌을 때."

"클로디아 하드캐슬 말씀인가요?"

"그렇다네. 클로디아는 엘리하고 똑같이 목숨을 잃었지. 사냥터를 달리다 낙마하는 바람에. 엘리처럼 건강하던 사람인데 말에서 떨어져 죽은 거야. 하지만 금세 발견이 되었지. 거의 말에서 떨어지자마자 발견되었기 때문에 청산가리 냄새가 남아 있었다고. 엘리처럼 두세 시간 동안 방치되었다면 아무 냄새도 남지 않았겠지. 그런데 클로디아가 어쩌다 그 캡슐을 먹게 되었는지 모르겠군. 자네들이 폴리에다 한 알을 떨어뜨린 게 아닌가? 클로디아는 가끔 폴리를 드나들었거든. 지문도 찍혀 있었고 라이터를 흘리기도 했지."

"우리가 정신이 없었던 모양입니다. 캡슐 안에 청산가리를 넣기가 어려웠거든요."

잠시 후 나는 물었다.

"박사님은 제가 엘리의 사건하고 관계가 있다고 의심하고 계셨죠? 모두들 마찬가지 아니었습니까?"

나는 어둑어둑하게 보이는 사람들을 둘러보았다.

"모두들 그랬겠죠."

"감으로 알 때가 많은 법이니까. 하지만 어떤 조치를 취할 수 있을지 그 부분은 자신이 없더군."

"저한테 주의를 주셨어야죠."

내가 나무라는 투로 말했다.

"난 경찰이 아닐세."

"그럼 뭡니까?"

"난 의사일세."

"의사는 필요 없습니다."

"그야 두고 보면 알 일이고."

나는 필포트를 보며 물었다.

“여긴 어쩐 일이십니까? 저를 심판하러 오셨습니까? 저의 재판을 주관하러 오셨습니까?”

“난 치안 판사에 불과하네. 그리고 이 집은 친구 자격으로 찾아온 걸세.”

“제 친구 자격으로 말입니까?”

뜻밖의 말이었다.

“엘리의 친구 자격으로.”

이해가 되지 않았다. 뭐가 뭔지 알 수가 없었다. 하지만 유명인사가 된 듯한 기분이었다. 모두들 이 자리에 모여 있다니! 경찰, 의사, 쇼 박사, 거기다 나름대로 바쁜 필포트까지. 모든 게 복잡하게 뒤엉켜 있었다. 정신이 몽롱해지기 시작했다. 피곤했다. 예전부터 나는 갑자기 피로가 몰려와서 곯아떨어지곤 했다…….

여기저기서 들락날락했다. 많은 사람들이, 온갖 부류의 사람들이 나를 찾아왔다. 변호사, 법무관, 그리고 또 다른 분야의 변호사와 의사들. 여러 의사들이 찾아와서 귀찮게 굴었지만 나는 아무 대답도 하지 않았다.

그 중 한 사람이 필요한 게 없느냐고 계속 물었다. 나는 있다고 대답했다. 필요한 게 딱 한 가지 있다고 대답했다. 볼펜 한 자루와 여러 장의 종이가 필요하다고 대답했다. 나는 어떻게 벌어진 일인지 사건의 전말을 남김 없이 적고 싶었다. 내가 어떤 것을 느끼고 어떤 것을 생각했는지 알리고 싶었다. 내 이야기를 되새김질하면

할수록 재미있겠다는 생각이 들었다. 나는 재미있는 사람이었으니까. 나는 정말 재미있는 사람이었고 여러 가지 재미있는 일들을 벌였으니까.

의사는 괜찮은 방법이라고 생각하는 눈치였다. 내가 말했다.

"누구든 진술서는 쓸 수 있는 거 아닙니까? 그러니까 저도 진술서를 쓸 수 있게 해 주세요. 아무라도 읽을 수 있게."

나는 글을 써도 좋다는 허락을 받았다. 하지만 한참 동안 꾸준히 쓸 수는 없었다. 금세 피로가 몰려왔기 때문이다. 어떤 사람은 '한정책임능력*'인가 뭔가 하는 말을 꺼냈고 또 어떤 사람은 아니라고 했다. 이런저런 이야기들이 들렸다. 가끔은 나를 귀머거리로 여기는 게 아닌가 싶을 정도였다. 그러다 법정에 서게 된 날, 나는 잘 보이고 싶은 생각에 제일 좋은 양복을 갖다 달라고 부탁했다. 알고 보았더니 사설 탐정들이 한동안 나를 감시했던 모양이다. 새로 바뀐 하인들이 리핀코트의 지시 아래 내 뒤를 밟았던 모양이다. 그들은 나와 그레타에 대해서 너무 많은 것을 알고 있었다. 이상한 이야기이지만 그레타 생각은 거의 나지 않았다. 내 손으로 죽인 뒤부터 그녀는 하찮은 존재가 되어 버렸다.

나는 그레타의 목을 조르던 순간에 느꼈던 어마어마한 성취감을 되살려 보려고 애를 썼다. 하지만 그 기분마저 사라져 버리고 없었다…….

---

* 정신장애로 인한 판단력 감퇴 상태. 감형 대상이 된다.

어느 날 난데없이 사람들이 어머니를 데리고 왔다. 어머니는 문간에 서서 나를 쳐다보았다. 예전처럼 걱정하는 표정이 아니었다. 이제는 슬픈 표정이었다. 어머니는 별말이 없었고 나도 마찬가지였다. 어머니가 한 말은 고작 이것뿐이었다.

"나는 최선을 다했다, 마이크. 너를 보호하려고 최선을 다했다. 그런데 실패했구나. 실패할까 늘 걱정이었는데."

"괜찮아요, 엄마. 엄마 때문에 이렇게 된 게 아니니까. 이 길은 제가 선택한 거예요."

순간, '이건 산토닉스가 했던 말인데.' 하는 생각이 머리를 스치고 지나갔다. 산토닉스도 내 걱정을 했다. 하지만 어쩔 도리가 없었다. 사실 어쩔 수 있는 사람은 아무도 없었을 것이다. 나 말고는……. 모르겠다. 혼란스럽다. 하지만 가끔씩 생각이 난다. 엘리하고 이런 대화를 나누었던 그날이 생각난다.

"왜 그런 표정으로 보고 있어요?"

"그런 표정이라니?"

"꼭 나를 사랑하는 사람처럼 보고 있었잖아요."

어쩌면 나는 엘리를 사랑했는지 모른다. 나는 엘리를 사랑할 수도 있었다. 너무나 사랑스러웠던 엘리. 달콤한 기쁨…….

나는 항상 너무 많은 걸 바라는 게 문제였다. 너무 많은 걸 쉽게, 욕심껏 가지려는 게 문제였다.

내가 집시의 땅에서 엘리를 처음으로 만났던 그날, 우리는 길을 내려가다 에스더를 만났다. 바로 그때, 나는 에스더가 엘리한테 말하는 경고를 듣고 그녀를 매수할 계획을 세웠다. 그녀가 돈이라면 무슨 짓이든 할 사람인 줄 알고 있었던 것이다. 돈을 쥐어 주어야겠다. 이 할머니더러 엘리를 상대로 경고를 늘어놓고 협박하게 해서 위기감을 조성해야겠다. 엘리가 쇼크 때문에 죽은 것처럼 꾸미면 더욱 그럴듯하겠지? 이제 와서 돌이켜보면 그날 에스더는 분명 겁에 질려 있었다. 엘리를 생각하며 겁에 질려 있었다. 그녀는 엘리에게 떠나라고, 집시의 땅에는 발을 들여놓지 말라고 경고했다. 그것은 나를 멀리하라는 경고였다. 나는 그때 속뜻을 파악하지 못했다. 엘리도 파악하지 못했다.

엘리가 무서워한 것은 나였을까? 분명 그랬을 것이다. 당사자인 엘리가 모르고 있었을 뿐. 그녀는 정체 모를 위협을, 위험한 분위기를 느끼고 있었다. 산토닉스도 우리 어머니처럼 나의 사악한 본성을 알고 있었다. 어쩌면 세 사람 모두 알고 있었을지 모른다. 하지만 엘리는 상관하지 않았다. 전혀 상관하지 않았다. 이상한 일이다. 정말 이상한 일이다. 이제는 알겠다. 우리가 정말 행복했다는 걸. 그렇다. 우리는 정말 행복했다. 이 사실을 진작에 깨달았더라면 얼마나 좋았을까……. 나에게는 기회가 주어졌다. 사람이라면 누구나 한 번씩 기회가 주어지는지도 모른다. 나는…… 기회를 저버렸다.

그레타가 아무 의미 없게 느껴지다니 이상한 일이다.

아름다운 우리 집도 이제는 아무 의미가 없다.

오직 엘리뿐……. 엘리는 이제 다시 나를 찾을 수 없다. 끝없는 밤……. 그것이 내 이야기의 끝이다.

"끝은 새로운 시작이다……." 사람들은 항상 이렇게 말한다.

하지만 무슨 뜻일까?

내 이야기는 어디에서부터 시작되었더라? 생각해 봐야겠다…….

〈끝〉

옮긴이 | 이은선

연세대학교 중문과와 같은 학교 국제학대학원 동아시아학과를 졸업했다. 편집자와 저작권 담당자로 일했으며, 현재는 전문 번역가로 활동 중이다. 옮긴 책으로는 『탐정 아리스토텔레스』, 『헌책방마을 헤이온와이』, 『화성의 인류학자』, 『통역사』, 『포의 그림자』, 『누들메이커』, 『기적』, 『굿독』, 『몬스터』, 『그대로 두기』, 『워너비 재키』, 『마흔 살 여자가 서른 살 여자에게』, 『딸에게 보낸 편지』, 『노 임팩트 맨』, 『셜록 홈즈 실크 하우스의 비밀』, 『11/22/63』 등이 있다.

애거서 크리스티 전집

끝없는 밤

2판 1쇄 펴냄 2017년 1월 18일
2판 3쇄 펴냄 2022년 10월 28일

지은이 | 애거서 크리스티
옮긴이 | 이은선
발행인 | 박근섭
편집인 | 김준혁
펴낸곳 | 황금가지

출판등록 | 2009. 10. 8 (제2009-000273호)
주소 | 135-887 서울 강남구 신사동 506 강남출판문화센터 5층
전화 | **영업부** 515-2000 **편집부** 3446-8774 **팩시밀리** 515-2007
홈페이지 | www.goldenbough.co.kr

도서 파본 등의 이유로 반송이 필요할 경우에는 구매처에서 교환하시고
출판사 교환이 필요할 경우에는 아래 주소로 반송 사유를 적어 도서와 함께 보내주세요.
06027 서울 강남구 도산대로 1길 62 강남출판문화센터 6층 민음인 마케팅부

ISBN 978-89-8273-711-4 04840
ISBN 978-89-6017-956-1 04840 (set)

㈜민음인은 민음사 출판 그룹의 자회사입니다.
황금가지는 ㈜민음인의 픽션 전문 출간 브랜드입니다.